CONNI STEIN

Sternen
pflücker

novum ⬗ pro

Dieses Buch ist auch als
e-book
erhältlich.

www.novumverlag.com

Bibliografische Information
der Deutschen Nationalbibliothek:

Die Deutsche Nationalbibliothek
verzeichnet diese Publikation in
der Deutschen Nationalbibliografie.
Detaillierte bibliografische Daten
sind im Internet über
http://www.d-nb.de abrufbar.

Gedruckt in der Europäischen Union
auf umweltfreundlichem, chlor- und
säurefrei gebleichtem Papier.

© 2023 novum Verlag

ISBN 978-3-99038-059-8
Lektorat: Dr. Michaela Schirnhofer
Umschlagfotos: Evgeniy Parilov,
Httin | Dreamstime.com
Umschlaggestaltung, Layout & Satz:
novum Verlag

www.novumverlag.com

Climate neutral
Print product
ClimatePartner.com/16547-2201-1002

Dieser Abend hatte das Zeug, sich zum wahren Alptraum zu entwickeln.

Innerlich verdrehte ich meine Augen über meine eigene Dummheit oder zumindest über meine dämliche Gutmütigkeit, als Tom mich heute Morgen anrief und bat: „Bitte, bitte Anna, du musst uns helfen! Kate hat sich ihren Fuß verstaucht und kann heute im Service nicht arbeiten. Unser Chef hat am Telefon über diese Nachricht getobt und von uns einen Ersatz für Kate verlangt. Bitte Anna, hilf!"

Natürlich sagte ich zu, denn ich ahnte nichts Böses.

Tom und Kate waren sehr gute Freunde von mir und Freunden half man eben – aber zu welchem Preis?

Hätte ich gewusst, wo das Catering stattfinden sollte, hätte ich mich vielleicht mit einer Notlüge davor gedrückt.

Naiv wie ich war, hatte ich erst am frühen Abend mitbekommen, wo wir das Catering und den Service machen sollten. Da war es zu spät, zu bereuen, dass ich vorher nicht gefragt hatte, und eine Blitzkrankheit fiel mir nicht mehr ein.

Glücklicherweise wurde ich dem Team von Tom zugeteilt und wir hatten den Barbereich am Pool zugewiesen bekommen.

Ich konnte die Schönen und Reichen New Yorks aus der Regenbogenpresse nicht leiden, die vor lauter Langeweile und viel, viel Geld nicht wussten, wie es wirklich dort draußen im Leben zuging. Denen war nichts heilig, sie nahmen sich einfach, was sie wollten, und einmal im Jahr organisierten sie eine Wohltätigkeitsveranstaltung, um „armen" Mitmenschen zu helfen. Aber darum ging es ihnen bei solchen Veranstaltungen sowieso nicht. Sehen und gesehen werden, darum ging es, um Eitelkeiten und Geschäfte.

Und solch eine Veranstaltung stand mir heute bevor.

Meine Laune war schon vor Beginn auf dem Tiefpunkt.

Tom versuchte, mich aufzumuntern, aber seit fünf Minuten hatte er dieses Vorhaben aufgegeben.

Ich atmete tief durch und redete mir selbst Mut und Durchhaltevermögen ein.

Anna, du schaffst das. Lass doch die Blödmänner sich für etwas Besseres halten.

Mach deine Arbeit und halte bloß deinen vorlauten Mund, dann klappt auch alles.

Ich war wild entschlossen, mich daran zu halten.

Während des offiziellen Teils ging auch alles noch gut.

Die Presse und das Fernsehen waren da. Jeder der geladenen Gäste zeigte seine Schokoladenseite, um ja gute Kritiken zu bekommen. Viel sahen Tom und ich von den Gästen noch nicht. Aber ich wusste, das würde noch kommen, wenn die „Blödmänner" unter sich waren.

Dann kam Phase zwei des Abends.

Der Alkoholspiegel stieg und die Stimmung der Gäste wurde ausgelassener und schlüpfriger.

Kurz vor Mitternacht hatten wir hinter der Theke gut zu tun.

Sabrina und Cathy waren damit beschäftigt, den Gästen ihre Getränke zu servieren, und taten das mit einer, wie es schien, fröhlichen und koketten Betriebsamkeit. Ich mochte die beiden. Sie sahen auch toll aus.

Sabrina mit ihrer rabenschwarzen Mähne und einer Figur, wie gemalt. Cathy, selbst sehr blond, stand ihr da in nichts nach. Einen kurzen Moment beobachtete ich die beiden und war ein wenig neidisch.

Was würde ich für so ein Aussehen geben! Dann ermahnte ich mich selbst.

Anna, sei nicht so oberflächlich. Es kommt schließlich nicht auf das Aussehen an. Denk an gute Taten, denn das zählt im Leben. Vergiss das nicht!

Ich war mit meinem eigenen Aussehen auch zufrieden – eigentlich. Am schönsten waren meine Haare, zwar mit einer eigenartigen Farbe, so ähnlich wie Muskat, aber sie waren sehr lang, dicht und lockig. Meistens trug ich einen geflochtenen Zopf, weil es bequem war.

Meine Haut war auch sehr schön und es sah immer ein wenig danach aus, als ob ich einen Urlaub in einem Sommerparadies hinter mir hatte, obwohl ich New York noch nie verlassen hatte. Augen, Nase und Mund waren Durchschnitt und nicht besonders. Sabrina sagte immer, ich sollte mich schminken, um mein Aussehen zu unterstreichen, aber ich war ein totaler Schminkmuffel. Leider wurde ich ständig wegen meiner knappen Körpergröße von 1,55 Meter aufgezogen. Niemand, der mich ansah, würde mein Alter auf 23 Jahre schätzen, bis er meinen Brustumfang taxiert hatte. Und das regte mich am meisten auf. Ich hätte ausrasten können, wenn ich die gierigen Blicke der Männer sah oder wenn ich dumme Sprüche darüber zu hören bekam.

Mein Selbstbewusstsein war diesbezüglich überhaupt nicht vorhanden.

Aber wenn ich genug Wut im Bauch hatte, dann konnte ich verbale Morde begehen. Bislang hatte mich diese Fähigkeit auch vor aufdringlichen Männern bewahrt.

Anna, nicht nur vor den Aufdringlichen. In Wirklichkeit hast du nur Angst. Vor jedem Mann.

Ich verdrehte meine Augen, denn solche Gedanken wollte ich mir heute eindeutig nicht machen.

Wir waren kurz vor Phase drei: die ultimative Schamlosigkeit. *Grässlich.*

Und pünktlich zu dieser Phase tauchte auch noch der Chef auf – Maik.

Ich kannte ihn, er war ein Wüstling, wie er im Buche stand, ohne Moral und nur darauf bedacht, einen satten Gewinn zu machen. Ich konnte diesen Kerl nicht ausstehen.

Sabrina und Cathy waren vollauf beschäftigt, mit den Gästen kokett zu flirten, um den Getränkekonsum zu steigern.

An der Bar saßen nur zwei Pärchen, die eindeutig kurz davor waren, den Abend in einer dunklen Ecke weiter zu verbringen.

Ein einzelner Gast kam herangeschlendert, setzte sich und orderte gelangweilt ein Bier. Ich bediente ihn und rang mir, weil mir Maiks Anwesenheit bewusst war, ein kleines Lächeln ab und schaute den Gast sogar an.

Und er lächelte mit einem unglaublichen Lächeln, das mich total umhaute, zurück.

Schnell suchte ich am anderen Thekenende das Weite.

Erschrocken über meine Überreaktion auf dieses Lächeln, schüttelte ich innerlich meinen Kopf.

Anna, beherrsche dich. Es ist nur ein Blödmann-Gast.

Trotzdem beobachtete ich ihn. Er sah toll aus und ich kannte ihn, natürlich nicht persönlich, aber seiner Medienpräsenz konnte man sich leider nicht entziehen. Keine zwei Meter vor mir saß doch wahrhaftig der bekannte Schauspieler Patrick Tayler und starrte auf sein Bier.

Maik holte mich in die Wirklichkeit zurück. Er flüsterte: „Anna, sei so lieb und hilf Sabrina und Cathy und mach deine obersten Blusenknöpfe auf, du erstickst doch bestimmt gleich, so zugeknöpft."

Wütend über diese Anweisung starrte ich Maik an und wollte ihm eine gepfefferte Antwort geben, aber Tom kam mir zuvor: „Ich helfe den beiden, bleib du hinter der Theke." Und schon war er weg.

Na toll, jetzt habe ich Maik immer noch am Hals und die Gewissheit, dass der einzelne toll aussehende Gast alles mitbekommt. Scheiße.

„So, Anna, dann wollen wir beide mal das Geschäft hier in Schwung bringen, mach deine Knöpfe auf", zischte Maik mich an. Verdattert schaute ich zu ihm, zog meine Augenbrauen hoch und sagte so fest, wie ich konnte: „Nein, ich habe Halsschmerzen."

Aus den Augenwinkeln bemerkte ich, dass Mister „Gutaussehend" sich ein Lächeln verkniff und Maik rot anlief. Aber er erwiderte nichts weiter.

Nach weiteren zehn Minuten klopfte ich Maik auf die Finger, weil er seine Hand auf meinem Hinterteil geparkt hatte, und schnaubte ihn wütend an: „Wenn du nicht sofort deine Hand dort wegnimmst, ziehe ich dir mit dem Tablett eins über deinen Schädel, dass du erst in der Notaufnahme aufwachst."

Maik knurrte: „Ich mag Frauen, die Temperament haben. Stell dich nicht so an, Süße. Außerdem würdest du bei deiner Körpergröße gar nicht bis zu meinen Kopf kommen. Ich könnte dir aber eine Leiter holen, haha."

Das war zu viel. Mein Körper pumpte sich auf und ich sah buchstäblich rot.

Gefährlich leise und jedes Wort betonend, zischte ich: „Ich kann dich auch an einer anderen sensiblen Körperstelle fassen und dir die Eier lang ziehen, dass du für eine beträchtlich lange Zeit nicht mehr fühlen wirst, ob du männlich oder weiblich bist. Also, wenn deine Männlichkeit dir wichtig ist, dann nimm die Flosse von meinem Hintern."

Neben mir hörte ich Gekicher von Mister „Gutaussehend". Ich sah ihn zornig an: „Und wenn du nicht sofort aufhörst zu lachen, dann spielst du künftig nur noch weibliche Hauptrollen. Kapiert?"

Der guckte nur extrem ungläubig und fing aus vollem Halse an zu lachen.

Wütend riss ich mir meine Barschürze ab, schnappte meine Jacke und Tasche und sagte zu Maik: „Meine Schicht ist zu Ende. Meinen Lohn kannst du Tom mitgeben. Mich siehst du nie wieder. Mistkerl."

Dann warf ich noch einen vernichtenden Blick in Richtung Patrick Tayler und marschierte in Richtung Ausgang.

Anna, das hast du ja toll hinbekommen. Hoffentlich müssen Tom und Kate deine Aktion nicht ausbaden. Aber Maik, der Widerling, hatte das verdient.

Oh. Scheiße. Die nächste U-Bahnstation ist bestimmt 10 km entfernt. Mann, Anna, du bist eine blöde Nuss. Immer handeln, bevor du nachdenkst. Typisch.

Weiter kam ich nicht mit meiner Selbstbeschimpfung.

Ich hörte, wie mir jemand nachlief, und plötzlich rief dieser Jemand mit einer unglaublich klingenden Stimme: „Rapunzel, Rapunzel bleib mal stehen."

Völlig verdattert und mit wütendem Gefühl blieb ich stehen, drehte mich in Zeitlupe um und schnauzte Mister „Gutaussehend" an: „Wie hast du mich gerade genannt? Bist du lebensmüde oder nur ein dummer Frosch, der geküsst werden will, weil er glaubt, ein Prinz zu sein?"

Jetzt war es an ihm, wütend zu sein, und ich blickte in die blauesten Augen, die ich je gesehen hatte, die jedoch bei meiner Wortattacke ein wenig dunkler wurden.

Ich wartete auf eine Antwort.

Er schüttelte kurz seinen Kopf: „Nein, beides trifft nicht zu. Ich wollte dich etwas fragen."

Langsam ging ich weiter und nuschelte: „Na dann, frag."

Er passte sich meiner Schrittgeschwindigkeit an und sagte: „Ich wollte dir ein Angebot …"

„Kein Interesse", erwiderte ich schon wieder wütend werdend.

„Du hast ja noch gar nicht gehört, was ich dir anbieten möchte."

Das klang nun ein wenig beleidigt. Jetzt wurde ich neugierig und schaute ihn an, was ein wenig schwierig war. Er ist ziemlich groß.

Nicht nur groß, sondern auch extrem gutaussehend. Sein dunkelblauer Anzug, perfekt geschnitten. Tolle Figur. Kurz geschnittene blonde Haare und das schönste Lächeln, das ich je in Natur gesehen habe.

Anna, hör dir an, was er will. Verbal hinrichten kannst du ihn immer noch. Sieh ihn dir doch mal an. So groß, so blond, die blauen Augen mit dem verträumten Blick …

Hör auf mit dem Quatsch. Das finden bestimmt noch Millionen andere Frauen.

„Was?", fragte ich kurz angebunden.

Kurz grinste er wieder, dann war er vollkommen ernst. „Es tut mir leid, dass ich vorhin so reagiert habe, aber du hättest dich mal sehen sollen. Ich habe noch nie eine so wütende Frau gesehen. Ich kann mir denken, dass du jetzt keinen Job mehr bei diesem miesen Kerl hast, daher dachte ich, ich könnte dir einen anbieten."

Es fühlte sich an, als würde eine Rakete starten. Der Treibstoff war allerdings blinde Wut.

„Willst du mich auf den Arm nehmen? Was denkt ihr Kerle euch eigentlich? Dass ihr alles flachlegen könnt, was einen Eisprung hat, was nicht schnell genug ist, bei drei auf dem Baum zu sein?"

Blödmann. Ich habe es doch gewusst. Kein Mann sieht so gut aus und ist auch noch ein Ritter in glänzender Rüstung. Soviel ist doch wohl klar. Ich gab meiner inneren Stimme einhundertprozentig Recht.

Ungerührt von meiner Verbalattacke sagte er nur: „Eisprung? Das erklärt wohl deine Reizbarkeit." Vor lauter Wut fiel mir dazu nichts ein und ich stapfte empört weiter, registrierte aber, dass er immer noch neben mir herging. *Der ist aber hartnäckig. Er folgt uns immer noch. Grinsend. Dem scheint das auch noch Spaß zu machen. Das darf doch alles nicht wahr sein. Ich muss eindeutig stärkere Geschütze auffahren.*

„Lass mich in Ruhe", fauchte ich. *Sehr starkes Geschütz, Anna.*

Frustriert blieb ich stehen und schnauzte ihn an: „Ich habe einen längeren Marsch vor mir und du solltest umkehren, damit du deine zarten Füße schonen kannst. Spring lieber mit in den Pool, da ist es bestimmt gemütlicher. Tschüss." Dann winkte ich und setzte mich wieder in Bewegung. Er drehte sich tatsächlich um und ging zurück.

Na also, geht doch. Anna, Mädchen, du hast deinen Biss also doch noch nicht verloren. Wieder einmal einen aufdringlichen Kerl in der Luft zerrissen. Du hast es echt drauf.

Lustlos ging ich weiter.

Um mich ein wenig aufzuheitern, dachte ich an meine vierbeinigen Freunde.

Morgen kommt Sandra wieder mit ihrem Schäferhund. Wir haben gute Fortschritte in seiner Erziehung gemacht und als Problemhund kann man ihn nicht mehr bezeichnen.

Eigentlich arbeitete ich in einem Tierheim und bot eine Hundeschule für Problemhunde an. Die Arbeit mit Tieren war meine Leidenschaft und meine Kollegen John und Carter waren einfach toll. Ich war froh, mit ihnen arbeiten zu dürfen. Ich musste noch so viel lernen.

Was denkt sich Mister „Gutaussehend" eigentlich. Ich habe einen Job und er kann sich sein unmoralisches Angebot sonst wo hinstecken. Anna, aber süß war er schon, das musst du zugeben. Naja, vielleicht ein biss-

chen. *Willst du etwa die Seiten wechseln?*, kreischte ich meine innere Stimme an.

Ein Auto hielt neben mir an und das Fenster an der Beifahrertür wurde heruntergelassen und ich erkenne „ihn".

„Steig ein. Ich fahre dich. Sieh es als Wiedergutmachung. Bitte."

Ein wenig unentschlossen schaue ich auf das Auto, dann auf die lange Straße und entscheide mich für das Auto.

„Danke", sagte ich immer noch mürrisch.

„Wohin?", fragte er völlig ungerührt.

„Nächste U-Bahnstation", schnaufte ich ergeben.

Ich wusste nicht, was ich sagen sollte, daher schwieg ich lieber. Natürlich merkte ich, dass er mich unauffällig musterte, dann brach er das Schweigen: „Du heißt Anna, richtig? Ich bin Patrick." Dann hielt er mir seine Hand zur Begrüßung hin. Ich nahm sie und merkte, wie unglaublich warm sie war, und ein wohliger Schauer ging über meinen Körper.

Schnell ließ ich sie wieder los und murmelte: „Hi. Ich weiß wer du bist. Deiner Medienpräsenz kann man sich leider nicht entziehen."

Belustigt zog er seine Augenbrauen hoch und wollte wissen: „Du liest Klatschzeitungen?"

Mürrisch antwortete ich ihm: „Ich bin eine Frau oder etwa nicht?"

Bist du verrückt, ihm so eine Frage zu stellen. Deutlicher kann man gar nicht mehr werden. Damit forderst du ihn nur heraus.

Meine innere Stimme war entsetzt und ich musste ihr leider zustimmen.

Interessiert musterte er mich wieder und sagte nur in einem langgezogenen wissenden Tonfall: „Ja, das lässt sich kaum leugnen."

Genervt stöhnte ich auf. Wieder schaute er mich an und runzelte plötzlich seine Stirn. „Ich frage mich, warum du so eine schlechte Meinung von Männern hast, mal abgesehen von deinem ehemaligen Chef? Da kann ich dich verstehen, aber sonst?"

Die Frage verunsicherte mich. Was sollte ich antworten?

Anna, sag einfach die Wahrheit, das ist der leichteste Weg. Na gut.

Ich schaute ihn einige Sekunden von der Seite an und sagte ergeben: „Ich habe nicht von allen Männern eine schlechte

Meinung. In Wirklichkeit sind meine besten Freunde Männer. Naja, die meisten davon schwul oder in festen Beziehungen. Mich macht es wahnsinnig wütend, wenn meine Körpergröße oder meine fraulichen Attribute der Anzüglichkeit preisgegeben werden."

Bevor er etwas darauf erwidern konnte, beschloss ich diese Situation mit Humor zu beenden, daher sagte ich schnell: „Aber natürlich ist es meine eigene Schuld."

Ungläubig starrte er mich an: „Eigene Schuld?"

„Versteh doch", flüsterte ich amüsiert. „Als die Körpergröße verteilt wurde, habe ich meinen Einsatz, ‚Hier!' zu rufen, verpasst, und als die Körbchengröße verteilt wurde, habe ich vor lauter Angst, wieder nichts abzubekommen, gleich zweimal ‚Hier!' gerufen. Meinen Fehler habe ich leider zu spät bemerkt."

Grinsend schaute ich zu ihm hinüber. „Blöd, nicht?"

Er grinste auch und erwiderte schließlich: „Vielleicht solltest du die Hoffnung noch nicht aufgeben. Du könntest immer noch im Wachstum sein. Und was die andere Sache anbelangt, ist es für einen Mann fast unmöglich, nicht hinzugucken." Dann zuckte er mit den Schultern und ergänzte: „Genetik."

„Ja, vielleicht. Aber würden dir Sprüche gefallen wie ‚Süße, trägst du einen Zopf, damit du nicht nach vorn fallen kannst?'?"

Jetzt fing er schamlos an zu kichern und ich merkte, wie ich wieder wütend wurde und zischte: „Männer. Für drei Sekunden dachte ich doch tatsächlich, du wärest nett. Aber wie ich sehe, habe ich mich total geirrt. Los, halt an, ich gehe zu Fuß weiter."

Plötzlich wieder ernst meinte er: „Sei nicht sauer. Ich habe mir nur vorgestellt, was du zu demjenigen gesagt hast oder was du mit ihm gemacht hast. Lebt er noch?" Und er grinste doch tatsächlich schon wieder.

Widerwillig grinste ich jetzt auch und beantwortete seine Frage: „Er lebt noch, aber wenn er mich kommen sieht, wechselt er die Straßenseite."

Patrick bremste den Wagen und fing schallend an zu lachen und zwischen seinen Lachkrämpfen sagte er immer wieder: „Tut mir leid … tut mir leid … nicht sauer sein. Bitte."

Aber ich war sauer. Er amüsierte sich auf meine Kosten. Ich verschränkte meine Arme vor der Brust und guckte stur aus dem Fenster und wartete, dass er sich beruhigte.

Nach ein paar Minuten hatte er sich wieder im Griff. Aber ich schwieg eisern.

„Anna, bitte nicht böse sein", bat er nochmals.

Da es aufrichtig klang, schaute ich ihn wieder an und ich sah seinen ungläubigen Gesichtsausdruck und seine bettelnden Augen.

„Weißt du", erklärte er schnell, „diese Wohltätigkeitsveranstaltungen sind so extrem langweilig." „Immer dasselbe. Begrüßung. Küsschen hier und da, mit dem Wissen, dass die meisten Gäste einen lieber zum Mond schießen würden, weil sie entweder eifersüchtig auf den Erfolg anderer sind, oder was weiß ich … Dann Scheckbuch raus und wenn das alles erledigt ist, Komasaufen … oder anderes … oder beides. Die Frauen sind meist so oberflächlich und aufdringlich, dass ich mir die Haare raufen könnte. Dann treffe ich dich unter für mich lebensgefährlichen Umständen, führe Gespräche über Wachstumsschübe und Körbchengrößen. Dein Humor ist sowas von erfrischend, ich habe mich schon lange nicht mehr so wohl gefühlt. Und glaub mir, das ist keine Anmache, sondern die Wahrheit."

Entschuldigend lächelt er mich an und fragt: „Verzeihst du mir?"

Widerwillig lächle ich zurück und sage: „Na gut, aber jetzt fahr weiter, sonst verpasse ich die letzte Bahn."

Plötzlich kam mir eine Idee.

„Wenn du mir sagen kannst, welche Augenfarbe ich habe, dann höre ich mir auch dein Angebot an, wenn es nicht unmoralisch ist", fordere ich ihn heraus.

Er war wieder vollkommen ernst, schaute nach vorn und sagte, ohne lange zu überlegen: „Deine Augen sind dunkelblau, fast violett und wenn du wütend bist, dann sprühen sie Funken. Ich habe noch nie so eine Farbe gesehen."

Ich war sprachlos.

Na, Anna, damit hast du nicht gerechnet. Er konnte sogar bei Dunkelheit deine seltene Augenfarbe erkennen. Ist er nicht gut? Halt die Klappe und nerv mich nicht.

„Habe ich recht?", wollte er fröhlich wissen.

„Ja", antwortete ich genervt.

„O. K. Ich höre mir dein Angebot an. Aber vorher solltest du wissen, dass ich einen Job habe. Das heute war nur eine Vertretungsgefälligkeit für Toms Freundin Kate. Sie hat sich den Fuß verstaucht. Mein Geld verdiene ich woanders."

„Und wo?" Das klang interessiert.

„Ich arbeite in einem Tierheim", sagte ich stolz.

„Liebst du Tiere?" Wieder hörte es sich an, als ob er Interesse hätte.

„Natürlich. Ich arbeite mit Problemhunden, obwohl dieser Ausdruck nicht richtig ist, denn kein Hund wird so geboren. Eigentlich sind es die Besitzer, die das Problem haben. Aber meine absoluten Lieblingstiere sind Pferde. Ich kann zwar nicht reiten, aber ich liebe es, sie zu streicheln und in ihre unglaublich sanften Augen zu sehen. Ich bin völlig fasziniert von ihnen. Liebst du auch Pferde?"

„Nein. Die Biester beißen mich immer", erwiderte er.

„Habe ich erwähnt, dass Pferde auch besonders klug sind und über einen sehr guten Geschmack verfügen?", stichelte ich.

Er verstand mich und grinste: „Ah … ja."

„So, dann mach mir mal dein Angebot", forderte ich ihn nochmals heraus.

Er informierte mich vorsichtig: „Also gut, aber nicht gleich wieder sauer werden. Es ist eine rein geschäftliche Angelegenheit, ohne Hintergedanken. Versprochen."

Ich konnte meine Neugier kaum bremsen und sah ihn erwartungsvoll an.

Er atmete einmal tief durch, schaute mich aber nicht an und sagte: „Ich brauche dringend einen Blitzableiter."

Verwirrt starrte ich ihn an: „Das verstehe ich nicht. Erwartest du Gewitterstürme? Denn wenn du sie erwartest, solltest du dir jemanden suchen, der einen Kopf größer ist als du. Ich meine wegen der Physik. Du hast in der Schule hoffentlich aufgepasst."

Wieder grinst er und schüttelt seinen Kopf.

„Nein, nicht so einen Blitzableiter. Ich brauche eine Begleitung zu meiner Filmpremiere hier in New York, nächsten Sonntag."

Ich war immer noch verwirrt … „Ich soll dich begleiten?"
„Ja", sagte er todernst.
Vor Überraschung öffnete ich meinen Mund und schloss ihn
gleich wieder.
Ich war sprachlos und wusste keine Erwiderung. Meine innere
Stimme frohlockte.
Anna, das ist dir aber auch noch nicht passiert. Los antworte ihm. Sag zu.
Es kam nur ein ziemlich erbärmliches „Warum?" aus meinem
Mund heraus.
„Ich weiß, dass du das jetzt so nicht erwartet hast, und ich möchte
es erklären. Die Medien sind Haie und jeder Schritt wird über-
wacht, wenn man prominent ist. Die Paparazzi sind ein wahrer
Alptraum. Vieles, was in den Zeitungen steht oder im Fernsehen gezeigt wird, ist unwahr oder aus dem Zusammenhang gerissen, damit mal wieder eine neue Schlagzeile verkündet werden kann. Mit der Wahrheit wird schließlich kein Geld verdient.
Jeder Prominente lebt von seinen Fans und die Fans denken, sie
kennen ihre Stars, weil sie glauben wollen, was über sie verbrei-
tet wird. Ich will mich nicht beklagen. Im Moment bin ich sehr
gut im Geschäft, aber ich finde keine weibliche Begleitung unter meinen Kolleginnen, die sich derzeit mit mir zusammen auf
dem roten Teppich zeigen will. Und wenn ich allein dort auf-
tauche, heißt es wieder, ich sei schwul."
Ich konnte mir die Frage nicht verkneifen: „Und, bist du schwul?"
Empört guckte er mich an und knurrte: „Nein."
Zögernd sprach er weiter: „Wenn ich eine Frau aus meiner Fan-
gemeinde fragen würde, denkt sie naja, ich will eine Beziehung,
die ich aber nicht will. Ein Escortservice kann ich auch nicht in
Anspruch nehmen, das käme möglicherweise raus. Also dachte
ich, du könntet diesen Job übernehmen, da ich im Moment den
Eindruck habe, dass wir beide dann nicht in Gefahr wären, weil
du ja jeden Mann auf Abstand hältst." „Also, was meinst du?",
wollte er wissen.
Ich schüttelte meinen Kopf: „Du kennst mich doch gar nicht.
Woher nimmst du die Gewissheit, dass ich nicht morgen Früh
zur Zeitung renne und ihnen diese Geschichte verkaufe?"

Er sah mir in die Augen. „Weil du nicht so eine bist."

„Gut erkannt", murmelte ich.

Plötzlich wurde er unruhig: „Ich zahle auch gut, ich dachte ..."

„Sei still, sonst mache ich meine Drohung von vorhin wahr", fuhr ich ihn an.

„Welche?", fragte er grinsend.

„Die an der Theke", gab ich gespielt übellaunig zurück.

Er grinste wieder und ich konnte mir ein Schmunzeln auch nicht verkneifen.

Wir waren an der U-Bahnstation angekommen. Ein Blick auf meine Uhr sagte mir, dass ich mich beeilen musste, um die letzte Bahn noch zu erwischen. Ich kramte in meiner Tasche und holte die Visitenkarte vom Tierheim heraus und sagte: „Ruf mich morgen zwischen zwölf und vierzehn Uhr an. Ich muss darüber nachdenken. Tschüss." Eilig verließ ich den Wagen und rannte Richtung Bahnsteige.

Als ich im Zug saß, hielt ich ausgiebig Zwiesprache mit meiner inneren Stimme.

Anna, sag ihm morgen ab. Er ist gefährlich. Denk an deine Grundsätze. Ich kann nicht. Er sah so verletzlich aus, als er gefragt hat. Sei nicht so naiv. Er ist Schauspieler. Er weiß, wie er gucken muss, um etwas zu bekommen. Aber seine Begründungen kann ich nachvollziehen. Vielleicht ist man manchmal sehr einsam, wenn man berühmt ist. Was spielt das denn für eine Rolle. Er kann sich Gesellschaft kaufen. Armer reicher Mann. Und gutaussehend und nett. Humor hat er auch. Aber vielleicht ruft er ja auch gar nicht an. Er fährt bestimmt zurück zur Party und amüsiert sich dort. Er könnte dann auch jemand anderes fragen. Du spielst nicht in seiner Liga. All die schönen Frauen und er hat selbst gesagt, sie reißen sich um ihn. Aber er findet sie langweilig, mich nicht. Das hat er gesagt. Anna, sei vernünftig. Er wird dich bloß verletzen.

Ich würgte meine innere Stimme ab und beschloss abzuwarten. Und dann kam mir ein schrecklicher Gedanke. Angenommen ich würde ihn begleiten, dann würde er mich den Haien zum Fraß vorwerfen. Die Presse würde vielleicht in meiner Vergangenheit herumschnüffeln. Dieses Risiko wäre einfach zu groß für ihn.

Also gab es nur zwei Möglichkeiten, falls er morgen anrufen würde.

Erste Möglichkeit, ich würde absagen und ihm erklären warum, oder ich würde zusagen und müsste meine Vergangenheit ebenfalls beichten. *Scheiße.*

Zu Hause in meinem Bett hatte ich den Einfallsblitz. Wann war die Premiere?

Sonntag, also in sieben Tagen. Und an dem Sonntag hatte ich definitiv schon etwas vor. Das war keine Schutzbehauptung, sondern die reine Wahrheit.

Den Termin, Anna, könntest du zu seinen Gunsten bestimmt verschieben. Klar könnte ich, aber ich will nicht. Es geht schließlich um Lou-Lou. Fertig.

Nach einer unruhigen Nacht wachte ich mit einem kribbligen Gefühl auf.

Ich wusste genau, was mich in diese Stimmung versetzte. Aber ich war fest entschlossen, nicht an ihn zu denken.

Ich beschloss, mein Frühstück bei Frank und Kelly einzunehmen. Sie führten direkt gegenüber meinem kleinen Ein-Zimmer-Apartment eine kleine Bäckerei. Die beiden waren mein Elternersatz, seitdem ich hier hergezogen war. Außerdem gehörte ihnen das Haus, in dem ich wohnte.

Im Erdgeschoss wohnte Ruth, meine geschwätzige gutmütige Ruth, die ich eigentlich nur in geblümter Kittelschürze und mit einem zahnlosen Lächeln kannte.

Ich liebte diese Leute und dieses Leben hier. Sie waren alle meine Familie, die ich nie hatte.

Ich schob mein Fahrrad rüber zur Bäckerei.

Heute war es am Morgen schon richtig warm, daher: kurze Hose, Socken und meine bequemen Knöchelschuhe, T-Shirt und eine lose Weste drüber, die Haare zu zwei Zöpfen geflochten – und fertig war ich für meinen Arbeitstag.

„Hallo Frank, ich frühstücke heute hier", grüßte ich ihn. „Klar, Anna. Wie war gestern deine Aushilfe?", wollte er neugierig wissen. „Erinnere mich bloß nicht. Maik war mal wieder grauenhaft widerlich und ich habe ihm meine Schürze vor die Füße geschmissen. Hoffentlich musste Tom das nicht ausbaden."

„Weißt du, wie es Kate geht?", fragte ich ihn. „Ich habe noch keinen gesprochen", erwiderte er.

Frank stellte mir mein Frühstück hin und ging zu Kelly in die Backstube.

Ich hatte richtigen Kohldampf – den hatte ich eigentlich immer – und fing genüsslich an zu essen.

Tom steckte seine Nase zur Tür herein, sah mich und sagte ein wenig zerknirscht: „Ich habe dein Fahrrad gesehen. Mann, Anna, Maik war auf hundertachtzig. Deinen Lohn wollte er mir nicht geben, den solltest du dir am besten mit einer Entschuldigung selbst abholen, hat er gesagt. Dann kam dieser Promi, Patrick Tayler, er hat Maik am Schlafittchen gefasst und einen ziemlichen Aufstand gemacht. Kennst du den?"

Fassungslos starrte ich Tom an: „Er hat was gemacht?"

„Na, einen Aufstand, sagte ich doch." „Kennst du den oder nicht?", wollte er wissen.

„,Kennen' ist zu viel gesagt, aber er hat die Aktion von Maik mitbekommen und mich dann zur U-Bahnstation gefahren", sagte ich nachdenklich.

„Jedenfalls, hier ist dein Geld. Bedank dich bei ihm." Er schob mir das Geld zu.

„Mache ich", murmelte ich immer noch in meine Gedanken versunken leise.

Tom stutzte, starrte mich an und feixte: „Dann siehst du ihn also wieder?" Diese Frage feuerte er dank seiner unheimlichen Kombinationsgabe auf mich ab.

Genervt antwortete ich: „Weiß ich noch nicht, vielleicht."

In dem Moment kommt Frank wieder und Tom jubelt ihm zu: „Unsere Anna hat ‚v i e l l e i c h t' eine Eroberung gemacht. Guck mal, sie wird sogar rot." Frank zog die Augenbrauen hoch. Schnell trank ich meinen Kaffee aus und murrte: „Tratschtanten." Und weg war ich.

Den ganzen Vormittag bemühte ich mich standhaft, nicht zur Uhr zu schauen. Beim Mittagessen fiel es sogar meinen Kollegen auf, dass ich ein wenig unruhig war. Mit einer Notlüge konnte ich mich gerade noch retten. Und als bis vierzehn Uhr kein Anruf kam, war ich fast erleichtert – aber nur fast.

Anna, ein bisschen enttäuscht bist du schon. Ja bin ich. Aber es bestärkt mich auch, keinem Mann zu trauen. Und eines steht fest: Ich schaue mir nicht den roten Teppich zur Premierenfeier an. Ich will nicht sehen, mit wem er geht.

Sicher hätte ich mich auch noch weiter mit meiner inneren Stimme unterhalten, wenn John nicht gerufen hätte, dass Kundschaft käme. Missmutig schlurfte ich zum Eingang.

Und da stand er in seiner ganzen Pracht und lächelte mich an. Mein Herz machte vor Freude einen Salto und ich grinste wie ein Honigkuchen zurück.

„Hi. Ich habe mit deinem Anruf gerechnet", hauchte ich.

Erfreut über meine positive Reaktion sagte er: „Wenn ich mir schon einen Korb holen muss, tue ich es lieber Auge in Auge. Übrigens nette Arbeitskleidung." Ich wurde ein wenig rot und antwortete schnippisch: „Kannst es wohl nicht lassen, mich zu reizen. Aber im Moment hast du Glück, ich bin noch in friedlicher Stimmung."

Gespielt erleichtert lachte er anzüglich: „Gott, was bin ich froh darüber. Es ist schon schwer genug, männliche Hauptrollen zu bekommen."

Ich schaute an ihm vorbei zum Bürogebäude und entdeckte John und Carter, wie sie sich ihre Nasen an der Fensterscheibe platt drückten, und musste darüber lachen. Patrick drehte sich ebenfalls um und winkte den beiden zu. Schnell zogen sie ihre Köpfe ein. Dann guckte er mich erwartungsvoll an und ich registrierte, wie unglaublich gut er aussah. Die enge Jeans und das weiße T-Shirt standen ihm ausgezeichnet.

Ich atmete einmal tief durch und sagte: „Patrick, hör zu, wenn wir diesen Deal machen, solltest du vorher noch etwas wissen. Jetzt habe ich aber keine Zeit mehr, der nächste Kunde kommt gleich. Der Termin dauert eine Stunde, dann mache ich Feierabend. Willst du dir solange die Anlage ansehen? Aber es könnte sein, dass die Kundschaft dich erkennt. Oder du wartest in deinem Auto. Ich meine, wenn du warten willst?"

Bitte, bitte, sag ja, dass du warten willst.

Meine innere Stimme war wie aus dem Häuschen.

Er überlegte kurz und wollte wissen: „Gibt es hier irgendwo ein Café? Dann warte ich lieber dort."

„Hm ... Moment." Ich dachte in Windeseile nach.

Schick ihn zu Frank. Das war mein rettender Gedanke. Ich zog mein Handy aus der Tasche und rief Frank an.

„Hallo Frank, ich bin's. Ich schicke gleich Patrick Tayler zu dir. Er wartet auf mich. Ich brauche noch eine Stunde, dann bin ich da und sei nett zu ihm."

„Ist Frank dein Freund?", fragte Patrick nach.

Zerstreut, weil ich mir kurz Franks Gesichtsausdruck vorstellte, antwortete ich: „Nein. Ich habe keinen Freund."

„Wie alt bist du eigentlich?", platzte es aus ihm heraus. Verwirrt über diese Frage zog ich meine Augenbrauen hoch: „Fragt man das eine Dame? Was denkst du?"

„Höchstens 19 Jahre", sagte er abschätzend.

Ich lachte und schüttelte meinen Kopf: „Daneben, und es bleibt erst einmal mein Geheimnis." „Hier ist die Adresse", ließ ich ihn wissen. „Ich könnte dich in einer Stunde abholen", bot er höflich an.

„Nicht nötig, ich bin mit dem Rad da. Es ist gleich um die Ecke. Bis gleich." Ich scheuchte ihn zurück zum Eingang.

Keine Sekunde zu früh hörte ich Mister „Gutaussehend" abfahren und mein nächster Termin rückte an.

Während der Trainingsstunde war ich so weit abgelenkt, dass ich nicht weiter über ihn nachdachte.

Nach der Stunde verabschiedete ich mich von John und Carter. Natürlich wollten sie wissen, was der Promi wollte. Ich konnte sie glücklicherweise bis morgen – mit einer ausführlichen Berichterstattung – hinhalten.

Aber während meiner kurzen Rückfahrt kam mir ein genialer Gedanke.

Meine innere Stimme jubelte über meinen Einfallsreichtum.
Der rote Teppich kann kommen. Wenn alles klappt.
Sein Auto stand vor der Bäckerei und ich ging hinein. Patrick
saß an der Theke und grinste mich an und Frank grinste zu meinem Erstaunen ebenfalls.
„Hallo ihr zwei, Langeweile gehabt?", wollte ich neugierig wissen.
Beide antworteten gleichzeitig: „Nein."
Ich sah Patrick an und fragte ihn, ob er Fahrrad fahren könne.
Der nickte nur argwöhnisch.
Dann schaute ich zu Frank: „Können wir uns mal dein Fahrrad
leihen?" „Dauert auch nicht lange", beruhigte ich ihn.
„Ich bring es nach vorn", murmelte er kopfschüttelnd.
„Wollen wir?", fragte ich ihn.
„Wohin?", wollte er neugierig wissen.
„Ich möchte dir etwas zeigen." „Worüber habt ihr denn gesprochen?", fragte ich betont lässig.
„Über dies und das", kam die einsilbige Antwort.
Aha, er will es mir also nicht sagen. Daher versuchte ich es einmal
anders. „Bitte sag es mir", bettelte ich.
Er schaute mich mit einem verschwörerischen Lächeln an und
erwiderte: „Später."
Wir fuhren gemeinsam mit dem Rad zum Tierheim.
Um meinen Kollegen nicht in die Arme zu laufen, gingen wir
gleich durch den Hintereingang hinein.
Ich holte eine Hundeleine und wir gingen zum Zwinger von
Lou-Lou. Sie freute sich riesig, mich zu sehen und schmuste sogar Patrick gleich an. Der ließ es sich ebenfalls erfreut gefallen.
Das nahm ich als gutes Vorzeichen.
„Lass uns mal einen kleinen Spaziergang machen, dann können
wir reden." „Was hat Frank dir erzählt?", schlug ich vor, mit einem erwartungsvollen Blick.
„Gar nichts. Er hat mich ausgequetscht." „Er wollte wissen, was
ich von dir will", teilte er mir stirnrunzelnd mit. „Und hast du
ihm das erzählt?", fragte ich fast atemlos.
„Komischerweise ja. Muss ich mir Sorgen machen?" Bei dieser
Frage sah er mich ein wenig angstvoll an.

Ich lachte kurz auf, ich wusste, was er meinte: „Nein. Weißt du, ich lebe dort schon, seit ich 18 Jahre bin, also seit fünf Jahren."

„Du bist 23", kombinierte er richtig und fügte hinzu: „Sieht man dir nicht an."

Ich stöhnte: „Ich weiß."

„Warum muss ich mir keine Sorgen machen?", hakte er nach.

„Weil Frank und Kelly – eigentlich die Bewohner des gesamten Blocks – nicht nur meine Freunde, sondern auch meine Familie sind. Sie würden niemals etwas tun, um mir zu schaden. Tja, sie sind zwar Tratschtanten, aber nur im eigenen Viertel. Außenstehende haben schlechte Karten, etwas zu erfahren. Und ich liebe sie und sie lieben mich. Wenn ich sage, dass niemand erfahren soll, dass wir uns kennen, wobei das natürlich spätestens am Premierentag hinfällig wird, dann erfährt das auch niemand."

„Und ich kann mir nicht vorstellen, dass die Paparazzi an Ruth vorbeikommen", zerstreute ich seinen Argwohn.

„Ruth?", fragte er stirnrunzelnd nach.

Ich lachte kurz auf und erklärte: „Ruth und ich wohnen im gleichen Haus – sie unten, ich oben. Sie ist ständig auf Männerfang und flirtet alles an, was mehr Testosteron hat, als sie selbst. Sie bekommt alles mit und damit meine ich wirklich alles. Aber ich liebe sie. Wenn du willst, mache ich euch bekannt."

Innerlich lachte ich, als ich mir vorstellte, was für ein Gesicht er dabei machen würde.

„Heißt das, dass du mich begleitest?", wollte er wissen und machte ein ziemlich hoffnungsfrohes Gesicht.

„Naja, jetzt wird es ein wenig kompliziert", antwortete ich. „Kommt darauf an, wie du reagierst"; ergänzte ich weiter.

„Worauf?", fragte er sofort.

Ich atmete geräuschvoll aus, drückte meinen Rücken durch und begann zu erklären: „Du willst mich als Blitzableiter benutzen und wirfst mich den Haien zum Fraß vor. Damit könnte ich klarkommen, aber ich habe eine Vergangenheit, für die ich mich zwar nicht schäme, na, das stimmt nicht ganz, für eine Sache schäme ich mich heute noch entsetzlich, aber davon weiß keiner, nur ich. Aber ich weiß nicht, wie du das alles siehst, daher finde ich es fair, dass du es wissen solltest."

Unsicher schaute ich ihn von der Seite an und ich bemerkte, dass er sehr konzentriert war.

„Soll ich weitersprechen oder möchtest du einen Rückzieher machen?", fragte ich ein wenig mutlos.

„Sprich weiter", murmelte er leise.

„Also, ich habe keine richtige Familie. Das erste Mal in meinem Leben schlug ich meine Augen in einer Babyklappe auf. Ich muss wohl meiner ... ich muss wohl der Frau, die mich geboren hat, dafür auch noch dankbar sein, denn einige Kinder landen immer noch auf der Müllkippe."

Ich hörte ihn entsetzt nach Luft schnappen, daher sprach ich schnell weiter: „Komischerweise wollte mich auch keiner adoptieren, so landete ich bei sechs Pflegefamilien, die allesamt sich mehr für das Geld der Fürsorge gekümmert haben als um mich. Als ich elf war, begann sich mein letzter Pflegevater auch für mich zu interessieren aber nicht so, wie er eigentlich sollte. Ich haute ab, der Fürsorge traute ich nicht und landete auf der Straße. Dieses Leben war grausam, denn es war nicht immer schönes Wetter und die Mülltonnen gaben auch nicht immer genügend her, dass man satt wurde. Aber ich blieb ehrlich und klaute nicht."

Beschämt stockte ich in meiner Erzählung.

Patrick sah mich an und ich konnte an seinem Blick erkennen, dass meine Geschichte ihn berührt hatte. „Was geschah weiter, warum schämst du dich jetzt doch?", fragte er leise.

„Weil es nicht so ganz stimmt, ich habe noch niemanden erzählt, was mich heute noch so quält, warum ... warum ich den Anblick und das Weinen des kleinen Kindes nicht vergessen kann, das im Wagen saß und von seiner Mutter durch die Straßen geschoben wurde. Dieses Kind hatte ein Brötchen in der Hand und kaute darauf herum. Ich hatte seit Tagen nichts Richtiges gegessen und hatte Hunger. Ich klaute dem Kind sein Essen. Es schrie und ich flitzte mit meiner Beute um die Ecke und redete mir pausenlos ein, dass seine Mutter ihm ja ein neues Brötchen kaufen könne. Es hatte ja eine Mutter, ich nicht. Aber was wäre gewesen, wenn die Mutter ihrem Kind von ihrem letzten Geld das Essen gekauft hätte und das Baby nun hungern müsste? Ja, dafür schäme ich mich heute noch."

Ich merkte, dass er etwas darauf erwidern wollte, und redete weiter: „Ein Jahr lebte ich auf der Straße. Als Zwölfjährige kam ich an meinem Lebensweg an, der sich in zwei verschiedene Richtungen gabelte. Der eine Weg war Babystrich, Alkohol oder Drogen und auf dem anderen Weg stand Piet und hielt mir seine helfende Hand hin. Ich nahm sie, ohne zu zögern. Piet ist auch heute noch Streetworker. Er ist mein allerbester Freund. Ich fand ein neues Heim, ging wieder zur Schule, machte sogar meinen Highschool-Abschluss mit Bestnoten und studierte anschließend Betriebswirtschaft. Ich bin mit dem Studium gerade fertig geworden, habe aber noch keine Anstellung gefunden. Ich möchte mein Zuhause nicht verlassen."

Patrick ging gedankenverloren neben mir her und schwieg.

„Ich kann verstehen, dass dich das alles schockt." „Vielleicht kannst du jetzt nachempfinden, warum ich Männern nicht gern traue und sie mir vom Hals halte", sagte ich rasch.

Nach einer gefühlten Ewigkeit sprach er: „Ich danke dir für deine Offenheit. Du kannst mir glauben, dass ich das nicht oft erlebe. Aber Anna, ich bin auch ein Mann."

Ich lächelte ihn an und erwiderte: „Ja, aber du hast mir schließlich gestern auch vertraut, denn ich denke, du bist auch nicht so einer. Denk daran, die Sache mit dem Brötchen weißt nur du. Und so unglaublich das jetzt auch klingen mag, fühle ich mich keineswegs von dir bedroht. Na, du weißt, wie ich das jetzt meine."

Diese Bemerkung schien ihn zu freuen.

Ich sah ihm an, dass er noch eine Frage hatte, und wartete darauf.

„Eine Sache möchte ich noch gern wissen. Ich weiß, dass es mich eigentlich nichts angehen sollte und ich möchte auch keine Wunden aufreißen aber ... aber wurde dir irgendwann einmal weh getan ... ich meine ..." Schnell fiel ich ihm ins Wort: „Ich weiß, was du meinst. Nein. Tja, ich hatte einfach nur unglaubliches Glück.

Nach diesem Lebenslauf seine Jungfräulichkeit zu behalten, grenzt fast an ein Wunder oder es liegt an meinen hartnäckigen Bemühungen, diese zu erhalten, denn ich werde diesen Zustand erst beenden, wenn ich den Mann gefunden habe, den ich liebe, dem ich vertraue und der Verständnis dafür aufbringen kann, zu warten, bis wir verheiratet sind. Altmodisch, aber ich stehe dazu." Plötzlich grinste er mich frech an. „Also du machst dir Sorgen, dass ich ein Problem mit diesen Enthüllungen haben könnte? Habe ich nicht und freue mich, dass diese Lebenserfahrung dich nicht kaputt gemacht hat. Du bist eine sehr starke Frau. Ich gebe zu, dass ich ein schlechtes Gewissen hatte, weil ich dich den Haien zum Fraß vorwerfen will. Das habe ich nicht mehr, jetzt habe ich Angst um die Haie. Du lässt dich nicht unterkriegen. Ich glaube an dich, wirklich."

Ich boxte ihm in die Seite und er wich spielerisch aus und lachte. „Eine Frage habe ich dann doch noch", murmelte er fast ein wenig verlegen „Hast du wirklich noch nie einen Freund gehabt? Ich meine eine kleine Liebelei ohne Sex?"

Finster starrte ich ihn an und zischte: „Also wirklich, du bist noch neugieriger als Ruth und das will bestimmt etwas heißen … an der Uni dachte ich, ich hätte jemanden gefunden. Wenn ich an seine feuchten, sabbernden und aufdringlichen Küsse denke, bekomme ich nachträglich wieder Ekelattacken. Unsere Liebelei dauerte genau drei Minuten lang, dann hatte ich die Nase voll. Und wenn das immer so ist, bin ich nicht scharf darauf. Frage beantwortet?"

Er grinste, schüttelte seinen Kopf und sagte: „Anna, Anna, ich weiß nicht, was ich von dir denken soll. Ich glaube, du verarschst mich, stimmt's? Küssen macht Spaß, glaub mir."

Ich ärgerte mich, dass er mir nicht glaubte, und es gab keine Entschuldigung für mein Verhalten, denn ich forderte ihn heraus: „Dann zeig mir mal den Spaß."

Meine innere Stimme kreischte entsetzt auf.

Was ist denn ich dich gefahren. So ein tölpelhaftes Verhalten. Das war die ultimative Aufforderung an ihn. Glaub mir, das wird er bestimmt ausnutzen. Hoffentlich flehte ich. Zeig's mir.

Ich hatte eindeutig meinen Verstand verloren. Meiner inneren Stimme werde ich künftig nicht mehr zuhören. Sie hat schließlich die Seiten gewechselt.

Vollkommen perplex guckte er mich an und reagierte natürlich wie ein Mann darauf.

Er legte seine Hände an mein Gesicht, streichelte mit seinen Daumen über meine Wangenknochen und sah mir in die Augen, bevor er langsam seine unglaublich weichen Lippen auf meine legte. Ich schmolz regelrecht dahin und als er sanft meine Lippen öffnete, ging ein heftiger Stromstoß durch meinen Körper. Willig erwiderte ich seinen Kuss. Es war einfach unglaublich schön und erregend.

Als er von mir abließ, flüsterte er bloß: „Sei nicht sauer, dass ich nicht widerstehen konnte. Sag mir, dass ich es nicht versaut habe."

Immer noch mit einem verschleierten Blick flüsterte ich zurück: „Du hast keine Schuld. Ich habe es versaut." Dann hüpfte ich ihm auf den Arm, schlang meine Beine um seine Hüften, vergrub meine Hände in seinem Haar und küsste ihn heftig und mit voller Leidenschaft zurück.

Nach einer Weile japsten wir beide nach Luft und legten unsere Stirn aneinander.

Ich sprach als Erste: „Patrick, es tut mir leid, ich wollte nicht so über dich herfallen, das war eine Premiere für mich. Ich wusste nicht, dass ich so zügellos sein würde. Und du hast recht: Küssen macht Spaß."

Er grinste selbstgefällig und meinte: „Keine Ekelattacken?"

Schmollend erwiderte ich: „Soll ich dir ein Zeugnis ausstellen oder dir einen Orden verleihen? Du kannst mich jetzt runterlassen. Was habe ich mir bloß dabei gedacht?"

„Ich könnte dich bestimmt noch ein Weilchen auf dem Arm lassen." „Du bist recht handlich", stichelte er und fing an zu kichern. Ich wand mich auf seinem Arm und er ließ mich hinunter. Schweigend gingen wir wieder weiter.

„Und, haben wir noch einen Deal oder haben wir es beide versaut?", fragte er nach einer Weile.

„Hm … wir sind doch erwachsen und sollten in der Lage sein, Vergnügen und Geschäft auseinanderzuhalten, und wenn wir uns beide ausschließlich auf das Geschäft konzentrieren, was spricht dagegen, ein paar Tage vernünftig zu sein?", antwortete ich.

„Wenn du das so sehen kannst, ist es für mich auch o. k.", meinte Patrick erleichtert.

Ich nickte zustimmend und gab ihm meine Hand, damit er einschlagen konnte.

Meine innere Stimme war jedoch nicht so leicht zu ignorieren – Macht der Gewohnheit.

Spinnst du, wie soll das gehen? Das Küssen hat dir so viel Spaß gemacht, willst du darauf verzichten? Mach dir nichts vor, das kannst du sowieso nicht. Du hast es ja gerade auf schamlose Weise demonstriert.

Patrick holte mich aus meinem inneren Monolog.

„Ich nehme jetzt an, dass du mich auf die Premiere begleitest, stimmt doch, oder?"

„Eine Sache gibt es da noch, na, eigentlich drei", sagte ich vorsichtig.

„Noch drei Sachen?" „Welche?", fragte er stirnrunzelnd nach.

„Hast du eine Freundin?", wollte ich wissen. „Ich habe keine Lust, zwischen irgendwelche Fronten zu geraten."

„Nein, ich habe keine Freundin. Und bevor du noch weiterfragst: Beziehungen zwischen Künstlern halten selten. Ich weiß nicht, woran das liegt. Wahrscheinlich fehlt die Zeit dafür – keine Ahnung."

„Die Richtige wird schon noch kommen, also nicht aufgeben, ich tu es schließlich auch nicht", sagte ich und grinste ihn an, froh darüber, zu unserem lockeren Ton zurückgefunden zu haben.

Ich sammelte mich kurz und stellte ihm die nächste Frage: „Warum gehst du eigentlich nicht gemeinsam mit deiner Filmpartnerin, wäre das nicht normal?"

Jetzt war er definitiv nervös und runzelte seine Augenbrauen und mir wurde sofort bewusst, dass ich die falsche Frage gestellt hatte. Einen Rückzieher wollte ich aber auch nicht machen, daher wartete ich auf eine Antwort.

Meine innere Stimme schrie mich an.

Anna, die Frage war Sperrgebiet. Los, nimm sie zurück, sonst vergraulst du ihn noch.

Wie kann man bloß so dumm sein?

Ich wollte gerade auf meine innere Stimme hören, als er sich räusperte und meine Frage beantwortete: „Ja, es könnte normal sein … ich weiß nicht, ob ich es richtig erklären kann. Wenn man am Set ist, kommt es vor, dass man nicht nur während der Filmszenen die Figur spielt, sondern auch in der Freizeit. Man vertieft sich vollständig in den Charakter, den man darstellen soll. Es kommt vor, dass man Illusion und Realität vermischt, und da es ein Liebesfilm war … Also wir hatten eine Affäre. Sie ist verheiratet und Gerüchte kamen auf. Wir wiegelten beide ab. Ihr ist ihre Ehe wichtig und wenn wir gemeinsam über den roten Teppich gehen würden …"

Ich verstand.

Flüsternd fragte ich nach: „Liebst du sie?"

„Nein, es war nie Liebe – Gelegenheit oder Lust vielleicht, aber Liebe, nein", sagte er sofort.

Jetzt wurde ich wütend: „Verdammt, Patrick, du benutzt mich also nicht nur als Blitzableiter, sondern auch als Alibi, stimmt's? Ist dir überhaupt klar, was ich fühlen werde, wenn ich mir die Bettszenen anschauen muss? Was ist, wenn ich einen Lachanfall bekomme?"

Sein Gesichtsausdruck war unglaublich komisch, als ich meine Fragen auf ihn abgefeuert habe – erst schuldbewusst, dann beschämend und dann völlig ratlos. Ich fing lauthals an zu lachen und krümmte mich dabei. Er stand immer noch ratlos da und konnte meine Reaktion nicht einordnen.

Nach einer Minute hatte ich mich wieder im Griff. Ich konnte mir eine weitere Frage nicht verkneifen: „Ist oder sind die Bettszenen immer real oder manchmal einfach nur peinlich?"

Er grinste ein wenig und gestand: „Diese Frage verstehe ich nicht."

Nun wurde ich ein bisschen rot und hakte nach: „Sind sie echt oder nur dargestellt?"

Jetzt verstand er, was ich wissen wollte, und erklärte: „Also ich kann nur für mich selbst sprechen, sie sind dargestellt und manchmal sehr peinlich. Wie würdest du dich fühlen, wenn du dich vor mindestens 50 Personen ausziehen müsstest und dann auch noch so tun müsstest, als ob dir das einen riesigen Spaß machen würde. In diesen Momenten ist es sehr schwer, Lust, Leidenschaft, Liebe und Orgasmen darzustellen. Mich törnt das jedenfalls nicht an und ich hoffe, du bekommst keinen Lachanfall."

Er schaute mich etwas sorgenvoll an: „Warum hast du vorhin so gelacht?"

Fröhlich zwinkerte ich ihm zu: „Weil ich jetzt, da ich auch noch ein Alibi bin, mehr Verhandlungsspielraum habe."

Ich sah, dass er etwas sagen wollte und kam ihm schnell zuvor. „Magst du eigentlich Hunde?", lenkte ich schnell ab.

Etwas verwirrt über meinen Themenwechsel nickte er nur.

Ich erwiderte: „Gut. Denn du bist mir jetzt einen Gefallen schuldig." *Mist.*

In diesem Moment fiel mir ein, dass ich mich ja bei ihm noch bedanken musste, weil er dafür gesorgt hatte, dass ich meinen Lohn von Maik bekommen hatte.

„Bevor wir weiter in die Verhandlungen gehen, möchte ich mich bei dir bedanken, dass du gestern noch einen Aufstand, wie Tom es ausgedrückt hat, gemacht hast, damit ich mein sauer verdientes Geld von Maik bekommen habe. Ich kann es gut gebrauchen."

„Danke", sagte ich aufrichtig.

Er grinste und seine wundervollen Augen funkelten mich an: „Gern geschehen."

Wir waren mittlerweile fast wieder im Tierheim, daher blieb ich kurz stehen. „Zurück zu unseren Verhandlungen – die Premiere ist Sonntag, richtig?", hakte ich nach.

Patrick nickte und schaute mich argwöhnisch an, innerlich musste ich grinsen. *Wenn er wüsste, was jetzt auf ihn zukommt!*

„Eigentlich habe ich am Sonntag schon etwas anderes vor, der Termin steht schon seit Wochen fest und ist mir auch sehr wichtig", begann ich vorsichtig.

Ich atmete tief durch und sprach weiter: „Es geht um Lou-Lou. Ich arbeite wirklich gern im Tierheim, aber eine Sache geht mir richtig an die Nieren. Wusstest du, dass Tiere, die nicht vermittelt werden können, spätestens nach einem halben Jahr in die Tötungsstation kommen? Das macht mich richtig fertig und bei Lou-Lou ist nächste Woche die Frist abgelaufen. Bitte nimm du sie." Ich sah ihn bettelnd an.

Fassungslos starrte er zurück: „Ich soll mir einen weißen Zwergpudel zulegen?" „Anna, weißt du, was passiert, wenn ich mich auf der Straße mit so einem Hund zeige?", erinnerte er mich wütend.

„Das kann ich mir denken, sie werden dich für schwul halten, stimmt's?", kombinierte ich.

„Ganz genau, und was hat das mit Sonntag zu tun?", fragte er ärgerlich.

Ich spürte eine Energie in mir aufsteigen. Ich war bereit zu kämpfen. „Für diesen Sonntag haben wir eine Spendensammelaktion geplant. Unser Tierheim braucht dringend noch weitere vier Zwinger, denn wenn wir uns vergrößern, vergrößern wir auch die Chance für die Hunde auf Vermittlung. Die Fristen würden sich um zwei Monate verlängern. Ich weiß natürlich, dass ich nicht alle retten kann, aber sie dir doch Lou-Lou mal an und ich schwöre, sie sieht dir ein wenig ähnlich." „Wenn du Lou-Lou nimmst und am Sonntag mit ihr und mir über den roten Teppich gehst, ist das eine geniale Werbung für uns.", sagte ich eindringlich.

„Anna, du willst mich benutzen?", fragte er völlig perplex.

„Klar, wie du mir, so ich dir – wir benutzen uns gegenseitig", konterte ich betont fröhlich.

Er war sprachlos und ärgerlich.

Dann hellte sich seine Mine etwas auf, aber seine Stimme klang noch etwas reserviert: „Du findest also, ich habe mit einen Zwergpudel Ähnlichkeit?" „Ja, aber nur mit weißen", stichelte ich.

Plötzlich griff er nach mir und kitzelte mich an den Hüften. Quiekend schlug ich nach ihm und versuchte zu fliehen, was mir aber nicht gelang, weil ich es gar nicht wollte.

Anna, Anna, pass bloß auf. Jetzt wird es gefährlich. Na und, was soll's. Schockiert über meine schamlose innere Stimme, machte ich mich dann doch frei.

Atemlos fragte ich ihn: „Was meinst du, sind wir im Geschäft?"

Ich spürte einen Blick auf mir, den ich absolut nicht deuten konnte, und wurde ein wenig unsicher.

Er murmelte: „Augenblick, ich muss nachdenken."

Ich nutzte die Zeit und schmuste ein wenig mit Lou-Lou. Dann schaute ich ihn erwartungsvoll an.

„Anna, warum dieser Umweg?", wollte er wissen.

Jetzt war ich irritiert: „Was für ein Umweg?"

Er blies seine Wangen auf und atmete geräuschvoll aus: „Du könntest mich fragen, ob ich spenden möchte, dann hättet ihr in der nächsten Woche die vier Zwinger und Lou-Lou die Chance, doch noch vermittelt zu werden."

„Tja, wenn ich nicht Anna wäre, würde ich genau das tun, aber ich bin Anna", erwiderte ich.

Ratlos zog er seine Schultern hoch und sprach: „Das verstehe ich nicht."

Ich sah ein, dass ich es ihm erklären musste, und schaute ihn ernst an.

„Patrick, hier geht es um Nachhaltigkeit und um meine, nicht nur meine, sondern auch um die Lebenseinstellung meiner Familie und meiner Freunde. Klar, es ist mir bewusst, dass du die vier Zwinger finanzieren könntest, und ich weiß auch, dass du es tun würdest. Aber das ist nicht der Punkt.

Tiere haben keine so große Lobby, wenn es nicht einige Menschen gäbe, die diese Aufgabe übernehmen würden. Ich will damit sagen, auch wenn wir die zusätzlichen Zwinger hätten, könnte es sein, dass sie schon in einem Jahr wieder nicht ausreichen würden, weil wir mehr Hunde aufgenommen hätten – die Hunde, die schon heute gar nicht die Chance haben, überhaupt in ein Heim zu kommen, sondern gleich in der Tötungsstation landen. Wenn wir aber unsere Möglichkeiten nutzen würden, die Menschen immer wieder darauf aufmerksam zu machen, dass einige Tiere auf ihre Unterstützung angewiesen sind, bin ich dafür, dass wir diese Möglichkeiten auch nutzen. Und zur Erklärung meiner Lebenseinstellung sei nur so viel gesagt: Von dir nehme ich kein Geld, nicht einmal für einen guten Zweck, ohne dass ich dir eine Gegenleistung dafür bieten könnte. Moralisch gesehen." „Ich käme mir dann billig vor.", ergänzte ich schnell weiter.

Er war total perplex, hatte sich nach ein paar Sekunden wieder in der Gewalt und fragte: „Sag mal, schläfst du überhaupt nachts oder wann denkst du dir das alles aus?"

Ich musste grinsen und antwortete: „Ich schlafe recht gut. Aber das ist komisch bei mir, die anderen ziehen mich deswegen auch immer auf. Ich weiß nicht warum, aber das alles fällt mir immer spontan ein, wenn ich von einer Sache hundertprozentig überzeugt bin. Ich bin manchmal selbst überrascht, wie logisch alles klingt." Ich zuckte die Schultern und sah ihn an.

Für einen kurzen Moment konnte ich ihn aus seinen Grübeleien holen, als ich vorschlug, Lou-Lou in den Zwinger zurückzubringen. Er nickte nur geistesabwesend. Meine innere Stimme schrie mich an.

Jetzt hast du ihn überfordert. Geschieht dir ganz recht, wenn er die Beine in die Hand nehmen würde, um vor dir zu fliehen. Wenn er jetzt nein sagt, hast du alles versaut und für Lou-Lou ist alles zu spät. Wie konntest du nur.

Mittlerweile war ich richtig deprimiert, weil er immer noch nicht sprach und Lou-Lou nur kurz streichelte.

Ich führte ihn stumm in Richtung Büro. Meine Kollegen hatten uns gesehen. Ich wollte sie wenigstens vorstellen.

Dann schaute er mich mit einem verschlagenen Lächeln an. Mir blieb vor Schreck mein Herz stehen, dann flüsterte er: „Hm … du bist eine gefährliche Verhandlungspartnerin, aber ich habe eine Bedingung, wenn ich Lou-Lou nehmen und mit ihr auch noch über den roten Teppich laufen soll."

Erleichtert atmete ich auf: „Gut, lass uns das gleich klären. Ich möchte dir nur ganz kurz John und Carter vorstellen." „Komm", drängte ich. Ich war von mir am meisten überrascht, dass ich seine Hand nahm und ihn mit zog. Lächelnd ließ er sich das auch gefallen.

Solche zarten Hände und so warm. Himmlisches Gefühl. Anna lass sie bloß nicht los. Daran könnte ich mich gewöhnen. Still zischte ich meine nervige Stimme an.

„Hallo ihr beiden, ich möchte euch den ‚Fastbesitzer' von Lou-Lou vorstellen", erklärte ich schnell, als wir das Büro betraten. „Das ist Patrick Tayler und das hier sind meine Lieblingskollegen John und Carter." Höflich gaben sie sich die Hand.

John zog eine Augenbraue nach oben und fragte anzüglich: „Besteht Hoffnung?"

Ich schmunzelte und erwiderte: „Nicht für dich."

Sofort fiel mir auf, dass man diese Bemerkung zweideutig auffassen könnte und besserte sofort nach: „Nur für Lou-Lou."

Aus den Augenwinkeln konnte ich sehen, dass Patrick sich amüsierte, warum war mir sofort klar und ich wurde ein wenig rot.

Carter wollte wissen, warum nur ‚Fastbesitzer', und ich erklärte schnell: „Es sind noch nicht alle Bedingungen geklärt, aber unsere Spendenaktion für Sonntag müssen wir verschieben."

Natürlich wollten sie jetzt den Grund dafür wissen. Ich wand mich innerlich und trat die Flucht nach vorn an: „Da gehe ich zusammen mit Patrick zur Premierenfeier seines neuen Films."

Die beiden nahmen einen fast identischen verwirrten Gesichtsausdruck an.

John fasste sich als Erster: „Du läufst über den roten Teppich. Du? Ist dir klar, dass du ein Kleid anziehen musst?"

„Es ist doch bloß ein Kinofilm, stimmt doch, oder?" Ich schaute Patrick an und hoffte auf seine Bestätigung.

Der grinste bloß und amüsierte sich köstlich über meine Dummheit. *Mist.*

„Keine Jeans?", fragte ich kleinlaut.

Ich sah ihn an und er schüttelte seinen Kopf.

„Kleid?" Die Frage kam ergeben.

Er nickte.

Ich überlegte einen Moment, dann fragte ich ihn: „Na gut, verrat mir bitte, was du anziehst."

„Hm … schwarzen Anzug, weißes Hemd, schwarze Fliege", informierte er mich.

„Also schick und elegant?", wollte ich unnützerweise doch noch wissen.

Er nickte wieder.

„Tja, dann bleibt mir wohl nichts anderes übrig, als mit Mia zu sprechen, wenn ich nicht will, dich mit meinem einzigen Kleid zu begleiten", sinnierte ich.

Carter erinnerte mich gespielt boshaft: „Du hast kein Kleid."

„Habe ich doch – mein Kostüm als Lilli-Fee vom letzten Halloween", widersprach ich süffisant.

Wir drei prusteten los.

Patrick war ein wenig ratlos und fragte nach: „Was ist eine Lilli-Fee?"

Ehe ich Carter daran hindern konnte, erklärte der: „Eine zauberhafte Fee mit einem sehr kurzen rosa Kleidchen, zarten Flügeln auf dem Rücken, einer Krone und einem Zauberstab."

Patrick erwiderte trocken: „Das wäre doch mal ein Hingucker. Die perfekte Ablenkung zu Lou-Lou."

Boshaft lächelnd konterte ich: „Pass auf, was du dir wünschst, denn ich bin die mit dem Zauberstab, vergiss das nicht."

Plötzlich schaute er mich ernst an und murmelte: „Ich weiß."

Erstaunt blickte ich in sein Gesicht. Er grinste mich sofort wieder an.

Irritiert schaute ich auf meine Uhr und sagte schnell: „Was, schon so spät? Ich habe einen Mordshunger. Halte ich dich von irgendetwas ab oder hast du noch Zeit?" Schnell verabschiedeten wir uns und gingen nach draußen. Ich wartete auf seine Antwort.

„Ich habe Zeit, aber ich müsste noch mal kurz ins Hotel und etwas holen – dauert nicht lange, eine Stunde vielleicht", sagte er.

Mit dieser Antwort konnte ich gut leben. „Dann schlage ich vor, wir treffen uns um 19.00 Uhr bei mir. Ich koche uns etwas und du verrätst mir deine Bedingung, o. k.?"

Ich hatte das Gefühl, mit diesem Vorschlag konnte er gut leben, denn ich sah, dass er sich freute.

„Du wohnst im Hotel? Keine Wohnung in New York?" Mit diesen Fragen hielt ich unser Gespräch im Gange.

Er lachte und sagte: „Eigentlich wohne ich noch bei meinen Eltern, genau genommen. Ich bin viel unterwegs, also lohnt sich keine Wohnung."

„Wo wohnen denn deine Eltern?", wollte ich wissen.

„In L. A., nahe der Traumfabrik, sehr praktisch für mich", antwortete er.

Er ging bereitwillig auf weitere Fragen von mir ein.

Meine Neugierde war geweckt: „Hast du noch Geschwister?"

„Ja, noch zwei ältere Brüder. Sie haben aber schon ihre eigenen Familien."

„Und bist du schon Onkel?"

„Klar, sogar schon dreifacher. Ich habe drei Neffen. Stefan ist der älteste Bruder. Er ist 32 Jahre und hat zwei Söhne. Sie sind zwei und vier Jahre alt. Und Elliot ist 30 Jahre und hat einen Sohn, er ist erst drei Monate alt."

„Leben sie alle in L. A.? Und lach mich jetzt bitte nicht aus, ich weiß wirklich nicht, wie alt du bist."

„Ja, meine ganze Familie wohnt dort. Nur ich bin der Herumreisende. Ich bin 28 Jahre alt. Übrigens wirst du vielleicht meine Eltern am Donnerstag kennenlernen."

Bei dieser Mitteilung wäre ich fast vom Fahrrad gefallen. „Was?", japste ich.

„Na ja, du hast mir deine Familie vorgestellt, da ist es nur fair, wenn du meine kennen lernst – keine Angst, sie sind nett", erwiderte er lächelnd.

Das leuchtete mir ein.

Wir brachten das Fahrrad zurück und Patrick stieg ins Auto. Als er die Tür schloss, surrte das Seitenfenster herunter, und er fragte: „Hast du einen iPod?" Ich schüttelte nur den Kopf. Dann sauste er fröhlich winkend davon.

Ich ging noch kurz zu Frank.

„Hi", begrüßte ich ihn. „Hast du noch ein Baguette für mich. Patrick kommt nachher und ich will noch Lasagne für uns machen." Frank schaute mich ernst an und wollte wissen, wann er kommt. Ahnungslos sagte ich es ihm. Seine Mine wurde noch ernster.

Irritiert guckte ich zurück. „Was ist denn?"

„Weißt du wirklich, was du da tust?", fragte er sehr eindringlich.

Ich kapierte sofort. „So ist es nicht, Frank, nur eine geschäftliche Vereinbarung. Er hat keinerlei Interesse an mir, das habe ich von

Anfang an klargemacht und ich fühle mich sehr wohl in seiner Nähe." „Warum sollte es dann falsch sein?", wollte ich wissen.

Franks Gesicht war immer noch sehr ernst, als er sagte: „Ich habe gesehen, wie er dich anguckt, und ich fresse einen Besen, wenn da nicht Interesse mit im Spiel ist, bei euch beiden."

„Frank, du siehst Gespenster, glaub mir. Ich muss mich beeilen. Außerdem muss ich dringend mit Mia sprechen. Stell dir vor, ich brauche ein Kleid. Na dann, grüß Kelly von mir. Tschüss." Ich tat absichtlich sehr geschäftsmäßig, weil ich weitere bohrende Fragen nicht hören wollte, und lief schnell zur Tür.

Beim Hinausgehen murmelte Frank etwas. Es hörte sich an wie „die siehst du heute alle noch, glaub ‚m i r'". Sicher war ich mir aber nicht.

Zu Hause lief ich direkt in die Arme von Ruth. Natürlich war sie bereits bestens informiert und ich sagte auch ihr, dass Patrick heute noch zum Essen kommt. Ihre Augen leuchteten bei dieser Mitteilung wie ein Weihnachtsbaum. Kopfschüttelnd ging ich in meine Wohnung.

Ich bereitete schnell die Lasagne vor, stellte sie in den Backofen, deckte den Tisch in Windeseile, duschte und föhnte mir die Haare in Höchstgeschwindigkeit. Ich räumte fix noch auf, dann war es kurz vor 19.00 Uhr. Zwei Sekunden später klopfte es an der Tür. Ich öffnete und lächelte ihn an. Er lächelte zurück.

Für einen kurzen Moment meldete sich meine innere Stimme. *Frank hat Recht. Gib es doch einfach zu. Du magst ihn. Sehr.*

Schnell sagte ich: „Komm rein, schön, dass du pünktlich bist." Dann registrierte ich, dass er eine Flasche Wein und ein Six-pack Bier in der Hand hielt. Neugierig schaute er sich um, dann schnupperte er und machte nur: „Hm."

„Du hast Glück. Das Essen ist fertig. Was möchtest du trinken?" Dabei zeigte ich auf seine Mitbringsel.

„Ich nehme, was du trinkst", sagte er.

„Tja, Patrick, dann hast du schlechte Karten, ich trinke keinen Alkohol", erklärte ich ziemlich ernst.

Fragend zog er seine Augenbraue hoch und ich erwiderte: „Ich weiß schließlich nicht, ob ich als Alkoholikerin geboren wurde,

also lasse ich es lieber." „Aber mich stört es nicht, wenn du etwas trinken möchtest", wiegelte ich schnell ab.
Er nickte nur, dann sagte er: „Dann nehme ich ein Bier."
„Setz dich doch", lud ich ihn ein.
Ich holte die Lasagne aus dem Backofen, schnitt das Weißbrot und setzte ich mich dann auch.
„Los, bedien dich, bevor ich anfange, ich habe wirklich Hunger", ermunterte ich ihn.
Er schmunzelte und tat sich was auf.
„Schmeckt gut, nicht zu fassen, eine Frau, die kochen kann", lobte er mich. Neugierig fragte ich: „Kann deine Mutter nicht kochen?" Er lachte auf und schüttelte seinen Kopf. „Wir haben einen Koch."
Nach dieser Information zuckte ich nur mit meinen Achseln.
Beim Essen redeten wir über dies und das.
Natürlich ist auch er Ruth in die Arme gelaufen. Er machte gekonnt ihren schmachtenden Blick nach. Ich kugelte mich vor Lachen.
Nachdem die Teller leer waren, half er mir schnell beim Abwaschen, dann setzten wir uns auf das Sofa.
„Du hast eine nette Wohnung, aber ein bisschen klein, oder?"
„Und ich bin ein wenig enttäuscht, ich hatte ein Kinderbett erwartet", zog er mich auf. Für diese Bemerkung handelte er sich einen Rippenstoß von mir ein.
Aber er lachte bloß. „So", befand ich, „genug geblödelt, zurück zum Geschäft."
Wieder zeichnete sich auf seinem Gesicht ein verschlagenes Lächeln ab. Ich wurde vorsichtig und setzte mein Pokerface auf.
Er holte tief Luft und fing an: „Lass uns erst einmal das Wichtigste zusammenfassen: Du gehst mit mir und Lou-Lou zur Premierenfeier du in einem Kleid." Ich nickte.
„Eine Spende von mir nimmst du nicht an, wegen der Nachhaltigkeit und damit du dir nicht billig vorkommst?" Ich nickte wieder.
„Wir benutzen uns gegenseitig." Wieder ein Nicken von mir.
„Jetzt kommen wir zu meiner Bedingung. Ich nehme den weißen Pudel, der mir ähnlich sieht, und ich werbe gleichzeitig für

den Tierschutz. Aber ich denke in ganz anderen Dimensionen als du. Deine Idee ist sehr gut, aber ausbaufähig. Wenn du wirkliche Aufmerksamkeit willst, dann auf meine Weise."

Nervös blinzelte ich ihn an: „Muss ich jetzt Angst haben?" Wieder das verschlagene Grinsen. „Vielleicht", warnte er mich.

Ich hauchte: „Unmoralisch?"

„Nicht in diesem Sinne", antwortete er. „Na gut, dann lass hören", forderte ich ihn erleichtert auf.

„Am Donnerstag findet ein Konzert von mir statt. Ich habe noch nie meine Musik veröffentlicht und plane ein Album auf den Markt zu bringen. Ob es überhaupt gut ist oder ob es überhaupt einer kauft – keine Ahnung. Das Konzert ist jedenfalls mit 500 Leuten ausverkauft und es wird live im Fernsehen übertragen. Übermorgen ist diesbezüglich eine Pressekonferenz und ich möchte, dass du daran teilnimmst."

Völlig verdattert fragte ich: „Warum?"

Wieder dieses Grinsen: „Weil du so Gelegenheit bekommst, dein Projekt anzusprechen. Eine Konzertkarte kostet 25,00 Dollar, also hast du 12.500,00 Dollar zur Verfügung, und der Fernsehsender hat die Übertragungsrechte für 10.000,00 Dollar gekauft und sollte tatsächlich einer das Album kaufen, kannst du über die Hälfte des Verkaufserlöses verfügen, wenn …" Hier ließ er eine warnende längere Pause.

„Was wenn?", fragte ich ein wenig verunsichert.

„… wenn du ein Lied mit mir zusammen singst, ich die erste Strophe, du die zweite und die dritte singen wir gemeinsam, und wenn du eines selbst performst. Ich sollte vielleicht noch hinzufügen, dass wir nicht proben werden. Wir springen beide ins kalte Wasser."

Wütend starrte ich ihn an: „Du spinnst komplett. Ich kann nicht singen. Mich will nicht mal einer von meinen Freunden im Karaoketeam haben, weil ich die Punktzahl versaue. Kommt überhaupt nicht infrage. Die Medien werden dich in der Luft zerreißen."

Meinen Ausbruch steckte er mit einer betont lässigen Ruhe weg und erklärte: „Sieh es doch mal so, ich verliere eigentlich gar nicht so viel, denn wenn die Musik schlecht ist, zerreißen sie mich. Aber schlechte Kritiken in Zusammenhang mit Tierschutz oder sonst etwas, wären für mich wieder gute Kritiken. Hast du schon vergessen, ich werfe dich den Haien vor."

Ich musste dringend nachdenken und lief aufgewühlt hin und her. Da klopfte es an der Tür und ich rief gedankenverloren: „Herein." Auf meinem Wanderweg zwischen meinen Zimmerwänden sah ich, dass Piet und seine Freunde Roger, Tim und Cedrick im Wohnzimmer standen. Ich konnte meine Wanderung noch nicht unterbrechen und sagte deshalb nur: „Stellt euch bitte selbst vor." Nach einer Minute hatte ich mich wieder in der Gewalt und konnte mich meinem Besuch widmen.

Ich sah, dass Piet und die anderen beunruhigt waren. Ich lächelte und nahm sie in den Arm und sagte erleichtert: „Gut, dass ihr da seid." Dann drehte ich mich in Patricks Richtung und fuhr ihn an: „Ich habe dich unterschätzt, du bist ebenfalls ein gefährlicher Verhandlungspartner."

Der zuckte nur lässig mit seinen Schultern und erwiderte: „Ja, so sagt man."

„Kann mir mal einer erklären, was hier läuft?", fragte Piet ziemlich drohend.

Ich griff zum iPod, sah Patrick an und wollte von ihm wissen: „Welches Lied soll ich allein performen?"

„Was?", stotterte Piet entsetzt. „Du willst singen? Du kannst nicht singen, das weißt du hoffentlich?"

„Ja, ich weiß das. Danke fürs Mutmachen." „Aber dieser grinsende Schwachkopf denkt, ich könnte seine schlechte Musik mit meinem Sirenengesang noch aufwerten", giftete ich zurück. Sprachlos schauten wir zu, wie Patrick einen Lachanfall bekam. Mit Mühe bekam er noch den Satz heraus: „Drück Nummer 14." Ich stöpselte mir die Hörer in die Ohren und drückte auf die 14. Was ich dann zu hören bekam, zog mir glatt die Schuhe aus. Gedankenverloren lauschte ich der Musik und seinem Gesang. Der Text handelte von Verführung und Erotik, die Musik war einschmeichelnd und mitreißend. *Unmöglich, dass ich diese Harmonie mit meinem Gesang hinbekomme. Unmöglich.*

Als das Lied zu Ende war, war ich fast der Verzweiflung nahe und schaute die Männer in meiner Wohnung unglücklich an. Ich konnte nur flüstern: „Es wäre eine Sünde, wenn ich dieses Kunstwerk zerstören würde. Das kann ich nicht. Patrick, das war wunderschön."

Piet verlangte: „Zeig mal her." Er stöpselte sich an und spielte das Lied noch einmal ab. Als er die Ohrstöpsel herauszog, sagte er nur: „Hm … nicht schlecht."

Dann schaute er mich an und ich ihn. Für Außenstehende hatte es vielleicht den Anschein, als ob wir uns stumm unterhalten würden. Dann fühlte ich nach einigen Sekunden in mir eine Stärke, eine Energie und plötzlich wusste ich, wie ich mich zu entscheiden hatte.

Ich sah Patrick an und sagte immer noch wütend: „O. k., der Deal steht. Aber beim letzten Lied werden mich die vier hier begleiten und wir werden zusammen üben. Das Lied mit dir singe ich ohne Proben. Das ist mein Angebot." Vollkommen ernst nickte er nur.

Dann gaben wir uns beide die Hand und sahen uns in die Augen und was ich sah, gefiel mir, ich lächelte.

Piet meldete sich wieder drohend zu Wort: „Jetzt mal auf Anfang. Was läuft hier?"

Patrick seufzte und antwortete: „Ich habe noch nie so lange gebraucht, um ein Date zu kriegen."

Ich boxte ihm in die Seite und wollte gerade widersprechen, da klopfte es wieder.

„Herein", sagte ich und Ruth stand vor uns und säuselte mit ihrem zahnlosen Mund: „Oh, so viele schöne Männer auf einem Fleck. Bei mir unten wäre auch Platz, aber nicht heute. Anna, du musst sofort kommen, es ist wichtig."

Piet guckte seine Begleitung an und ich begriff: „Nehmt ihn mit, aber lasst ihn am Leben." Die Männer grinsten nur. Piet schnappte sich den iPod und raunte mir nur noch zu: „Ich bringe ihn dir morgen vorbei, tschüss", und ich stapfte ergeben mit Ruth ins untere Stockwerk.

Ich stöhnte, als wir ins Wohnzimmer kamen, fünfzehn neugierige Augenpaare starrten mich an und ich murmelte nur: „Hi." Kelly sprach für alle: „Anna, jetzt sind wir unter uns, und alles schön der Reihe nach."

In diesem Moment wünschte ich mir fast, dass es eine ganz normale Zusammenkunft wäre und ich nicht im Mittelpunkt stehen würde. Aber ganz so richtig war das auch wieder nicht, denn man konnte bei uns Frauen nie normale Zusammenkünfte erleben.

In unserem Viertel wurde ein Spiel gespielt und das hieß „Männer gegen Frauen". Das Eintrittsalter lag bei 18 Jahren und die Zusammenkünfte waren sporadisch. Als die älteren Frauen mitbekommen hatten, dass ihre Männer mittels einer Geheimsprache heimlich Treffen vereinbarten, um zu trinken, zu rauchen, Poker zu spielen und sich über ihre Frauen zu beklagen und dabei ein wenig Dampf abzulassen, fanden die Frauen, das könnten sie auch.

Auf jeden Fall funktionierte dieses Schema, denn Scheidungen gab es nicht in diesem Viertel, keine Gewalttätigkeit oder Ähnliches. Alles war natürlich streng vertraulich, obwohl beide Parteien genau wussten, was los war, wurde aus der Heimlichkeit ein Topsecret-Staatsakt gemacht.

Bei diesem Gedanken grinste ich ein wenig schadenfroh. *Wer weiß, was Patrick heute noch bevorsteht.*

Wenn Ruth mit der „Frauenverschwörerrunde" an der Reihe war, gab es meistens eine Dildoparty. Ich hatte ein ganzes Regiment in meinem Badezimmerschrank, weil ich jedes Mal aus Höflichkeit etwas kaufte.

Jedenfalls hatten alle Frauen und Männer nach solch einer Veranstaltung hinterher glänzende Augen. Hier meinte ich ausschließlich die Ehepaare.

Also, heute keine Dildoparty, sondern Annas Geschäftsbeziehungen.

Ich holte tief Luft und begann am Anfang. Selbstverständlich ließ ich die Kussszene unter den Tisch fallen, denn mein Verhalten war mir immer noch peinlich. Zwischendurch gab es immer wieder Nachfragen und Gelächter. Einige Sachen fand ich im Nachhinein selbst komisch und lachte nach einer Weile selbst mit.

Als ich am Ende meiner Erzählungen angekommen war, schaute mich Kelly an und fragte ganz direkt: „Du magst ihn, stimmt's?" Und ich antwortete direkt zurück: „Ja. Aber ich bin auch realistisch. Er hier, ich da, daraus kann nichts werden, das ist mir vollkommen klar. Aber solange es geht, kann ich doch ein wenig genießen. Ist das so schlimm?"

Kelly bohrte weiter: „Meinst du, er mag dich auch?"

„Ich denke schon, sonst würde er mich nicht am Donnerstag seinen Eltern vorstellen", erinnerte ich sie.

„Na gut, kommen wir jetzt zur Kleiderfrage", ging sie zum zweitwichtigsten Frauenthema über.

Ich schaute Mia bittend an, sie war Schneiderin und betrieb eine eigene kleine Boutique.

„Mia, ich habe 300,00 Dollar, kannst du daraus etwas machen, ein tolles Premierenkleid?", wollte ich wissen.

Sie lächelte und antwortete: „Na klar, aber nur, wenn Maike und ich mit ins Konzert dürfen. Wir müssen dir beim Ankleiden helfen und außerdem sind wir schrecklich neugierig."

Erleichtert atmete ich aus, die wichtigen Sachen hatten wir geklärt. Bis kurz vor Mitternacht quatschten wir noch, dann sagte ich „Tschüss" und ging in meine Wohnung hoch. Vorher schaute ich aber noch nach draußen, ob Patricks Auto in der Einfahrt stand. Es stand noch da. Sicher ist er mit dem Taxi nach Hause gefahren. In dieser Nacht schlief ich gut und traumlos.

Am nächsten Tag machte ich mich für die Arbeit fertig, nahm mein Rad und ging zur Bäckerei, um dort zu frühstücken. Patricks Auto stand immer noch in der Einfahrt.

Gutgelaunt betrat ich den Laden mit einem fröhlichen „Guten Morgen, Frank, ich frühstücke hier".

Frank lächelte und sagte wie üblich: „Klar, kommt gleich."

Als er das Frühstück vor mir hingestellt hatte, fragte er: „Wie war dein Abend?" Ich konterte: „Und, wie war deiner?" Wir grinsten beide, geheimnisvoll.

Dann wollte ich wissen: „Ist Patrick mit dem Taxi ins Hotel gefahren?"

In diesem Moment zeigte er mit seinem Daumen Richtung Backstube und ein verkaterter, zerzauster und unglaublich sexy aussehender Patrick erschien im Türrahmen.

Völlig verdattert kombinierte ich, dass er hier geschlafen haben musste.

Ich grinste und fragte übertrieben fürsorglich: „Hi, was haben sie denn mit dir angestellt? Hoffentlich wirst du nie so alt, wie du heute Morgen aussiehst." Sein lahmer Kommentar war: „Ha, ha, echt witzig."

Frank verschwand in die Backstube und kam mit einem Glas Tomatensaft wieder heraus. Dann befahl er: „Trink das ex. Entweder bleibt es drinnen oder … na los."

Frank feixte mich an und ich feixte zurück.

Ich musste nun los zur Arbeit und sagte übertrieben laut: „Ich fahre dann mal, hier hast du meine Wohnungsschlüssel, hau dich noch für einen Moment hin, wenn du gehst, gib Frank den Schlüssel oder bring ihn vorbei. Tschüss."

Patrick verdrehte nur seine Augen und ich sah, dass er froh war, als ich aufgehört habe zu sprechen.

Lachend setzte ich mich aufs Rad und fuhr los.

Natürlich erwarteten mich John und Carter neugierig. Auch ihnen gab ich eine grobe Zusammenfassung und sie freuten sich, dass Lou-Lou einen neuen Besitzer gefunden hatte.

Der Morgen verging schnell und zum Mittagessen kam Piet vorbei. Er grinste auch, als er mich sah. „Und lebt er noch?", fragte er schadenfroh. „Mehr schlecht als recht, würde ich sagen. Was war los?" Piet schüttelte seinen Kopf. „Geheim wie immer", erinnerte er mich. „Hier hast du den iPod. Wir proben heute Abend in der Konzerthalle." Er gab mir die Adresse. „Sei pünktlich, sagen wir um 18.00 Uhr, o. k.? Fang heute Nachmittag mit dem ersten Lied schon an, zu üben, drück Nummer 13. Viel Glück!"

Dann umarmte er mich und weg war er.

Gleich nach dem Mittagessen legte ich los. Ohrstöpsel rein, und ich drückte die Nummer 13. Verträumt lauschte ich der Musik und hörte auf den Text. Ich war völlig hin und her gerissen und ich fragte mich, welches Instrument er wohl spielte.

Zum Feierabend konnte ich dieses Lied in- und auswendig, aber natürlich konnte ich es noch nicht singen, aber zum Summen reichte es schon.

Ich verabschiedete mich von meinen Kollegen und fuhr schnell nach Hause.

Unterwegs fiel mir ein, dass ich gar nicht wusste, wann morgen das Interview stattfinden sollte und wo. Ich hoffte darauf, dass Patrick mich noch anrufen würde. Ich bog um die Ecke und sah sein Auto immer noch in der Auffahrt stehen. Vielleicht wartete er ja bei Frank auf mich.

Aber bei Frank, kein Schlüssel und kein Patrick. Also schlief er wohl immer noch bei mir. Ich kaufte Kuchen und ging in meine Wohnung.

Er lag gemütlich auf meinem Sofa und schaute fern. Als er mich sah, empfing er mich mit einem unwiderstehlichen Lächeln. Und ich grinste zurück. „Hi … wieder alles o. k.?", wollte ich wissen.

Er lächelte immer noch und sagte: „Mal abgesehen, dass dein Bett die reinste Zumutung ist, ja."

„Läster ja nicht über mein Bett. Du warst der erste Mann da drin."

„Ein bisschen mehr Respekt", erinnerte ich ihn.

Und schon wieder schaute er mich so eigenartig an und murmelte nur: „Das freut mich. Sehr."

Für ein paar Sekunden war ich ein wenig verwirrt und kicherte ein bisschen verlegen.

Schnell fragte ich: „Was hältst du von Kaffee und Kuchen?"

„Ich habe darauf gehofft, dass du das fragst", gab er zu.

Ich setzte die Kaffeemaschine an und wollte beiläufig von ihm wissen: „Vermissen sie dich nicht im Hotel?"

Er murmelte nur: „Glaube nicht."

Dann fiel mir ein, dass ich heute meine erste Gesangsprobe hatte, und zeigte Patrick die Adresse.

„Kannst du mich nachher mitnehmen oder geben wir zu viel Deckung auf?" „Weißt du, wo das ist?", wollte ich wissen. „Klar kann ich dich mitnehmen, das ist gleich neben meinem Hotel", bot er sofort an.

„Prima", freute ich mich.

Der Kaffee war fertig, ich deckte schnell den Tisch und stellte den Kuchen dazu, dann deutete ich ihm zu kommen.

„Gibst du mir deine Handynummer oder soll ich dir meine geben?" „Wir haben in den nächsten Tagen vielleicht mal zwischendurch Redebedarf", sagte ich. Wir tauschten unsere Nummern gegenseitig aus.

Eine Weile sagte keiner etwas und das kam mir ein wenig komisch vor.

Dann platzte ich heraus: „Sag mal, du bist heute so einsilbig, stimmt etwas nicht?"

„Hm ... ich weiß nicht, ob ich etwas sagen soll", gestand er ein wenig mürrisch.

„Na los", ermunterte ich ihn.

„Also gut. Heute Mittag war ich auf der Suche nach einer Zahnbürste im Bad." „Da habe ich eine interessante Sammlung gefunden und bin ein wenig schockiert", sagte er ein wenig reserviert.

Ich begriff sofort und mir klappte die Kinnlade runter, ich starrte ihn ein paar Sekunden an und fing laut an zu lachen. Die Tränen liefen mir aus den Augen und ich würgte nur heraus: „Du meinst meine Dildos?"

Ich lachte bestimmt geschlagene fünf Minuten, dann kriegte ich mich ein wenig ein. Die ganze Zeit saß er mir mit einem bitterbösen Gesichtsausdruck gegenüber. Ich fand, er hatte eine Erklärung verdient.

„Sagst du mir, was ihr gestern gemacht habt?", fragte ich.

Er lächelte ein wenig und schüttelte seinen Kopf.

„Siehst du und ich kann dir nicht sagen, was ich gemacht habe. Ich kann dir nur so viel verraten, dass die Frauen in der Zeit, wo ihre Männer ihrem Geheimnis nachgehen, sich mit solchen Dingen beschäftigen. Und das Motto unter den Frauen lautet: mitgefangen, mitgehangen. Wenn du wüstest, wieviel ich von diesen Dingern auf dem Flohmarkt schon verscherbelt habe. Tja, und in der letzten Zeit bin ich nicht auf Flohmärkte gekommen. Also stehen sie im Badschrank zur reinen Dekoration."

Ich gluckste immer noch amüsiert. Patrick fand sein strahlendes Lächeln wieder und kommentierte gespielt leidend: „Oh Gott, wo bin ich bloß reingeraten."

Ich räumte schnell auf, holte mir eine neue Jeans und ein T-Shirt aus der Kommode und ging Richtung Bad. „Ich ziehe mich schnell um, dann können wir los", erklärte ich ihm.

Er nickte und rief mir hinterher: „Ich habe geduscht, ich hoffe es stört dich nicht."

„Übrigens dein Badspiegel hängt so niedrig, ich konnte nur meine Brusthaare sehen", stichelte er.

Ich rief durch die geschlossene Tür. „Du hättest dich auf den kleinen rosa Stuhl setzen sollen, das wäre perfekt gewesen", konterte ich. Ich hörte sein Lachen und musste auch lächeln.

Er hatte aufgeräumt, seine Zahnbürste steckte im Glas neben meiner. Ich wusste nicht, was ich davon halten sollte, das war irgendwie intim.

Na gut, das war nicht weiter schlimm, befand ich schließlich.

Als ich mein Gesicht eincremen wollte, merkte ich, dass die Dose fast leer war.

Ich schnaubte, also hatte sich Mister „Gutaussehend" großzügig bedient. Meine gute und einzige Creme, das war ja wohl nicht zu fassen. Dafür verdiente er eine Strafe und ich wusste auch schon wie.

Ich zog mich schnell um, kämmte mich, flocht mir einen französischen Zopf und ging mit gerunzelter Stirn ins Wohnzimmer. Mit gespielt entsetztem Gesichtsausdruck fragte ich ihn: „Sag mal, hast du diese Creme benutzt? Spinnst du? Das ist reines Östrogen. Planst du eine Geschlechtsumwandlung?"

Verwirrt starrte er auf die Dose, dann mich an, sprintete an mir vorbei ins Bad und wusch sich ziemlich heftig sein Gesicht.

Zum zweiten Mal bekam ich einen Lachanfall. Nach ein paar Sekunden begriff er, dass er mir auf den Leim gegangen war, und kam drohend mit tropfendem Gesicht auf mich zu und ich suchte Deckung hinter dem Esstisch. Unter Lachen sagte ich: „Das war meine gute Creme. Bei mir hält sie mindestens acht Wochen und du verschwendest sie, als würde viel, viel helfen."

Er fing mich und ich landete in seinen Armen. Meine Atmung wurde hektisch und ich sah in seinen Augen das leidenschaftliche Glühen, dann strich er mir über die Wangenknochen, schüttelte seinen Kopf und gab mich frei.

Meine innere Stimme schrie mich an.

Anna, du blöde Nuss. Warum hast du ihn nicht geküsst. Du hast doch gesehen, dass er das wollte. Wie kann man bloß so dumm sein.

Ich brachte meine innere Stimme zum Schweigen und flüsterte nur: „Wow, noch mal davongekommen."

Patrick flüsterte zurück: „Für den Moment. Ja."

Dann lächelten wir uns beide mit der Sicherheit an, dass es wohl unausweichlich war. Damit konnte ich durchaus leben.

Im Auto fragte ich ihn: „Wann ist denn morgen die Pressekonferenz und wo?"

Er antwortet mir: „In meinem Hotelzimmer um 17.00 Uhr. Es ist ein Livetermin, also keine Proben. Ich hole dich um 15.00 Uhr ab."

„Muss ich mich irgendwie vorbereiten?", wollte ich wissen.

„Nur auf dein Projekt und sei einfach nur Anna. Eines sollte ich dir vielleicht noch sagen, im Interview wirst du den Patrick erleben, der Illusionen verkauft, aber eines musst du mir unbedingt glauben, ich werde versuchen, dich vor den Haien zu schützen und dass du nicht von der Presse durch den Kakao gezogen wirst. Aber sollte das doch geschehen, meinst du, kannst du dann damit umgehen?"

Ich überlegte einen Moment und sagte: „Ich denke ja. Du hast selbst gesagt, ich bin eine starke Frau, und ich vertraue dir, so oder so."

Ich sah ihm an, dass ihn diese Aussage glücklich machte. Dann wollte ich wissen: „Werden sie nicht danach fragen, ob ich deine Freundin bin?"

„Solche Fragen lasse ich im Vorfeld abchecken und nicht zu", erklärte er grinsend.

Ich konnte mir nicht verkneifen zu fragen: „Und warum nicht?"

Er grinste immer noch und sprach: „Um die Spannung zu erhöhen. Wir haben ja schließlich noch den Donnerstag."

„Und wann beginnt am Donnerstag das Konzert und wo?", fragte ich weiter.

„Um 20.00 Uhr, ihr solltet aber spätestens um 17.00 Uhr da sein und es findet in dem Saal, wo ihr heute schon übt, statt", informierte er mich.

„Ich brauche noch zwei Karten für Mia und Maike. Sie helfen mir bei den Vorbereitungen. Du wirst die beiden bestimmt mögen." „Ich habe noch nie schönere Frauen gesehen", gestand ich ihm vorsichtig und ein wenig lauernd.

Diese Mitteilung brachte ihn für keine Sekunde aus dem Konzept. „Der Sicherheitsdienst kümmert sich darum, ich sage ihm Bescheid", sagte er knapp.

„Ich bin heute den ganzen Tag mit dem iPod umhergelaufen. Unser gemeinsames Lied gefällt mir übrigens sehr." „Welches Instrument spielst du eigentlich?", wollte ich wissen.

Kurz schaut er mich wieder mit diesem rätselhaften Gesichtsausdruck an, dann sprach er: „Hauptsächlich Gitarre oder Klavier."

Ich wollte schon die nächste Frage stellen, da klingelte sein Handy. Patrick ging ran und sagte: „Hi, Mom. Was gibt's? Morgen um 17.00 Uhr Ortszeit. Mom, es gibt da eine kleine Überraschung, also nicht in Ohnmacht fallen."

Mit gespitzten Ohren hörte ich zu, konnte aber kein Wort verstehen, was Patricks Mom fragte. Er kicherte bloß und sagte: „Ja." Wieder fragte sie etwas und er lachte immer noch und erwiderte: „Anna."

Mir blieb vor Schreck die Spucke weg.

„Ich hole euch um 15.00 Uhr vom Flughafen ab. Tschüss."

Entschuldigend sagte er: „Ich fand die Vorwarnung fair. Nicht böse sein. Bitte."

Was sollte ich darauf erwidern – nichts.

Er fuhr direkt in die Tiefgarage seines Hotels und schlug vor, zu Fuß zum Konzertsaal zu gehen.

Wie selbstverständlich nahm er meine Hand und zog mich vorwärts. Ich bemerkte, dass er kurz vor dem Ausgang anhielt und vorsichtig nach draußen schaute. Das kam mir alles ein wenig lächerlich vor und ich sagte: „Ist doch egal, wenn sie uns sehen,

je mehr du versuchst, etwas zu verstecken oder zu verheimlichen, umso schlimmer wird es. Oder schämst du dich für mich?"
Ehe ich mich versah, zog er mich zurück, drückte mich an die Wand und stützte rechts und links seine Arme an der Wand ab. Er flüsterte: „Bist du verrückt? Du glaubst, ich schäme mich für dich? Soll ich dir zeigen, was ich am liebsten machen würde, und das am liebsten nicht in einer dunklen Ecke?"
Ich schluckte und sah ihn anschmachtend an: „Was?"
Natürlich wusste ich, was nun kommen würde, nein, was kommen musste.
Wieder küsste er mich und wieder war es für mich die reinste Offenbarung. Ich drückte mich enger an ihn und er hob mich auf seine Arme. Ich schlang meine Beine um seine Hüften und er drückte mich leidenschaftlich an die Wand.
Nach einer Weile schnappten wir beide wieder nach Luft und beruhigten uns allmählich.
Dann sagte er ziemlich barsch: „Ich hoffe nicht, dass du mir noch einmal so eine blöde Frage stellst."
Er lies mich runter, fasste meine Hand und zog mich auf die Straße. Willig und ziemlich zufrieden lächelnd, lief ich einfach mit. Er schaute mich an und grinste ebenfalls.
Piet und die anderen Jungs waren schon da und registrierten ein wenig ungläubig unsere händchenhaltende Ankunft. Patrick grüßte kurz und verabschiedete sich und meinte: „Ich hole dich gegen 20.00 Uhr ab und fahre dich nach Hause. Einverstanden?"
Klar war ich einverstanden, also nickte ich nur.
Dann ging es los mit den Proben. Ich hörte mir immer wieder die Livemusik an, ohne auch nur einmal zu singen. Ich saß vor der Bühne und summte mit geschlossenen Augen in voller Konzentration. Die Jungs waren wirklich gut und ich wusste, um diesen Song zu performen brauchte ich sie auch dazu. Kurz vor 20.00 Uhr hatte ich den Song drauf. Den Text kannte ich bereits auswendig. Aber ich hatte noch nicht ein einziges Mal gesungen. Das würde ich erst am Konzertabend machen.
Piet wusste das und ich wusste, wenn überhaupt, würde es nur so funktionieren.

Patrick kam zurück, beladen mit unzähligen Tüten mit Essen vom Chinesen, dazu Bier und für mich eine Cola.

Als er näher kam, meinte er: „Ich hatte eigentlich gehofft, dich singen zu hören, aber ich habe nur die Band gehört. Ihr wart sehr gut – Kompliment."

Ich konterte: „Ich wusste, dass du lauschen würdest, also habe ich nicht gesungen. Das muss warten bis zum Konzertabend."

Er schüttelte seinen Kopf und wandte sich an Piet: „Sie verarscht mich schon wieder, stimmt's?"

Piet grinste und schüttelte ebenfalls seinen Kopf und sagte: „Tja, so ist sie eben. Wir wissen auch nicht, was auf uns zukommt."

Dann machten wir uns gemeinsam über das Essen her. Die Männer fachsimpelten und ich hatte mir den iPod wieder eingestöpselt, um unser gemeinsames Lied zu hören. Nach einer Stunde brachen wir gemeinsam auf. Weitere Proben wollten wir nicht machen. Die Männer würden morgen noch die technischen Details absprechen, wobei das Wort „Feuerfontänen" ziemlich häufig fiel. Aber ich hörte nicht wirklich zu.

Piet fragte noch kurz, wie ich nach Hause kommen würde, und ich erklärte ihm, dass Patrick mich fahren würde, dann verabschiedeten wir uns.

Patrick nahm wieder meine Hand und wir gingen zum Auto. Ich sah, dass ihn irgendetwas beschäftigte.

Nach einer schweigsamen Weile fragte er: „Tut mir leid. Ich kapier das nicht, warum hast du nicht gesungen?"

Ich antwortete ihm wahrheitsgemäß: „Weil es nur so funktionieren kann. Ich kann wirklich nicht singen, das war kein Witz, aber ich habe die Chance, trotzdem nicht alles zu vermasseln, wenn ich einfach nur fühle.

Du hast mich doch neulich gefragt, ob ich nachts schlafe oder wann ich mir die logischen Verrücktheiten ausdenke, erinnerst du dich?"

Er nickte bloß.

„Ich muss diese Energie fühlen, denn wenn ich einhundertprozentig von etwas überzeugt bin, dann bemerke ich diese Energie und alles kommt von ganz allein. Und darauf baue ich gewissermaßen."

Dann sagte er: „Piet weiß das, stimmt's?"

Er hörte sich ein wenig mutlos an und ich erwiderte: „Er kennt mich schon länger als du und vergiss bitte nicht, Piet weiß nichts über mein ‚Brötchenproblem'. Kann dich das ein wenig aufheitern?"

Er schielte zu mir rüber und grinste: „Du hast wohl auf alles die richtige Antwort, was?"

„Ich gebe mir Mühe", grinste ich in seine Richtung.

„Übrigens arbeite ich morgen nur noch bis Mittag und habe mir für den Rest der Woche freigenommen. Eigentlich haben mich John und Carter genötigt, das zu tun. Aber mir soll's recht sein."

„Am Sonntag hole ich dann Lou-Lou ab, ich bringe sie dann zur Premierenfeier mit", informierte ich ihn.

Aus irgendeinem Grund schien ihn diese Mitteilung zu erheitern. Aber er ließ mir keine Zeit, näher nachzufragen, weil er wissen wollte, ob ich schon ein Konto für wohltätige Zwecke eingerichtet hätte. *Mist*. Daran hatte ich überhaupt noch nicht gedacht.

Ich schüttelte meinen Kopf und meinte: „Nein, daran habe ich noch gar nicht gedacht, aber danke, dass du mich daran erinnerst. Das mache ich gleich Donnerstag früh."

Wir plauderten noch ein wenig, dann waren wir auch schon zu Hause.

Patrick stieg mit aus, nahm mich in den Arm und flüsterte: „Schlaf gut." Dann küsste er mich ganz zärtlich und murmelte: „Jetzt hat Ruth bestimmt genug gesehen. Geh besser rein, sonst kann ich mich nicht beherrschen."

Ich wischte diesen Einwand sofort vom Tisch: „Komm, wir bieten ihr noch ein bisschen mehr." Dann zog ich ihn, wie immer stürmisch, in die Arme und küsste ihn richtig. Ich freute mich, dass er sofort bereitwillig mitmachte.

Als wir diesen Kuss beendeten, gab es nur noch ein geflüstertes „Schlaf schön" und ich rannte in meine Wohnung.

An diesem Abend kam Ruth nicht mehr hoch, ich machte mich bettfertig und schlief sofort ein.

Am nächsten Morgen hatte ich nicht so viel Glück.

Als ich das Haus verlassen wollte, stand sie mit verschränkten Armen vor mir und sagte: „Anna, alle sorgen sich um dich, aber nachdem was ich gestern Abend zufällig mit ansehen musste, sollten wir uns vielleicht Sorgen um den netten Jungen machen. Du hast ihm gar keine Chance gelassen. Er wirkte so schüchtern und du hast ihn regelrecht überfallen. Ich fasse es nicht."

Ein wenig bockig gab ich zurück: „Der Schein trügt, Ruth. Er ist Schauspieler, schon vergessen?"

Bei Frank im Laden war es auch nicht viel besser. Natürlich wussten alle Bescheid. Aber komischerweise machte Frank keine blöden Kommentare oder kam nicht mit besorgten Lebenssprüchen. Das machte mich doch ein wenig stutzig, aber mir sollte es recht sein.

Der Vormittag verging wie im Fluge.

Als ich zu Hause war, aß ich schnell etwas, sprang unter die Dusche, guckte beim Haareföhnen unentwegt die beiden benutzten Zahnbürsten an und zog mich schließlich an.

Ich hatte mich für meine beste Jeans und eine ärmellose weiße Bluse entschieden, darüber trug ich meine braune Lederjacke. Die Haare flocht ich zu einem französischen Zopf und fertig war ich.

Es dauerte auch nicht lange und ich hörte Patricks Auto und lief nach unten.

Lächelnd begrüßten wir uns und küssten uns. Diesmal ganz sittsam. Im Auto erzählte ich ihm kichernd, dass Ruth mir eine Standpauke gehalten hätte und sie Mitleid mit ihm haben würde, weil ich so stürmisch war. Wir beide lachten gemeinsam darüber.

Wieder fuhren wir in die Tiefgarage und nahmen händchenhaltend den Fahrstuhl bis in die zwölfte Etage.

Als wir aus dem Fahrstuhl stiegen, empfing uns hektische Betriebsamkeit und ich bekam kurz Panik.

Patrick nahm meine Hand, als er sah, wie es mir ging und flüsterte beruhigend: „Lass dich nicht einschüchtern von all dem. Das sind Leute, die nur ihre Arbeit machen." Dann küsste er mich auf meinen Mundwinkel und mir ging es etwas besser, dann zog er mich in sein Zimmer. Auch hier waren wir nicht allein, aber ich schaute mich trotzdem um. „Wow, der Herr lebt feudal, was?", konnte ich mir ein Lästern nicht verkneifen. Er zuckte nur mit seinen Schultern.

„Hör zu, hier geht es gleich los wie im Hühnerstall. Nimm dich in Acht vor Mrs. Carter, sie dirigiert hier alles. Für gewöhnlich macht sie Groupies – bei diesem Begriff malte er Gänsefüßchen in die Luft – wie dich runter, weil sie die nicht leiden kann. Biete ihr sofort Paroli und zeig, wer das Sagen hat." „Du machst das schon, ich vertraue dir", raunte er mir ins Ohr.

Erschrocken fragte ich nach: „Warum kann sie die Groupies – ich benutzte ebenfalls die Zeichensprache – nicht leiden?"

„Weil sie denkt, sie wollen sich reich schlafen und am liebsten nicht arbeiten."

„Hm … führt sie auch das Interview?", wollte ich noch wissen. Er kam nur noch dazu, seinen Kopf zu schütteln, dann ging es los. „Hallo Patrick, schön sie zu sehen." „Sie sehen strahlend aus, einfach umwerfend", säuselte eine großgewachsene Blondine, nahm ihn in den Arm und küsste ihn auf beide Wangen.

Strahlend erwiderte er ihre Höflichkeiten. Und ich erfuhr, dass Mrs. Carter anwesend war.

Ich konnte sie auf Anhieb nicht leiden.

Patrick hatte mir ja erzählt, er würde ein anderer sein. Ansonsten wäre es ein richtiger Schock gewesen. So hoffte ich, könnte ich damit umgehen.

„Mrs. Carter, ich möchte ihnen meine Geschäftspartnerin Miss Anna Baxter vorstellen." Er zeigte in meine Richtung. „Anna, Mrs. Carter, Mrs. Carter, Miss Baxter." Wir gaben uns höflich die Hand.

Im Stillen nannte ich Mrs. Carter bereits den Drachen.

Noch eine Blondine kam ins Zimmer. Ich erfuhr, dass das Mrs. Jones war. Sie führte das Interview. Sie war mir sympathisch, auch hier die gleiche Begrüßungszeremonie. „Patrick, wir müssen noch einige Fragen abgleichen." „Haben wir ein ungestörtes Plätzchen?", fragte Mrs. Jones in einem sehr geschäftsmäßigen Ton.

Er zeigte zu einer Tür im Nebenzimmer, blinzelte mir zu und verschwand. Ich war mit dem Drachen allein.

Die fackelte auch nicht lange und ging sofort zum Angriff über. „Also Schätzchen, so können Sie auf gar keinen Fall vor die Kamera treten. Was sind das bloß für Klamotten, der reinste Gammellook und Ihre Frisur ist einfach nur unmöglich. In die Maske müssen Sie auch noch. Die Zeit wird niemals ausreichen, um Sie vorzeigbar zu präsentieren. Los, ziehen Sie etwas Anderes an. Sofort."

Ich pumpte mich vor Wut regelrecht auf und zischte zurück: „Mrs. Carter, ich glaube nicht gehört zu haben, dass Patrick mich als Schätzchen vorgestellt hat, daher wiederhole ich gern für sie noch einmal meinen Namen. Ich heiße Anna Baxter und für Sie bitte, Miss Baxter. Ich werde mich auf keinen Fall umziehen, ich denke, Sie hatten sowieso auch nur Reizwäsche vor Ihrem inneren Auge, als Sie mich taxiert haben.

Meine Frisur bleibt genauso, wie sie ist. Und wenn Sie mich nicht höflich ansprechen können, lassen Sie es eben bleiben. Wissen Sie, ich könnte jetzt in diesem Moment nach meinem langen Arbeitstag mit Popcorn auf meinem Sofa lümmeln und eine bescheuerte Fernsehsendung gelangweilt anschauen. Aber das tu ich nicht, weil ich heute hier etwas Wichtiges verkünden möchte. Also behandeln Sie mich mit dem nötigen Respekt, dann tu ich das auch. Verstanden?"

Bei meinem wütenden Monolog ist ihr die Kinnlade heruntergefallen und sie ist zur Schnappatmung übergegangen. Aber sie erholte sich rasch.

„Miss Baxter, Sie müssen aber in die Maske, sonst glänzen Sie", sagte sie höflich.

Ich nickte und sie zeigte mir den Weg. Dabei fiel mein Blick auf die Tür zu dem Raum, wo sich Patrick aufhielt, entsetzt guckte ich beim Vorbeigehen hinein und sah noch, wie zwei Personen sich mühsam das Lachen verkneifen mussten.

Sie führte mich ins Schlafzimmer und ich wurde von einem schüchternen Mädchen, das Lisa hieß, begrüßt und vor einen gigantischen Spiegel gesetzt. Flüchtig schaute ich mich um und schüttelte vor so viel Luxus innerlich meinen Kopf. Kurz darauf ging die Tür auf und Patrick kam herein.

Er grinste immer noch, begrüßte Lisa, die prompt rot wurde, nahm meine Hand und raunte mir zu: „Gut gemacht. Ich habe mich selten so amüsiert."

Dann mussten wir stillhalten und die Prozedur über uns ergehen lassen.

Zwischenzeitlich wurde im Wohnzimmer alles für das Interview vorbereitet und wir nahmen auf einem kleinen gemütlichen Sofa Platz. Mrs. Jones platzierte sich uns gegenüber in einem Sessel. Ein paar Minuten hatten wir noch und mir kam plötzlich eine Idee.

„Mrs. Jones, kann ich Ihnen mal eine Frage stellen?", bat ich. Überrascht sah sie mich an und nickte.

„Patrick hat mir erzählt, dass Ihr Sender morgen das Konzert übertragen wird und 10.000,00 Dollar für die Rechte bezahlt?", wollte ich wissen.

Wieder nickte sie.

„Mit welch einer Einschaltquote rechnen Sie?", fragte ich, wie ich fand, recht geschäftsmäßig.

Patrick guckte mich verständnislos an, weil er nicht wissen konnte, was ich nun vorhatte.

Mrs. Jones war auch ein wenig irritiert, aber sie antwortete: „Wir rechnen mit maximal 4,5 %."

„Hm ... wenn wir nun erreichen könnten, dass die Quote mindestens auf 6 % steigt, würde der Sender für jeden Prozentanteil hinter dem Komma, was oberhalb der 6 % liegt, zusätzlich 1.000,00 zahlen?", hakte ich nach. Jetzt stand sie völlig neben sich und stotterte: „Ich denke ja."

Ich strahlte, guckte zu Patrick und sagte: „Na los, kurbeln wir deine Musikkarriere an."

Er sagte entschuldigend zu Mrs. Jones: „Sie verhandelt gern." Aber er lächelte.

Einmal kurz durchatmen und das Interview begann.

Ich war fasziniert davon, wie ruhig und selbstsicher Patrick die Fragen meisterte.

Als er gefragt wurde, wann er begonnen hatte, die Musik zu schreiben und die Texte dazu zu verfassen, wurde auch ich neugierig. Er antwortete darauf: „Vor einem halben Jahr habe ich damit begon-

nen und vor drei Tagen habe ich mit den letzten beiden Songs geendet. Überrascht schaute ich ihn an, da kannten wir uns schon."
„Wann haben Sie sich entschlossen, Mrs. Baxter in ihrem Konzert auftreten zu lassen?", wollte Mrs. Jones wissen.
Er erwiderte: „Vor zwei Tagen."
Mrs. Jones: „Wie lange kennen Sie sich schon, ich meine, Sie mussten doch proben?"
Da tat er so, als müsste er überlegen, und antwortete: „Seit vier Tagen. Wir haben nicht geprobt und ich habe sie auch noch nie singen gehört."
Mrs. Jones wendet sich an mich: „Das kann man fast nicht glauben, stimmt das?"
„Er sagt die volle Wahrheit", bestätigte ich, sah zu ihm hin und grinste.
Mrs. Jones: „Ich muss gestehen, ich bin ein wenig verwirrt."
Patrick: „Glauben Sie mir, dass bin schon seit vier Tagen." Er konnte sich das Lachen kaum verkneifen.
Mrs. Jones: „Können Sie das erklären?"
Patrick: „Ja. Sie zwingt mich" – dabei zeigt er in meine Richtung – „zur Premierenfeier meines neuen Films am Sonntag mit einem weißen Zwergpudel über den roten Teppich zu laufen, und hat auch noch behauptet, dass der Pudel mir ähnlich sieht. Stellen Sie sich vor, ich in der Mitte, Lou-Lou an meiner linken und an der anderen Seite der andere Z…"
Er kam nicht dazu, zu Ende zu sprechen. Ich ging dazwischen.
Ich: „Patrick Tayler, wolltest du gerade ‚Zwerg' sagen. Hast du mich gerade einen Zwerg genannt? Also mir fehlen doch glatt die Worte." Wütend schnaufte ich ihn an.
Er: „Du hast schließlich auch gesagt, er sieht mir ähnlich, oder?", stichelte er süffisant.
Ich schlug ziemlich boshaft zurück: „Das stimmt ja auch. Ich stehe dazu. Aber ich bin hier nicht derjenige, der auf so blöde Ideen kommt, mich singen zu lassen. Dabei kann ich gar nicht singen. Keiner meiner Freunde will mich in seinem Karaoketeam haben, weil ich nur die Punktzahl versaue." „Aber dieser Mann", dabei zeigte ich auf ihn, „hat mich erpresst."

Mrs. Jones: „Erpresst, wie?", fragte sie verdattert.

Ich erklärte: „Ich arbeite in einem Tierheim und wir brauchen dringend noch vier weitere Zwinger, um die Fristen zu verlängern, bevor die Hunde, die nicht vermittelt werden können, in die Tötungsstation gebracht werden. Bei Lou-Lou läuft die Frist nächste Woche ab, also musste ich alles versuchen, um ein neues Zuhause für sie zu finden. Er war zufällig da und ich dachte, er wäre ein leichtes Opfer. Da ich keine Spende oder Geld von Patrick annehmen wollte …" Hier hielt ich kurz inne, sah ihn böse an und fauchte: „Meine Gesichtscreme ersetzt du mir trotzdem." „… und ich unbedingt ein Verfechter von Nachhaltigkeit bin, damit meine ich, dass wir immer für eine gewisse Lobby den Tierschutz widmen müssen, kam mir der Gedanke, dass er mit Lou-Lou über den roten Teppich marschieren soll. Das ist der eine Grund. Aber er ist raffinierter, als ich dachte." Hier setzte ich eine extrem leidende Gesichtsmimik ein. „Er machte mir ein Angebot, das ich einfach nicht ausschlagen konnte, und jetzt sitze ich hier." Das klang fest ergeben.

Mrs. Jones, immer noch ein wenig konfus und irritiert, fragte: „Welches Angebot und welche Gesichtscreme?"

Ich erklärte mit vollem Eifer: „Über das Eintrittsgeld des Konzertes sowie das Geld der Übertragungsrechte und, sollte sich das Album verkaufen, über die Hälfte des Verkaufserlöses kann ich für wohltätige Zwecke verfügen, wenn ich zwei Lieder singen würde – eines mit ihm und eines soll ich selbst performen, was ich gemeinsam mit meinen vier Freunden machen werde. Ich weiß natürlich, dass ich allein die Welt nicht retten kann, aber ich bin der Meinung, wenn jeder nur ein bisschen mithilft, dann wird sie ein wenig besser. Ich nahm das Angebot an und weiß auch, wie ich mit dem Geld umgehen werde." Hier bekam ich einen gewollt geschäftsmäßigen Gesichtsausdruck hin. „Das Tierheim, in dem ich arbeite, erhält 5.000,00 Dollar, der Rest geht an meinen besten Freund Piet für seine Arbeit als Streetworker, hier in New York.

Er kümmert sich um die Straßenkinder, Kinder, die kein Zuhause haben und von denen die meisten ohne Hoffnung aufwachsen müssen, jemals einen Platz in der Gesellschaft innehaben zu können. Ich war selbst so ein Kind und daher weiß ich, wie wichtig diese Arbeit ist, und sollte noch ein wenig Geld übrig sein, werde ich ein drittes Projekt in Somalia unterstützen, nämlich den Kampf gegen die Verstümmelung weiblicher Genitalien. Dafür mache ich mich morgen vielleicht lächerlich, aber das ist es mir wert. Aber an dieser Stelle möchte ich noch sagen, seine Musik ist wunderschön. Bestrafen Sie ihn nicht, nur weil ich nicht singen kann." „Erwarten Sie bitte nicht zu viel von mir", dann zuckte ich meine Schultern, „erwarten Sie ganz einfach nur alles. Danke." Ich schaute Patrick an und sah sein bewunderndes Lächeln und seine Augen strahlten mich an.

Er räusperte sich und sagte völlig ernsthaft: „Ich wollte gar nicht Zwerg sagen. Ich wollte ‚zauberhafte junge Dame' sagen."

Mrs. Jones hatte ihre Fassung wiedergewonnen und fragte nachdenklich: „Hm … eine Frage nur noch zum Schluss, sind Sie seine Freundin?"

Patrick und ich antworteten wie aus einem Mund: „Nein."

Dann kamen die üblichen Abschiedsfloskeln und das Interview war beendet. Mrs. Jones sah mich stirnrunzelnd an und sagte: „Sie verhandeln also gern? Sie sind clever, das muss ich Ihnen zugestehen, und übrigens, ich habe Ihnen jedes Wort geglaubt. Warten Sie bitte noch einen Moment, ich muss kurz mit dem Sender sprechen."

Patrick flüsterte mir ins Ohr: „Gratuliere, du warst einfach wunderbar. Kamen deine beiden anderen Projekte auch wieder spontan, ich meine das mit dem Fühlen?" Ich flüsterte zurück: „Danke. Was denkst du denn, natürlich."

Er schüttelte nur grinsend seinen Kopf. Nach einer Viertelstunde war Mrs. Jones immer noch nicht da.

„Zeigst du mir mal, wo dein Bad ist, ich muss mir dringend die Paste aus meinem Gesicht waschen", bat ich ihn.

Er zeigte mir das Bad und ging mit mir hinein. Es gab zwei Waschtische, also wuschen wir uns beide die Schminke aus dem Gesicht. Patrick fragte mich: „Was sollte das eigentlich mit der Gesichtscreme?"

Ich grinste und antwortete: „Ich brauchte schließlich noch einen Aufhänger, um die Sache vielleicht noch interessanter zu machen. Zum Glück bist du nochmal davongekommen, was?" Er umarmte mich spontan und wir küssten uns. „Anna, was soll ich bloß mit dir machen?", murmelte er leise an meinem Ohr. Wir gingen zurück ins Zimmer und Mrs. Jones war immer noch nicht da.

Ich beschloss, Piet anzurufen. Er meldete sich sofort und sprudelte los: „Anna, das war einfach toll. Nein, du bist toll und ich danke dir." Und ich sagte: „Und ich danke dir. Ich melde mich, wenn ich zu Hause bin. Tschüss."
Danach rief ich Frank an.
„Hallo Frank, ich habe alles überstanden." Auch Frank fand, dass alles prima gelaufen ist, und beglückwünschte mich und auch ihm sagte ich, dass ich mich noch mal melden würde, wenn ich nach Hause gekommen bin.
In der Zeit, als ich telefonierte, checkte Patrick sein Handy. Stirnrunzelnd sagte er: „Ich bekomme immer nur die Nachricht, dass meine Nummer überlastet ist. So viele Leute kenne ich gar nicht, die auf einmal mit mir sprechen wollen. Ich gehe mal kurz ins Netz."
Ich war allein und es klopfte an der Zimmertür und der Hotelmanager stand davor. „Miss Baxter, Entschuldigung, dass ich störe, aber unten in der Lobby ist der Teufel los und unsere Telefone sind total überlastet. Ich möchte Ihnen und Mr. Tayler raten, wenn sie das Haus verlassen, durch die Tiefgarage zu gehen."
„Der Teufel los wegen uns?", fragte ich fassungslos. Der Manager nickte. *Mist.*
Ich ging in Patricks Arbeitszimmer hinüber. Er schaute mich etwas ratlos an. „Meine Internetseite ist zusammengebrochen – merkwürdig", murmelte er. Ich informierte ihn, was der Hotelmanager gesagt hatte.
Dann begriff er: „Mensch, Anna, wir haben einen Hype losgebrochen." „Wenn wir Pech haben, sitzen wir hier fest", sagte er besorgt.

„Meinst du, wir müssen hier drinnen verhungern?", wollte ich wissen und grinste dabei.

Er war aber immer noch besorgt und ich beruhigte ihn mit den Worten: „Lass es gut sein, wir kriegen das schon hin." Dann küsste ich ihn auf meine eigene stürmische Art.

Nachdem sich unsere Atmung wieder auf Normalmodus heruntergefahren hatte, gingen wir wieder ins andere Zimmer und warteten auf Mrs. Jones.

Entschuldigend kam sie ins Zimmer: „Es tut mir leid, dass das so lange gedauert hat. Ich habe erst vor fünf Minuten eine Leitung zum Sender bekommen. Da draußen ist der Teufel los. Anna, wir brauchen dringend die Kontonummer, der Chef hat erst mal die vom Sender genommen und ich habe das O. K. für unseren Deal bekommen. Alles über 6 % hinter dem Komma bringt zusätzliche 1000,00 Dollar. Gratuliere, wir waren beim Interview heute schon bei 12 %. Der Chef springt vor Freude immer noch im Kreis herum. Es war mir eine Freude, Sie kennenzulernen. Ich muss jetzt los. Tschüss."

Patrick und ich waren allein.

Ich umarmte ihn und sagte: „Danke, dass du für mich in größeren Dimensionen gedacht hast, damit machst du mich sehr glücklich." Ich sah, dass er sich darüber freute.

Dann sagte er: „Los, wir gucken mal, was wir angerichtet haben." Dann schaltete er den Fernseher ein.

Jeder Sender übertrug das Interview. Sie stellten ihre Mutmaßungen in diversen Zusammenfassungen an und nach einer halben Stunde wurde es dann peinlich.

„Mann, ist das immer so? Was machen die bloß für einen Aufstand um mich? Ich bin's nur, Anna."

„Begreifen die nicht, dass ich das niemals hätte allein bewerkstelligen können?", beschwerte ich mich.

Patrick schaute mich ruhig an und erwiderte: „Es ist meistens so. Tut mir leid, aber so ist das Geschäft. Bereust du es?"

Auch ich schaue ihn ernst an: „Machst du Witze, wie kann ich etwas bereuen, was hundertprozentig richtig ist. Ich verrate dir mal was. Es hat mir unglaublichen Spaß gemacht, weil ich wusste, dass wir beide das zusammen ausgetüftelt haben. Aber im Ernst, ohne dich würde ich so etwas niemals allein hinbekommen und ich kann nur hoffen, dass du es nicht bereust."

„Jetzt machst du wohl Witze, denn auch mir hat es Spaß gemacht und macht es noch, meine Anna", flüsterte er und küsste mich. Nachdem er sich wieder von mir gelöst hatte, grinste er und fragte: „Hunger?"

„Immer", erwiderte ich lächelnd.

Patrick machte den Vorschlag Zimmerservice oder Hotelrestaurant. Kichernd entschieden wir uns beide für das Restaurant, weil wir beide neugierig waren, was unten los war.

Er nahm meine Hand und zog mich aus seinem Zimmer in Richtung Fahrstuhl. Wir fuhren direkt zum Restaurant und stiegen, nicht händchenhaltend, aus.

Sofort kam ein Kellner und führte uns an einem Tisch, der nicht direkt eingesehen werden konnte. Also waren wir beim Essen relativ ungestört, wurden jedoch von den anderen Gästen permanent angestarrt. Das störte uns aber nicht weiter. Patrick war es gewohnt und ich blendete die Aufmerksamkeit einfach aus.

Beim Essen fragte er: „Ich bin ein wenig erstaunt, dass du das so gelassen hinnimmst. Irritiert dich das gar nicht? Wenn ich an mich denke, ich meine an die erste Zeit, ich hatte einen Horror davor, mich öffentlich zu zeigen."

Wahrheitsgemäß antwortete ich: „Ich blende das ganz einfach aus. Und im Unterschied zu dir bin ich nicht prominent. Ich bin Anna. Schon vergessen?" Er kicherte: „Wie immer die richtige Antwort."

„Also zu morgen", begann ich, „morgen früh werde ich gemeinsam mit Roger zur Bank gehen und ein Konto einrichten." „Roger ist Anwalt und er hilft mir bestimmt. Weißt du, er hat nicht so viele Klienten, also dachte ich mir, er könnte mich bei meinen Projekten unterstützen. Wenn das so eine Größenordnung annimmt, kann ich Hilfe bestimmt gebrauchen. Dann brauche ich noch die Nummer des Senders, und wohin sind die Eintrittsgelder gegangen?"

Patrick gab mir die Telefonnummer des Senders und die seines Mangers. Dann lobte er mich: „Sehr geschäftstüchtig, Miss Baxter."
Da wir mittlerweile mit dem Essen fertig waren, blieb nur noch zu klären, wie ich diese Belagerungsfestung verlassen könnte. Wir einigten uns darauf, dass ich allein mit seinem Wagen nach Hause fahre.

Also marschierten wir wieder Richtung Fahrstuhl und fuhren in die Tiefgarage.

Bevor wir unten ankamen, drückte Patrick im Fahrstuhl auf „Stopp" und küsste mich noch einmal ausgiebig. „Komm gut nach Hause und schlaf gut", flüsterte er anschließend. Dann sprach er weiter: „Anna, hast du die Texte schon drauf?"

Ich erwiderte: „Klar, das war das Einfachste."

„Ähm … es sind keine Texthänger zu erwarten?" „Hör sie vorsichtshalber doch noch mal an – sicher ist sicher", drängte er.

Etwas verwirrt über seinen eindringlichen Tonfall sagte ich: „Wenn du meinst."

Dann setzte sich der Fahrstuhl wieder in Bewegung.

Natürlich waren wir nicht allein in der Tiefgarage. Kaum dass sich die Türen geöffnet hatten, ging das Blitzlichtgewitter und das Rufen der Paparazzi los. Patrick schob mich durch die Menge und dirigierte mich zum Auto. Ein knappes „Tschüss" und ich fuhr los.

Ich kam unbehelligt zu Hause an und stellte den Wagen in der Einfahrt ab.

Ich hatte noch Licht bei Frank gesehen, also beschloss ich kurz noch rüber zu gehen. Kelly machte die Tür auf und zog mich in den Laden.

„Hi, ich wollte nur sagen, dass ich der Hölle entflohen und gut gelandet bin", informierte ich.

„Bist du allein gekommen?", wollte Kelly wissen. „Ja, mit Patricks Wagen."

Kelly zog mich in ihre Arme und sagte: „Du warst heute wundervoll. Wir sind stolz auf dich."

Frank kam dazu und auch er nahm mich in den Arm.

„So, ich gehe dann mal rüber, tschüss", erwiderte ich und drehte mich in Richtung Tür. Frank hielt mich noch einmal zurück und fragte: „Anna, hast du den Text drauf?"

Stirnrunzelnd schaute ich ihn an. „Warum fragt ihr das alle?", wollte ich wissen. „Klar, habe ich den Text drauf. Ich musste Patrick eben schon versprechen, noch einmal reinzuhören. Ihr seid komisch. Tschüss."

Vor der Haustür wartete Ruth und ich sprach schnell: „Hi, ich bin wieder da. Es ist toll gelaufen. Hast du das Interview gesehen?"

„Ja", antwortete sie, „aber mich interessiert mehr, was man nicht sehen konnte." Ich beugte mich zu ihr und flüsterte: „Nur ein bisschen Geknutsche, sonst nichts, aber behalt das bitte für dich."

„Du kannst dich auf mich verlassen", versprach sie ernst. Ich nuschelte beim Weggehen sarkastisch: „Darauf zähle ich."

Jetzt musste ich nur noch schnell Piet anrufen und wenn ich Glück hätte, konnte ich Roger gleich miterwischen. Ich hatte Glück. Ich informierte Piet über meine glückliche Heimkehr und konnte mit Roger für morgen früh 9.30 Uhr einen Geschäftstermin vereinbaren. Er freute sich riesig, dass ich an ihn gedacht hatte.

Dann war Piet noch mal dran: „Anna, den Text hast du drauf?"

Ich stöhnte: „Was habt ihr alle bloß, du bist schon der Dritte, der fragt. Zu deiner Beruhigung, ich höre morgen noch einmal ganz intensiv rein, versprochen." Dann legte ich auf.

In der Nacht schlief ich gut und wachte voller Tatendrang um 8.00 Uhr auf.

Das Duschen und das Haarewaschen gingen fix. Dann überlegte ich bestimmt eine halbe Stunde, was ich zum Banktermin anziehen sollte. Ich entschied mich für meine beste Jeans und eine dunkelblaue ärmellose Bluse und fand mich chic genug. Dann ging ich in die Bäckerei hinüber.

„Hi, ich frühstücke hier", sagte ich zu Frank und er antwortete wie immer: „Klar, kommt gleich."

„Hast du schon Zeitung gelesen?", wollte er wissen.

Ich schluckte und fragte: „Muss ich Angst haben?" Er rief aus der Backstube: „Nein, alles in Ordnung."

Aber ich war neugierig und nahm mir die Zeitung. Beim Essen las ich entsprechende Auszüge aus dem Interview und Kommentare dazu. Alles war nett untermalt mit Bildern von Patrick und mir – sogar mit welchen aus der Tiefgarage. Grienend dachte ich: „Gut, dass im Fahrstuhl keine Paparazzi waren."

Frank kam wieder nach vorn und ich gab ihm noch kurz einen Lagebericht für den heutigen Tag, dann verabschiedete ich mich und fuhr zur Bank. Roger wartete schon auf mich.

Dann erledigten wir das Geschäftliche. Auch hier genoss ich die höchste Aufmerksamkeit mit Kaffee und Gebäck. So wurden normale Bankkunden nicht behandelt und das ärgerte mich einen Moment lang.

Da das Konto, da es ja für wohltätige Zwecke gedacht war, nicht auf meinen privaten Namen lauten durfte, entschied ich mich für den Namen „Sternenpflücker". Roger und ich waren unterschriftsberechtigt. Und das war's.

Wir besiegelten unsere Geschäftsvereinbarung mit einem Hot Dog und dann fuhr ich nach Hause.

Jetzt musste ich nur noch den Sender und Patricks Manager anrufen, dann konnte ich mich wieder auf heute Abend konzentrieren.

Das Telefonat mit dem Sender amüsierte mich richtig, denn ich sah vor meinem inneren Auge die ständigen Verbeugungen vor meiner Person. Ich gab die Kontonummer, den Verwendungszweck und Rogers Namen und Telefonnummer weiter und wäre anschließend fast vom Stuhl gefallen, als ich hörte, wieviel an Spenden bereits eingegangen war. Es sind innerhalb weniger Stunden 83.576,23 Dollar beim Sender eingetroffen. Wahnsinn.

Das musste ich Patrick sofort erzählen. Aber seine Leitung war immer noch permanent besetzt. „Na gut", dachte ich ein wenig enttäuscht, „dann eben später."

Das Gespräch mit seinem Manager konnte ich auch nicht führen, es war da auch andauernd besetzt – also auch hier später.

Kurz noch ein Anruf im Tierheim, Freudentränen und Glückwünsche austauschen, dann war so weit alles getan.

Ich machte mir schnell noch eine Kleinigkeit zu essen, dann legte ich mich auf meinem kleinen Balkon auf den Liegestuhl, stöpselte die Ohrhörer vom iPod ein und hörte mir die Lieder noch einmal an.

Ich stellte die Musik etwas leiser und hielt nach langer Zeit ganz spontan mal wieder Rücksprache mit meiner inneren Stimme. *Na, Anna, bist du zufrieden mit dir? Läuft alles prima, oder? Solltest du dir nicht endlich einmal Gedanken machen, was nach Sonntag passiert? Dann fängt das wahre Leben wieder an. Du bist dann wieder allein, das weißt du doch.*

Deprimiert schnauzte ich meine innere Stimme an. *Sei still, bis dahin will ich es noch genießen. Genießen? Du liebst ihn, mach dir bitte nicht länger etwas vor. Du willst, dass das niemals endet, stimmt's? Ja, ich liebe ihn und ich will, dass das niemals endet.*

Aber er will keine Beziehung, das hat er selbst gesagt und ich will kein Sex vor der Ehe. Es ist und bleibt eine Sackgasse. Wann hat er gesagt, er will keine Beziehung? Am ersten Abend. Wann hat er die letzten beiden Songs geschrieben? Danach … Oh, Scheiße.

Natürlich, natürlich – deshalb die Fragen, ob ich textsicher bin. Die Männer wissen Bescheid und ich hatte Tomaten auf den Ohren. Ich spielte den ersten Song ab und unter Berücksichtigung meiner neuen Erkenntnisse ergab alles einen Sinn. Es war die ganze Zeit so offensichtlich. Ich war definitiv keine Blitzmerkerin. Das Lied war die reinste Liebeserklärung, darum wollte er es mit mir zusammen singen. *Er liebt mich.*

Das zu wissen, war ein unglaubliches Gefühl – so viel Energie. Und ich wusste plötzlich, ich würde es heute Abend nicht in den Sand setzen. Ich grinste von einem Ohr zum anderen. *Gut.*

Ich nahm mir den zweiten Song vor und mein Herz blieb fast stehen. *Er würde mich nie zu etwas zwingen, was ich nicht will und wartet, dass ich diese Leidenschaft und Verführung in unsere Beziehung rein trage.*

Na, das konnte er haben und ich wusste auch schon wie.

Ich schnappte mir die Autoschlüssel, kramte in der Kommode und fand, was ich suchte, und fuhr zu Mia ins Geschäft. Ich überfiel sie regelrecht mit meiner Frage: „Was hast du für mich für heute vorbereitet?"

Sie ging nach hinten und zeigte auf zwei Kleider, sie waren wunderschön, aber für meine Zwecke unbrauchbar. Ich machte artig meine Komplimente und dann fiel ich mit der Tür ins Haus. Mia guckte mich fassungslos an, schnappte nach Luft und rief nach Maike und dann musste ich nur noch stillstehen. Ich beschwor die beiden, ihren Mund zu halten, und wusste, dass sie das auch tun würden. Sie freuten sich diebisch über unseren Coup.

Alles war arrangiert.

Ich fuhr noch einmal nach Hause und zog meine Arbeitskleidung an, flocht mir meine zwei Zöpfe, schnappte meine Tasche und war fertig. Noch war es ja ein ganz normaler Arbeitstag.

Dann fuhr ich ins Hotel, parkte in der Tiefgarage und marschierte Richtung Konzerthalle.

Vor dem Eingang wartete eine riesige Menschenmenge und ich war ein wenig ratlos, weil ich nicht wusste, wie ich da durchkommen sollte. Dann sah ich, dass der Weg zum Eingang mit den Absperrzäunen frei war, sprach mir selbst Mut zu und ging einfach los.

Die ersten paar Meter kam ich gut voran, dann ging das Geschrei und Blitzlichtgewitter los. Verblüfft registrierte ich, dass immer wieder mein Name gerufen wurde, und ich versuchte, mein Lächeln und zögerliches Winken mit meiner Hand in alle Richtungen gerecht zu verteilen.

Am Eingang drehte ich mich noch einmal um und formte mit meinen Lippen das Wort „D a n k e". Ich wedelte noch einmal mit meiner Hand und die Menge tobte. Dann schlüpfte ich schnell ins Gebäude. Im Konzertsaal lief schon alles auf Hochtouren. Ich schaute mich nach Patrick um und sah ihn bei einem älteren Pärchen stehen. Seine Eltern – die hatte ich glatt vergessen.

Sofort kam er auf mich zu und lächelte mich mit seinem umwerfenden Lächeln an. Er nahm mich in den Arm und küsste mich leicht auf den Mundwinkel. Ich lächelte auch und stichelte: „Warum heute so zurückhaltend? Angst vor den Eltern, was?" Er kicherte, dann schnappte er mich und küsste mich richtig.

Nachdem er mich losgelassen hatte, beschwerte ich mich: „So war das nicht gemeint."

Er murmelte nur: „Ah … ja?"

Ich gab ihm seine Autoschlüssel zurück und er nahm meine Hand und zog mich in Richtung seiner Eltern.

Dann stellte er uns gegenseitig vor und wir begrüßten und schüttelten unsere Hände. Sie musterten mich neugierig, dann sagte seine Mutter: „Natürlich haben wir gestern das Interview gesehen. Sie waren wundervoll, Anna. Aber eine Sache müssen sie mir unbedingt noch erzählen: Was hatte das mit der Gesichtscreme auf sich? Ich bin schrecklich neugierig." Ich lächelte und erwiderte trocken: „Dann ist die Neugier also erblich in ihrer Familie begründet, mütterlicherseits?"

Ich sah, dass Patricks Vater sich in ein künstliches Hüsteln flüchtete, um nicht loszulachen.

Seine Mom sah mich etwas irritiert an und legte nach: „Jetzt kann ich meinen Sohn verstehen, als er meinte, er ist verwirrt. Aber bitte sagen Sie es mir." Patrick ging lachend dazwischen und zischte mich an: „Wehe, du sagst etwas …" Süffisant erwiderte ich darauf: „Deine Mom weiß bestimmt, wie eitel du bist. Hm … wieder ein Erbfehler?"

Jetzt konnte sich Patricks Dad nicht mehr halten und lachte schallend los. Als er sich ein wenig beruhigt hatte, sagte er: „Anna, du hast die ganzen Familiengeheimnisse in einer Minute erkannt, Respekt."

Seine Mutter griente nur. Dann sagte sie plötzlich: „Anna, ich freue mich heute so auf dieses Konzert und die halbe Welt ist gespannt auf deine beiden Auftritte. Den Text hast du sicher im Kopf?"

Sie wussten es also auch – irgendwie logisch, dass er es seinen Eltern erzählt hatte. Ich erwiderte betont lässig: „Klar, ich habe heute Mittag noch einmal reingehört. Der Text sitzt perfekt. Und jetzt übertreiben sie sicher, dass die halbe Welt auf meinen Auftritt wartet, obwohl ich vorhin am Eingang auch den Eindruck hatte."

Patrick schmunzelte und sagte: „Wir haben dich beobachtet. Das hast du richtig professionell gemeistert. Deine Grußgeste war oscarreif." Verblüfft schaute ich ihn an: „Wie?" Dann zeigte er in Richtung der Überwachungskameras. *Logisch.*

Dann fiel mir ein, dass ich ihm noch etwas erzählen wollte, und sprach: „Also, das Konto haben Roger und ich eingerichtet. Wir nennen es ‚Sternenpflücker' und stell dir vor, im Sender sind schon über 83.000,00 Dollar eingegangen. Ist das nicht toll? Deinen Manager konnte ich nicht erreichen, da war andauernd besetzt. Das mache ich dann morgen."

„Nicht nötig, Erik ist hier. Er kommt sicher gleich, dann schicke ich ihn zu dir. Da er mich nicht erreichen konnte, ist er einfach in den nächsten Flieger gestiegen."

„Ja, das habe ich gemerkt. Ich habe auch versucht, dich noch einmal anzurufen." „Tja, der Herr war natürlich nicht zu sprechen", maulte ich ihn gespielt an. Er lächelte, küsste mich ganz kurz und sagte: „Sorry, ich muss an die Arbeit. Der Sicherheitsdienst zeigt dir alles. Kümmere dich bitte noch ein Weilchen um meine Eltern. Danke."

Ich erkundete gemeinsam mit seinen Eltern und einem höflichen Mann des Sicherheitsdienstes den hinteren Bühnenbereich. Entsetzt schnappte ich nach Luft, als ich meine eigene Garderobe fand. „Total übergeschnappt und unnötig", war mein Kommentar dazu. Trotzdem lugte ich neugierig zur Tür hinein.

Ein riesiger Spiegel nötigte mir noch einmal einen sarkastischen Kommentar ab: „Für meine Körpergröße hätte auch die Hälfte gereicht." Seine Eltern lachten darüber und ich konnte sogar mitlachen.

Dann setzten wir uns gemütlich in die Sitzecke und bedienten uns mit Kaffee und Kuchen und plauderten ein wenig über dies und das. „An diesen Service könnte ich mich gewöhnen", sprach ich später.

Dann startete ich einen Frontalangriff an sie: „Hat Patrick Ihnen irgendetwas über mich erzählt? Ich möchte nur wissen, ob Sie alles über mich erfahren haben?"

Nickend erklärte seine Mom: „Ja, ich denke, wir wissen alles, was Eltern wissen sollten. Ich hoffe nicht, dass das ein Problem für dich ist?"

„Nein, überhaupt nicht, das ist fair und macht mir nicht das Geringste aus", erwiderte ich schnell.

Dann ging die Tür auf und ein etwas älterer Mann betrat den Raum. Er war mir auf Anhieb sympathisch.

„Ah, da ist die Geschäftspartnerin von Patrick, die mir eine schlaflose Nacht eingebracht hat", sagte er gutgelaunt. „Und sie sind sicher Erik, den ich telefonisch nicht erreichen konnte", bemerkte ich scharfsinnig.

Wir begrüßten uns herzlich und erledigten die Geschäfte, die wir zu erledigen hatten.

Ich fühlte mich in dieser Gesellschaft richtig wohl.

Nach einer Weile blickte ich auf meine Uhr und erschrak ein wenig, wie spät es schon war. Jetzt hatte ich es plötzlich auch eilig und sagte: „Sorry, für mich wird es auch Zeit." Und wie aufs Stichwort kamen Piet und seine Jungs rein.

Meine Garderobe war rappelvoll. Man machte sich untereinander bekannt und begrüßte sich. Zwei Sekunden später kam Patrick mit seinen Bandmitgliedern und wieder folgte eine Begrüßungsrunde. Man bekam kaum noch Luft, so viele Leute drängten sich hier herum. Patrick arbeitete sich zu mir durch und flüsterte: „Wenn ich das gewusst hätte, hätte ich eine größere Garderobe für dich ausgesucht, aber ich dachte bei deiner Kö..." Ich zischte ihn an: „Halt die Klappe!", und boxte ihm in die Rippen.

Nochmals ging die Tür auf und Mia und Maike kamen herein. Suchend schauten sie sich um, als sie mich sahen, strahlten sie.

Noch eine Begrüßungsrunde. Mit einer Ausnahme – und das wollte ich ihm auch geraten haben – waren alle männlichen Anwesenden, die nicht schwul waren, bei dem Anblick der beiden Schwestern hin und weg.

Lachend scheuchte ich, bis auf Mia und Maike, alle aus meiner Garderobe. Neugierig beäugte ich meine Kleider. Sie waren perfekt. Die beiden Frauen hatten ganze Arbeit geleistet. Ich ließ sie allein.

Ich musste mir noch einen genauen Zeitplan organisieren und ein paar Details absprechen.

Also ging ich in Richtung Bühne.

Da lief mir zunächst ein nervöser Mann entgegen, der sich als Moderator für den Abend vorstellte. Wir begrüßten uns und ich ging zu Patrick, der sehr geschäftsmäßig wirkte. Das war wieder der Mann, der seine Brötchen mit der Kunst verdiente.

Aber das machte mir keine Angst mehr, denn ich kannte auch meinen Patrick. Ich liebte beide.

Wir sprachen meine Auftrittsmomente ab und ich unterhielt mich noch kurz mit dem Beleuchtungstechniker. Ich hatte fast alles arrangiert. Fast.

Für einen kurzen Moment zog ich mir Patrick beiseite, ich spürte, wie nervös er war und sprach: „Eine Sache noch, dann lass ich dich in Ruhe. Spielst du ein Instrument, wenn wir beide unser Lied singen?" Er schüttelte seinen Kopf: „Nein, ich stehe nur am Mikro."

„Gut, ich komme erst bei meinem Einsatz auf die Bühne." „Und keine Angst, ich werde pünktlich da sein", versprach ich ihm.

Dann sprang ich ihm auf den Arm, schlang meine Beine um seine Hüften, wühlte meine Hände in seine Haare und küsste ihn wie immer viel zu stürmisch. Glücklicherweise sahen das nur seine Bandmitglieder, die daraufhin laut grölten. Dann murmelte ich ihm ins Ohr: „Viel Glück. Wir schaffen das. Sing für mich. Ich vertraue dir." Dann küsste ich ihn noch einmal kurz und er ließ mich mit einem seltsamen, aber glücklichen Gesicht runter.

Beim Weggehen schaute ich in Richtung Band und sagte: „Er hat angefangen.", und zeigte auf den Mann, den ich liebte. Das Gelächter verfolgte mich bis in meine Kabine.

Ich verschnaufte einen Moment und machte mich dann auf die Suche nach Piet. Die vier Jungs hatten eine eigene Garderobe. Sie lümmelten auf dem Sofa und schauten fern. Dann besprach ich mit ihnen nochmals alles für meinen letzten Auftritt. Wir umarmten uns noch einmal, Piet schaute mir noch einmal ganz intensiv in die Augen und ich nickte. Dann ging ich zurück in meine Garderobe.

Es war kurz vor Beginn des Konzertes und ich schaltete auch den Fernseher an. Ich war viel zu aufgeregt, um zum Bühnenbereich zu gehen.

Zwischen meinen Auftritten hatte ich sieben Minuten. Das Umkleiden musste fix gehen, aber da vertraute ich meinen Mädels.

Jetzt musste nur noch alles funktionieren.

Ich atmete tief durch und ich wusste, dass ich nur noch 60 Minuten von meiner Liebe entfernt war. Das gab mir meine Kraft und auch Energie.

„So", sagte ich, den Fernseher nicht aus den Augen lassend, „dann macht mich mal ‚hübsch'."

Gebannt starrte ich auf den Fernseher und merkte nicht einmal, wie meine Freundinnen mich zurechtmachten.

Seine Musik war atemberaubend schön und er hatte die wundervollste Stimme, die ich je gehört hatte. Ich war völlig versunken, bis es an der Tür klopfte und Piet kam, um mich zu holen. Verwundert sah er mich an, sagte aber nichts. Dann schoben mich die sechs zum Seiteneingang der Bühne, wo ich auf meinen Einsatz warten sollte.

Ich nahm nur ihn wahr, wie er scheinbar allein in einem hellen Lichtkegel auf der Bühne stand und anfing unser Lied zu singen. Ich nahm nicht mal wahr, wie mir jemand das Mikro in die Hand drückte.

Ich schloss meine Augen und ich hatte das Gefühl, ich würde von innen heraus leuchten. Dann öffnete ich meine Augen und sah ihn mit ausgestreckter Hand in meine Richtung stehen und ging singend auf ihn zu.

Völlig verblüfft hörte ich mir selbst zu und war überrascht, solche Töne überhaupt herauszukriegen. Ich ließ Patrick nicht aus den Augen. Ich sah sein kurzes liebevolles Lächeln, als er erkannte, dass Lilli-Fee persönlich auf die Bühne gekommen war, und ging immer weiter in den Lichtkegel hinein. Mein Weg zu ihm war nur schwach ausgeleuchtet gewesen.

Dann nahm ich seine Hand und wir sangen gemeinsam, uns in die Augen sehend, weiter.

Kein Ton der Unsicherheit, keine Disharmonie, da war nur gefühlvoller Gesang, der einer unglaublichen Liebeserklärung glich.

Wir hatten es geschafft und nahmen uns bei den letzten Tönen in die Arme.

Als die Musik geendet hatte, war es mucksmäuschenstill im Saal, dann brandete donnernder Applaus auf, die Besucher erhoben sich und es gab minutenlang stehende Ovationen. Wir verbeugten uns immer wieder, dann flüsterte ich: „Ich muss mich jetzt umziehen und übrigens, ich liebe dich auch."

Dann lief ich lachend und winkend von der Bühne und Piet geradewegs in die Arme. Ich sagte: „Und jetzt machen wir ihm so richtig die Hölle heiß, o. k." Die vier grinsten nur.

In der Garderobe gab es doppeltes Gejohle und Umarmungen. Für viel mehr blieb keine Zeit.

Ich wusste, dass Patrick bei meinem Auftritt unten an der Bühne stehen würde. Ich hatte es so inszeniert, dass die Bühne noch stockdunkel sein sollte, wenn ich sie betreten würde, und begab mich auf meine Position geführt von einem winzigen Laserlicht.

Ich wollte, dass er bei meinem Anblick so richtig ins Schwitzen kommen würde.

Ich trug meine langen Haare offen und hatte ein extrem enges kurzes, tief ausgeschnittenes dunkelrotes Samtkleid an, das unangezogen schon die reinste Sünde war – und mit meiner Körbchengröße diesen Effekt noch vergrößerte, um ein Vielfaches.

Und um den Anblick perfekt zu machen, trug ich Schuhe mit einem halsbrecherischen hohen dünnen Absatz.

Als die Musik begann, sang ich noch im Dunkeln, das Licht ging erst allmählich langsam an.

Dann sang ich um mein Leben – meine dunkle volle Stimme mit einem Hauch der Verheißung auf Sinnlichkeit, nur auf eine Person gerichtet. Dabei bewegte ich mich mit tänzerischer Eleganz zum erotischen Text, spielte die Verführung, als hätte ich in meinem ganzen Leben nichts anderes getan.

Ich sah ihn an der Bühne stehen, er hatte überhaupt keinen Gesichtsausdruck mehr und seine Kinnlade lag buchstäblich auf dem Bühnenboden. „Ja!", jubelte ich innerlich.

Kurz vor dem musikalischen finalen Ende steigerte ich mein Stimmenvolumen in eine Erregung hinein, die unmöglich zu missverstehen war, dann zündeten um mich herum mehrere senkrechte Feuerfontänen und das Publikum rastete förmlich aus vor Begeisterung.

Ich verbeugte mich mehrmals, zeigte immer wieder mit dem Arm auf meine Jungs. Sie klatschten wie wild, grinsten bloß und schüttelten mit dem Kopf.

Das Publikum tobte immer noch, da kam Patrick auf die Bühne, ging langsam auf mich zu, seinen Gesichtsausdruck hatte er immer noch nicht wiedergefunden, baute sich vor mir auf und sagte keinen Ton.

Dann schnappte er mich, warf mich über seine Schulter und ging von der Bühne runter. Als er meine Gegenwehr bemerkte, knurrte er: „Halt jetzt einfach deine Klappe." Grinsend tat ich ihm diesen Gefallen.

Ich hörte das Publikum nur noch lauter toben.

In meiner Garderobe setzte er mich ab. Wir waren allein.

„Anna, du lässt mir nach diesem Auftritt eben keine Wahl mehr. Ich wollte dir in romantischer Atmosphäre einen Heiratsantrag machen und dir diesen Ring überreichen. Ich liebe dich und ich hoffe, du nimmst meinen Antrag an, aber wenn du ihn annimmst, dann sitzen wir in einer Stunde im Flugzeug nach Vegas."

„Und darüber verhandle ich nicht", sagte er bitterernst.

Den Ring, den er mir hinhielt, war wunderschön. Ein zarter, fast schon schlichter Ring mit einem dunkelblauen kleinen Edelstein, eingefasst mit winzigen Diamantensplittern. Damit hatte ich nicht gerechnet.

Ich holte tief Luft, dann antwortete ich: „Wenn du mit ‚Heiraten' Liebe, Leidenschaft, Verhandlungen, Kindergeschrei, Haarausfall, Falten, die dritten Zähne, Hitzewallungen oder Erektionsstörungen meinst, dann sage ich ja, weil auch ich dich liebe."

„Ganz genau, das meinte ich, wie immer die richtige Antwort, Anna", sagte er und lächelte glücklich, nahm den Ring und steckte ihn mir an.

Dann riss er mich in seine Arme und küsste mich mit einer Leidenschaft, die ich gern erwiderte.

Draußen auf dem Flur wurde es plötzlich hektisch und Piet riss die Tür auf.

„Anna, du musst noch einmal auf die Bühne kommen, die Zuschauer sind wie aus dem Häuschen", rief er nervös.

Ich zog mir mein T-Shirt über mein Kleid und sagte: „Ich kann nicht, Piet, regel das bitte für uns, wir sind spätestens Sonntag wieder da. Bitte. Wir haben keine Zeit mehr, weil wir einen Termin in Vegas haben."

Er schaute auf meine linke Hand, dann umarmte er mich, schlug Patrick auf die Schulter und erwiderte: „Na, dann viel Glück."

Ich nahm Patricks Hand, schnappte meine Tasche und zog ihn zur Tür, er drehte sich noch einmal um: „Sag's bitte nur denen, denen es etwas angeht. Danke." Dann waren wir regelrecht auf der Flucht. Wenn wir gestern schon gedacht haben, wir hätten einen Hype ausgelöst, war das nichts im Vergleich zu heute. Die Leute tobten nicht nur im Konzertsaal, sie tobten auch um das Gebäude und die Straßen herum. Es sah fast aus, wie im Bürgerkrieg. Erschwerend kam noch hinzu, dass an den Wolkenkratzern, die Plasmaflächen hatten, das Konzert übertragen wurde. Unsere Gesichter waren allgegenwärtig.

Der absolute Wahnsinn. Glücklicherweise kam keiner auf die Idee, auf die wir gekommen waren.

Nachdem wir nach längerer Zeit ein Taxi gefunden hatten, war es erschreckend leicht am Flughafen. Das lag wohl sicherlich daran, dass Plätze in der ersten Klasse nicht so schnell vergriffen waren. Jedenfalls hatte Patrick recht, wir brauchten genau eine Stunde und wir saßen im Flieger. Wir kuschelten uns in unsere bequemen Sitze und ließen uns nicht eine Sekunde los.

Patrick sah mich mit einem unglaublich verliebten Blick an und sagte: „Anna, du warst heute Abend einfach wunderbar. Ich werde dir nie wieder glauben, wenn du behauptest, du könntest irgendetwas nicht. Du hast atemberaubend gut gesungen. Aber wann hast du begriffen, dass ich dich liebe?"

Ich lächelte und sagte: „Heute Mittag erst. Mit fielen buchstäblich die Schuppen von den Augen. Ich bin so lange immer davon ausgegangen, dass du keine Beziehung wolltest. Das hattest du mir ja bei unserer ersten Begegnung gesagt. Es gab Momente, da war ich regelrecht verzweifelt, weil ich dachte, wir würden uns am Sonntag das letzte Mal sehen. Ich fühlte mich sehr wohl bei dir, geküsst habe ich dich auch sehr gern und ich habe gemerkt, dass ich dir auch gefalle, aber an Liebe habe ich nicht geglaubt. Tja, und als ich wusste, dass du mich liebst, hatte ich jede Menge zu tun."

Ich kicherte in mich hinein und sprach weiter: „Wenn du die Kleider sehen würdest, die ich ursprünglich anziehen wollte, hättest du mir wohlmöglich irgendwann einen romantischen Heiratsantrag gemacht. Ich dachte, ich beschleunige die Sache und mache dir ein wenig Feuer unter deinem Hintern."

Er lachte und erwiderte: „Was dir auch gelungen ist. Ich habe noch nie eine Frau wie dich gekannt und übrigens hattest du mich am ersten Tag schon an der Angel." Gespielt entsetzt stöhnte ich: „Was, so leicht geht das bei dir? Dann muss ich mir wohl richtig Mühe geben, um dich bei Laune zu halten."

„Sei einfach nur Anna, mehr brauche ich nicht", sagte er und es klang wie ein Versprechen.

„Wann hast du denn den Ring besorgt, er ist wunderschön", wollte ich wissen.

„Am Dienstag, als du noch bei der Arbeit warst und Montagabend habe ich ganz offiziell bei Frank und Piet um deine Hand angehalten. Ich wusste nicht, wer von den beiden dir lieber war, also habe ich sie eben beide gefragt. Und sie haben auch ja gesagt, nachdem sie natürlich diverse Mahnungen und Drohungen losgeworden sind."

„Danke. Das bedeutet mir sehr viel." „Hm … warum dieser Umweg über die Musik?", fragte ich.

„Na ja, du hattest doch gesagt, du wolltest nur einen Mann, den du lieben und vertrauen kannst und der genügend Respekt aufbringt, dass du keinen Sex vor der Ehe haben willst. Ich musste mir das alles erst verdienen. Und glaub mir, am schwersten fiel mir die Sache mit dem Sex. Es liegt jetzt zwar nicht in meiner Absicht, dich zu verschrecken, aber würdest du jetzt kein T-Shirt über deinem

Kleid tragen … im Moment kann ich wirklich nicht an etwas anderes denken. Und wenn du wüsstest, wie oft ich in diesen Tagen daran gedacht habe, würdest du vermutlich schreiend weglaufen." Ich grinste und erwiderte: „So leicht wirst du mich nicht los. Denk an die Frauenabende bei uns zu Hause, theoretisch bin ich voll auf Kurs, also überleg genau, was du dir wünschst, denn ich bin die mit dem Zauberstab, weißt du noch?" Da riss er mich wieder in seine Arme und wir küssten uns wild. Mir war völlig egal, dass vielleicht andere Fluggäste das mitbekamen. Als der Landeflug über Vegas begann, murmelte Patrick: „Endlich." Dann schaute er mich an und wollte wissen, welche Blumen ich mag. Ich sagte ihm, dass ich Sonnenblumen liebe.

Kurz nach der Landung saßen wir auch schon in einem Taxi und Patrick erklärte dem Fahrer ungeduldig: „Wir möchten in eine Drogerie, dann in einen Blumenladen und zum Schluss bitte in eine Kapelle, die Schnellhochzeiten anbieten." Wie es schien, fand der Taxifahrer das nicht ungewöhnlich.

Ich flüsterte: „Drogerie?" Er zuckte nur die Schultern. Drogerie und Blumenladen erledigte er allein. Ich blieb als Pfand im Wagen zurück.

Dann kamen wir an der Kapelle an, die total kitschig aussah. Aber das war uns beiden egal.

Ich zog mir mein T-Shirt aus, zupfte meine Haare kurz zurecht, nahm meinen kleinen Blumenstrauß, dann schritt ich über einen kurzen Mittelgang zu dem Hochzeitsmarsch meinem Bräutigam entgegen.

Die Zeremonie war sehr kurz. Auch das war egal. Wir steckten uns gegenseitig unsere Eheringe an.

Und dann waren wir Mann und Frau und unterschrieben die Dokumente – ich zum ersten Mal mit meinem neuen Namen.

Bei der Auswahl des Hotels war Patrick wählerischer. Es kam natürlich nur ein Luxushotel in Frage.

Ich verdrehte meine Augen und er bat: „Bitte stell dich nicht so an, Mrs. Tayler." Er genoss es sichtlich, mich mit meinem neuen Namen anzusprechen. Ich musste sagen, ich hörte es auch ganz gern.

Endlich waren wir in unserem Zimmer und allein.

Ich schmiss meinen Brautstrauß auf den Tisch, zog mir mein T-Shirt aus und sprang ihm in die Arme, was angesichts des sehr engen Kleides durchaus als sehr sportlich gewertet werden konnte.

Er drückte mich gegen die Zimmerwand und wir küssten uns heftig, unglaublich leidenschaftlich und erotisch. Dabei riss ich ihm förmlich das Hemd vom Leib und berührte zum ersten Mal seine nackte Brust.

Er pfefferte die Drogerietüte und sein Jackett in die Ecke, fasste um mich herum und öffnete mein Kleid.

Dann ließ er von mir ab und stöhnte: „Wenn wir in dem Tempo weitermachen, schaffen wir es nicht mehr zum Bett." Und ich knurrte ihn schwer atmend an: „Wenn du jetzt aufhörst, bringe ich dich um. Scheiß auf das Bett."

Er ließ mich runter und drückte mich mit seinem Körper an die Wand. Ich konnte spüren, wie erregt er war.

Ich öffnete seine Hose und zog sie ihm langsam runter, dann küsste ich ihn hemmungslos. Als wir nach Luft schnappen mussten, zischte er: „Du bist im Vorteil." Schnell zog er mir das Kleid aus, BH und Höschen, und seine Socken folgten und wir waren dem Bett immer noch keinen Schritt nähergekommen. Er hob mich wieder auf seine Arme und ich schlang meine Beine um seine Hüften.

Immer gieriger wurden unsere gegenseitigen Berührungen, wir konnten uns einfach nicht mehr bremsen.

Dann war er in mir und für ein paar Sekunden bewegte er sich nicht, dieses Gefühl war unbeschreiblich. Vielleicht versuchte er, vorsichtig zu sein, aber dazu ließ ich ihn gar nicht kommen, denn ich trieb ihn und mich immer schneller zum Höhepunkt. Als ich explodierte und buchstäblich nur noch einen Sternenregen sah, kam er ein paar Sekunden nach mir und bäumte sich stöhnend auf.

Es dauerte eine ganze Weile, bis wir beide wieder ruhig atmen konnten. „Anna, ist alles in Ordnung mit dir?", flüsterte er. Ich sah in seinen Augen Liebe und Sorge, ich lächelte und erwiderte:

„Bisschen mehr als in Ordnung. Das war wundervoll. Ich liebe dich." Dann küsste ich ihn zärtlich.

Er schüttelte seinen Kopf und flüsterte immer noch ein wenig sorgenvoll: „Ich konnte mich einfach nicht mehr beherrschen." Ich küsste ihn wieder und sagte: „Und ich wollte nicht, dass du dich beherrschst. Ruth meinte, so wäre es einfacher, weniger schmerzvoll und hinterher entspannter. Tja, da hatte sie wohl recht. Erinnerst du dich, Frauenabende?"

Er legte seine Stirn an meine und gluckste vor Lachen, dann sagte er: „Wie langweilig war mein Leben doch, bevor ich dich kannte. Du bist unglaublich und wunderschön."

Ich hüpfte von seinem Arm, schlug ihm spielerisch auf seinen nackten Hintern und erwiderte: „Du bist auch nicht von schlechten Eltern." Ich sah ihn an, dann an mir herunter und schlug vor: „Duschen?"

Er griff nach seiner Drogerietüte und folgte mir ins Bad und revanchierte sich schnell mit einem Klaps auf meinen Po.

Ich fühlte keine Scham, als wir gemeinsam duschten. Keine einzige Sekunde dachte ich darüber nach, dass mein Körper so unvollkommen war. Im Gegenteil, ich genoss das Gefühl, als Patrick mich einseifte und immer wieder über meine Brüste strich. Ich sah in seinem Blick, dass es ihm außerordentlich gut gefiel, was er sah. Er zog scharf die Luft ein, als ich bei ihm das Gleiche machte, nur eine Etage tiefer.

Danach wickelten wir uns in diese unglaublich kuscheligen Bademäntel.

Dann packte er seine Tüte aus. Sonnenbrillen, Zahnbürsten, Zahnpasta, Kamm, Bürste, Deo und meine geliebte Tagescreme – und sogar an Zopfgummis hatte er gedacht.

Zuletzt beförderte er noch drei Pakete Kondome aus der Tüte und sah mich mit einem schiefen Lächeln an.

Ich machte nur: „Ups.", als ich begriff. „Das kann man wohl sagen", bestätigte er.

Ich überlegte einen Moment und sagte: „Patrick, wir haben genau zwei Möglichkeiten. Möglichkeit eins, sofort zum Arzt und die Pille danach besorgen. Möglichkeit zwei, wir sind schließlich in Vegas und haben ‚einmal‘ russisches Roulette gespielt und warten ab, ob der Schuss scharf war. Für welche der zwei Möglichkeiten möchtest du dich entscheiden?“

„Hm … ich liebe dich und du wirst die Mutter unserer Kinder sein und ehrlich gesagt habe ich keine Lust umherzustreifen und in irgendwelchen Notaufnahmen abzuhängen, also ich wäre dann für Möglichkeit zwei.“

Lächelnd erwiderte ich: „Dann bete mal, dass du nicht lebenslänglich deine Lustlosigkeit von heute Nacht bereust. Also dann volles Risiko.“

Eine Sache hatte ich noch auf dem Herzen: „Bevor wir dieses schöne bequeme weiche Bett ausprobieren, diesmal ohne Risiko, könntest du bitte beim Zimmerservice etwas zu essen bestellen. Ich habe einen Mordshunger.“ Belustigt schaute er mich an: „Schon wieder Hunger?“

„Natürlich, aber auf beides“, antwortete ich schelmisch neckend.

Er schluckte geräuschvoll und nickte.

Ich ging zurück ins Bad, um meine Haare zu föhnen, als sie trocken waren, war das Essen schon da.

Mit gutem Appetit futterten wir beide alles auf.

Als wir schließlich das Bett einweihten, ließen wir uns wesentlich mehr Zeit und ich dankte im Stillen Ruth für ihre theoretischen Unterrichtsstunden. Die Sonne ging schon fast auf, als wir eng umschlungen einschliefen.

Stunden später weckte mich leises Gemurmel.

Patrick lag neben mir und telefonierte und ich hörte, dass er Frühstück bestellte oder Mittagessen. Das war mir eigentlich auch egal, denn ich schaute ihn bewundernd – ich muss zugeben, ein wenig besitzergreifend – an. Nicht zu fassen, dass dieser Mann mir gehören sollte.

Dann merkte er, dass ich wach war und stichelte: „Ich dachte, ich bestelle etwas zu essen, denn wenn mich die Erinnerung an die letzte Nacht nicht trügt, scheint Essen auf dich eine erotische, verführerische Wirkung zu haben und ich komme vielleicht noch einmal in diesen Genuss.“

„Hm … sie lernen schnell, Mr. Tayler“, antwortete ich anerkennend.

Ich nahm ihn in den Arm und küsste ihn. Danach flüsterte ich: „Guten Morgen, oder was auch immer für eine Tageszeit ist." Dann kitzelte ich ihn kurz an den Hüften und sprang aus dem Bett und lief ins Bad und rief dabei: „Ich bin zuerst dran."

Ich brauchte nicht lange. Toilette, duschen, Zähne putzen, kämmen und Haare flechten, das alles erledigte ich in Rekordgeschwindigkeit, um keinen Augenblick zu lange von meinem Mann getrennt zu sein.

Das Essen war noch nicht da und ich machte eine Zeichenbewegung für Patrick, dass das Bad jetzt frei wäre.

Er stand auf, ging in seiner nackten Schönheit an mir vorbei, küsste mich kurz und verschwand.

Ich sammelte schnell unsere zerstreuten Kleidungsstücke ein, fand sogar eine leere Blumenvase für meinen Strauß. Dann fiel mir ein, wenn der Zimmerservice kommen würde, würde der Kellner sicher ein Trinkgeld erwarten. Wieviel ich geben musste, davon hatte ich nicht die geringste Ahnung, und als ich hörte, dass Patrick unter der Dusche stand, flitzte ich ins Bad, riss die Tür der Duschkabine auf und fragte hektisch, kurz grinsend, weil er mich erschrocken anschaute: „Wieviel Trinkgeld muss ich dem Kellner geben?"

„Zehn Dollar reichen", antwortete er. *Scheiße.* Ich sagte: „Ich habe nur noch fünf Dollar."

Da verdrehte er die Augen und erwiderte: „Meine Brieftasche ist in meiner Jackentasche."

Kurz machte ich den Mund auf, um was zu sagen, schloss ihn aber wieder, als ich sah, wie genervt er guckte.

Tja, diesen Punkt der Finanzen würden wir erbittert verhandeln müssen – später.

Ich nahm seine Brieftasche, erschrak bei dem Anblick des vielen Bargeldes und nahm zehn Dollar heraus.

Keine Sekunde zu früh, dann klopfte es und unser Essen kam. Höflich grüßend schob der Kellner den Servierwagen ins Zimmer und artig dankend nahm er sein Trinkgeld an.

Als ich die Tür schließen wollte, sah ich das Schild „Bitte nicht stören", grinste und hängte es von außen an die Türklinke.

Dann zog ich mir schnell BH, Höschen und mein T-Shirt an und wartete auf Patrick. Als er mich in diesem Aufzug sah, hob er seine Augenbrauen, grinste verschlagen, streifte seinen Bademantel ab und zog sich in aller Ruhe nur seine Boxershorts an und meinte hinterhältig grinsend: „Ich glaube du möchtest verhandeln, stimmt's?"

Sehr langsam zog ich mir mein T-Shirt wieder aus und zischte: „Stimmt, aber ich denke, wir sollten erst etwas essen, und bilde dir bloß nichts ein, mir war nur warm."

Er lachte schallend und erwiderte: „Natürlich."

Beim Essen überlegte ich mir eine Strategie und hatte vielleicht manchmal meine Gesichtszüge nicht ganz so unter Kontrolle, denn ich sah, dass Patrick einige Male sich das Lachen regelrecht verkneifen musste.

Als nur noch die letzte Tasse Kaffee vor uns stand, guckte ich ihn kampfeslustig an und sprach: „Gut. Kann ich beginnen oder knobeln wir aus, wer anfängt?"

Mit einer lässigen Handbewegung überließ er mir das Wort.

„Also", fing ich an. „Ich frage mich wie unsere Zukunft nach Sonntag aussehen wird. Darüber haben wir ja beide noch nicht gesprochen. Wie ich das sehe, stehen bei uns beiden Veränderungen an, aber bevor ich beginne, möchte ich unbedingt etwas sagen, nicht weil ich mir ernsthafte Sorgen mache oder weil ich weiß, dass das, was ich sage, total unnötig ist. Aber ich möchte, dass du dir das einmal in deinem Leben kommentarlos von mir anhörst. Wir haben beide recht überstürzt geheiratet und das bereue ich auch nicht, aber viel Zeit haben wir uns nicht gelassen, ich meine, hast du dir vielleicht nicht gelassen, über unser finanzielles Ungleichgewicht nachzudenken. Sollte aus irgendeinem Grund diese Ehe scheitern, dann bin ich bereit, nachträglich einen Ehevertrag zu unterschreiben, in dem ich alle finanziellen Ansprüche an dich aufgebe. Dies ist ein Versprechen an dich, gleichzusetzen mit der Unterschrift auf unserer Heiratsurkunde. Verstehst du, was ich dir damit sagen will?"

Mit einem Gesichtsausdruck, den ich absolut nicht deuten konnte, sah er mich sprachlos an und nickte.

Ich holte noch einmal tief Luft und sprach weiter: „Gut. Reden wir nie wieder mehr davon.

Also, ich stelle mir diese Veränderungen so vor: Ich gehe nicht davon aus, dass ich weiter im Tierheim arbeiten kann, na ja, vielleicht ehrenamtlich, aber ich weiß, dass du einen Beruf hast, den du liebst und der dich zwingt, sehr oft unterwegs zu sein, und ich möchte dich so oft begleiten, wie du es auch willst. Das schließt natürlich jedes Arbeitsverhältnis von mir aus, denn kein Arbeitgeber würde dulden, dass seine Mitarbeiterin ständig Urlaub hat.

Außerdem habe ich ja noch meine Projekte und vielleicht finde ich noch die Zeit, mir meinen eigenen kleinen egoistischen Traum zu erfüllen.

Ich möchte jedoch, dass wir bei mir unser Zuhause haben. Denn wenn du mal wegmusst und ich kann nicht mitkommen, dann wäre ich nicht allein. Wenn du dem zustimmst, dann finden wir auch eine Möglichkeit, die Wohnung zu vergrößern, unseren Badspiegel höher anzubringen und uns ein bequemes Bett zu kaufen. Das müsstest du aber alles bezahlen.

Kommen wir nun zum finanziellen Ungleichgewicht.

Tatsache und nicht verhandelbar ist: Ich werde nie ein Luxusweibchen werden. Die Brötchen verdienst du.

Aber ich finde, du solltest mir ein Haushaltsgeld zahlen, damit die Miete und unser Lebensunterhalt gedeckt sind. Ich dachte mir, dass 1.500,00 Dollar im Monat reichen, denn Miete zahle ich derzeit 300,00 Dollar, kommen noch 150,00 Dollar für Strom und meine Sozialversicherung dazu.

Ich habe so lange 700,00 Dollar im Monat verdient und bin ganz gut damit ausgekommen. Das Geld kannst du in unsere Haushaltsbüchse legen. Vielleicht hast du sie schon bei mir gesehen. Sollte ich in deiner Kleidung, die gewaschen werden soll, Geld finden, das gehört dann mir, sozusagen Waschgeld. Aber komm bitte nicht auf komische Gedanken, ich spreche von Kleingeld oder kleinen Banknoten. Meine Garderobe, die ich brauche für Termine, die ich mit dir haben werde, finanziere ich mit dem Haushaltsgeld. Und bitte keinen Schmuck und keine ausgefallenen Geschenke – ein romantisches Essen, Tanzen oder ein Kinobesuch reichen völlig, um mich zu beeindrucken.

Wenn wir mal Urlaub machen wollen, geht das nur auf deine Kosten.

Und wenn ich wirklich einmal etwas haben möchte, bin ich bereit mit dir darüber zu verhandeln."

Dann stand ich auf, ging zu ihm, ließ meinen Zeigefinger langsam von seiner Brust abwärts bis über seine Boxershorts wandern.

Meine Stimme betont verführerisch verstellend hauchte ich: „Da ich seit gestern weiß, dass mir neue Verhandlungsmethoden zur Verfügung stehen, bin ich sehr gern dazu bereit."

Überrascht hob er seine Augenbrauen und wollte wissen: „Du setzt Sex als Druckmittel ein?"

Ich schüttelte ganz langsam meinen Kopf und lächelte. „Ich sprach nicht nur von Sex, ich sprach von außergewöhnlich gutem und heißem Sex."

Ich sprang auf seinen Schoß und küsste ihn leidenschaftlich und wie immer viel zu stürmisch.

Noch immer küssend zog ich ihn zum Bett und schubste ihn, sodass er rücklings darauf zum Liegen kam, zog ihm seine Shorts aus und hauchte: „Halt still und mich nicht anfassen." Er grunzte nur: „Kondom." Ich erwiderte mit einem verschlagenen Grinsen: „Das brauchen wir nicht, für das, was ich mit dir vorhabe."

Dann zog ich meine Küsse von Schultern und Brust abwärts, bis ich gefunden hatte, wonach mir der Sinn stand.

Innerlich rief ich ein Halleluja und dankte Ruth nochmals, als ich merkte, dass mein Patrick geistig nicht mehr in dieser Welt war, und führte es zu Ende bis zum Schluss.

Auch ich, schwer atmend, legte mich neben ihn und legte meinen Kopf auf seine Brust und wartete, dass Körper und Geist sich bei ihm wieder vereinigten.

Viel, viel später legte er seinen Arm um mich und murmelte: „Unmöglich, dass man so etwas theoretisch lernen kann. Ruth, stimmt's?"

Ich lächelte, nickte und erwiderte: „Na, ein wenig Talent, Theorie und Praxis zu koordinieren, scheine ich zu haben."

Er zog mich fester in seine Arme, kicherte und sagte: „Stimmt. Das war eine glatte Eins plus."

Ein wenig später, ich wollte ihn gerade fragen, was er nun von meinem Verhandlungsvorschlag hält, küsste er mich und flüsterte unglaublich verführerisch in mein Ohr: „Anna, ich liebe dich und wir wollen doch einmal sehen, ob ich auch von dir eine gute Note erhalte."

Völlig überrascht riss ich meine Augen auf, aber er gab mir keine Chance darauf etwas zu erwidern.

Und nun war er es, der mit meinem Körper spielte, als wäre er ein kostbares Instrument. Irgendwann wusste ich nicht mehr, wo ich mich befand. Es konnte der Himmel oder auch die Hölle sein und ich bettelte immer weiter um mehr.

Ich bekam nicht einmal mit, dass er sich ein Kondom überstreifte, und dann flogen wir beide unserem Paradies entgegen.

Danach dösten wir ein bisschen ein.

Als ich meine Augen wieder aufschlug, sah ich, dass er mich anschaute, und ich murmelte: „Unentschieden."

Er lachte und meinte: „Ich verhandle sehr gern mit dir, aber ich fürchte, irgendwann verlassen mich die Kräfte."

„Was denn, du maulst schon nach einem Tag, tja, wenn ich das gewusst hätte …", zog ich ihn auf und grinste ihn an. Sein Kommentar war nur: „Ah … ja?", und er kitzelte mich.

Dann wurde seine Mine ernst und ich wusste, dass er mir nun auf meinen Vorschlag antworten würde.

Er fing an: „Einiges, was du vorschlägst, freut mich, eines macht mich neugierig und eine Sache ärgerlich. Ich fange mit dem Freuen an. Als erstes freut mich, dass du nie ein Luxusweibchen werden möchtest, dann, dass du so bereitwillig bist, mich so oft wie möglich zu begleiten. Ich wollte dich das selbst fragen, aber du bist mir zuvorgekommen. Die kleinen Termine habe ich leider nicht alle im Kopf und bei meinem Handy ist der Akku leer, aber einen kenne ich. Anna, ich beginne in vierzehn Tagen einen neuen Film zu drehen, in Mexiko, dieses Mal einen historischen Liebesfilm, und ich möchte, dass du mich dahin begleitest. Der Dreh dauert zwischen drei und vier Monaten. Ich weiß, das ist eine lange Zeit für dich, ich meine, dann wirst du ziemlich lange nicht zu Hause sein, aber das würde ich mir wirklich wünschen. Die Vorstellung, in dieser Zeit nicht mit dir zusammen sein zu können, macht mich regelrecht wahnsinnig. Also sehe ich das mit deiner Arbeit genauso und für mich hat es nie zur Debatte gestanden, seit ich dich und die anderen kenne, ein anderes Zuhause vorzuschlagen. Sicherlich finden wir eine Möglichkeit, die Wohnung zu vergrößern, die Umbauten könnten dann in unserer Abwesenheit durchgeführt werden und ich finde auch gut, dass du dich nicht so anstellst und wir möglichst schnell ein neues Bett kaufen sollten. Dass ich die Kosten dafür aufbringe, ist völlig in meinem Sinne.

Lass uns gemeinsam die anderen Termine am Montag abchecken. So, jetzt kommt das, was mich neugierig macht. Welchen eigenen, kleinen egoistischen Traum hast du?

Und nun kommen wir zu dem Ärgerlichen. Du spinnst doch wohl, ich meine, die Sache mit dem Haushaltsgeld ist – bis auf die Höhe – schon in Ordnung, weißt du, ich bezahle für eine Nacht im Hotel schon diesen Betrag. Also ist die Höhe für mich völlig indiskutabel und schlage stattdessen vor, du arbeitest für mich und ich zahle dir ein festes Gehalt, zuzüglich Sozialversicherung, sagen wir monatlich 5000,00 Dollar und ein Haushaltsgeld in Höhe von 2000,00 Dollar.

Mit den anderen Punkten bin ich einverstanden, was den Schmuck und die Geschenke und das Waschgeld anbelangt, und natürlich mit der Anwendung neuer Verhandlungsmethoden."

„Jetzt bist du dran", forderte er mich auf.

Ärgerlich funkelte ich ihn an: „Du verlangst von mir, dass ich mit meinem Boss schlafen soll? Jetzt spinnst du wohl?"

Seine Mine verfinsterte sich und ich schlug ihm lachend auf seine Schulter und sagte: „Reingefallen! Um welche Arbeit handelt es sich denn?" Perplex, dass er mir wieder auf den Leim gegangen ist, verdrehte er seine Augen und erwiderte: „Erik hat sich beschwert, dass er so viele Drehbücher für mich bekommt, dass er es nicht mehr schafft, sie alle zu lesen. Ich möchte, dass du die interessanten Angebote für mich raussuchst, und wir entscheiden dann gemeinsam, ob ich ein Angebot annehme oder nicht. Wobei ich hier gleich sage – nicht dass du wieder eine komische Anwandlung bekommst –, dass Gagen im mehrstelligen Millionenbereich absolut normal sind. Jedenfalls für mich."

Ich dachte kurz nach und wollte schließlich wissen: „Habe ich freie Hand?"

„Du besitzt mein vollstes Vertrauen, also ja", erwiderte er.

„Nach Mexiko also und schon so bald? Natürlich begleite ich dich." Ich kam nicht dazu, weiterzureden, weil er mich stürmisch küsste.

Nach ein paar Minuten sprach ich weiter: „Patrick, als du mir deine Hand auf der Bühne entgegengestreckt hattest, hatte es für mich auch eine symbolische Bedeutung. Ich wusste, dass ich wieder einmal an meiner Lebensweggabelung angelangt war. Als ich deine Hand nahm, war mir völlig klar, dass mein zukünftiges Leben mit dir ein wenig anders verlaufen würde. Natürlich werde ich meine Familie und Freunde vermissen, aber eine lange Zeit ohne dich, das wäre grausam. Solange wir beide wissen, wo unser Zuhause ist, werde ich damit auch kein Problem haben. Aber darfst du überhaupt deine Frau mitnehmen?"

„Das ist in unserem Geschäft nichts Ungewöhnliches", antwortete er.

„Wie immer war es mir ein Vergnügen, mit ihnen Geschäfte zu machen, Mr. Tayler, der Deal steht."

Abwartend guckt er mich an und ich begriff, dass er eine Erklärung über meinen kleinen, eigenen egoistischen Traum erwartete.

Verlegen schaute ich auf sein Brusthaar und flüsterte: „Ich hoffe, du lachst mich jetzt nicht aus, das würde mich verletzen. Also, ich habe dir doch erzählt, dass ich Pferde liebe und ich nicht reiten kann. Das würde ich gern lernen und wenn ich das dann kann, möchte ich mit dem Pferd, bei dem ich fühle, dass wir zusammengehören, einmal an den Olympischen Spielen teilnehmen, im Springreiten. Bitte zieh mich jetzt nicht auf, wie Pony oder so etwas. Ich meine es wirklich ernst."

Etwas verdattert, aber unglaublich liebevoll sah er mich an und erwiderte: „Ich fresse einen Besen, wenn es nicht auch noch die

Goldmedaille wird. Ich verordne dir hiermit offiziell als dein Boss Reitstunden und komme dafür und für die Kleidung dazu auf, auf Firmenkosten."

Jubelnd fiel ich ihm in die Arme und küsste alles, was ich erwischen konnte, und quietschte zwischendurch immer wieder: „Danke, danke ..." Belustigt über meinen kindlichen Ausbruch sagte er nur trocken: „Gern geschehen."

Dann wurde ich wieder ernst und schaute ihn an: „Wie groß bist du eigentlich?" Etwas verwirrt über diese Frage erwiderte er: „1,88 Meter. Wieso?"

„Patrick, weißt du, was ich im Moment fühle? Im Moment fühle ich, dass wir beide zusammen alles schaffen können. Wir holen uns gegenseitig die Sterne vom Himmel.

Dir fehlen ohne mich genau 1,55 Meter und mir 1,88 Meter, wenn du mich auf deine starken Schultern hebst, dann pflücke ich sie für uns runter und ich fresse einen Besen, wenn nicht in absehbarer Zeit ein oder mehrere Oscars ins Haus stehen, oder was auch immer du anstrebst. Das ist ein Versprechen und ich liebe dich." Voller Inbrunst sagte er: „Ja. Und jetzt begreife ich auch den Begriff ‚Sternenpflücker' als Verwendungszweck der wohltätigen Projekte."

Es dämmerte bereits, als er mich aus dem Bett scheuchte und sagte, dass wir auf die Piste gehen würden.

Unser kleines logistisches Problem, dass wir nur unsere Kleidung hatten, mit der wir gekommen waren, wischte er mit einer Handbewegung vom Tisch und sagte: „Es gibt hier mehrere Boutiquen im Hotel, wir lassen uns etwas heraufbringen."

Er lachte sich kaputt, als ich standhaft versuchte, ihm meine Körbchengröße nicht zu verraten, und dabei erbärmlich scheiterte. Misstrauisch fragte ich ihn: „Hast du das schon öfter so gemacht? Mir ist das entsetzlich peinlich."

„Für mich selbst schon öfter, aber noch nie für Frauen, und mir ist es nicht peinlich", konterte er.

Trotzdem verkrümelte ich mich ins Bad, als unsere Kleiderlieferung kam.

Als er mich rief und ich zurück ins Zimmer ging, war ich völlig sprachlos über die Größe dieser Lieferung. Aber bevor ich reagieren konnte, sagte er nur: „Such dir etwas aus, der Rest geht wieder zurück."

Erleichtert atmete ich aus. Damit konnte ich leben.

Er suchte sich zwei Jeans, zwei T-Shirts, Unterwäsche und Socken, ein Hemd und eine Jeansjacke heraus, sowie ein Paar Sneakers und einen Rucksack.

Ich entschied mich für ein kurzes dunkelblaues Etuikleid, eine leichte weiße Strickjacke, eine Jeans und eine weiße ärmellose Bluse und ein T-Shirt, Flip-Flops und dunkelblaue Pumps mit ziemlich hohen Absätzen.

Mit der Unterwäsche war es schon schwieriger. Ich musste die Größen der BHs und der Höschen tauschen, damit es zu meiner Figur passte.

Natürlich war mir bewusst, dass Patrick mich dabei ganz genau beobachtete und aus dieser speziellen Anprobe eine regelrechte Peepshow machte. Erst als seine Schnappatmung einsetzte, entschied ich mich für ein schwarzes und weißes Set.

Das schwarze Set behielt ich gleich an, dazu das Kleid und die Schuhe, ich kämmte mich ausgiebig und ließ meine Haare offen, schnappte die Jacke und war fertig.

Dann drehte ich mich vor meinem Mann und fragte: „Und wie sehe ich aus?"

„Du siehst so aus, dass ich am liebsten hierbleiben würde, weil kein anderer Mann das zu sehen bekommen sollte", erwiderte er und nach seinem Gesichtsausdruck zu urteilen, war das sein voller Ernst.

Ich nahm ihn in die Arme: „Das Gleiche wollte ich zu dir sagen, du siehst unglaublich sexy in deinem Jeanslook aus. Es ist ungerecht, dass du so unverschämt gut aussiehst."

Wir warteten noch so lange, bis die restliche Kleidung abgeholt, die Rechnung gestellt und bezahlt wurde, und gingen dann verliebt und händchenhaltend vor die Tür.

„Weißt du eigentlich, dass ich noch nie aus New York herausgekommen bin?" „Ich finde das alles furchtbar aufregend", teilte ich ihm mit.

Er lächelte mich an und sagte: „Na, dann wollen wir mal Vegas unsicher machen. Zuerst Essen, dann Tanzen?" Erfreut nickte ich nur. Wir suchten uns ein schickes kleines Lokal und aßen zu Abend.

Als Nachtisch gönnte ich mir einen riesigen Eisbecher.

Patrick hob seine Augenbrauen und sagte: „Ich frage mich wirklich, wo du das alles lässt. Aber mir gefällt das. Endlich mal eine Frau, die nicht nur an einem Salatblatt lutscht."

Ich zuckte mit den Schultern und erwiderte: „Ich habe einen guten Stoffwechsel. Außerdem habe ich zu den Themen ‚Hungern' und ‚Diäten' eine andere Sichtweise. Du wirst wahrscheinlich nie erleben, dass es bei mir zu einem ernsthaften Thema wird."

„Diese Einstellung ist genau richtig, denn dieses Gezicke nervt mich bei Frauen", stimmte er mir zu.

Als ich endlich fertig war, schlenderten wir eng umschlungen weiter und fanden eine extrem große Nobeldisco mit verschiedenen Ebenen als Tanzräume.

Es machte mir außerordentlichen Spaß, mit Patrick zu tanzen, wir harmonierten toll bei den langsamen Stücken, er führte und tanzte sehr gut und die schnelleren Stücke tanzten wir ausgelassen getrennt.

Wir amüsierten uns prächtig.

Dann kam eine aufgeregte Ansage vom DJ: „Leute, hier habe ich die zwei brandneuen Songauskoppelungen aus dem Album ‚Sternenpflücker' von Patrick Tayler und – wisst ihr, was auch noch toll ist – die dazugehörenden Konzertvideos von gestern. Die erste Single heißt ‚ Anna' und die zweite ‚Verführung' diese CDs sowie das Album werden ab 24.00 Uhr in den Läden erhältlich sein. Hier und nur für euch kommt der erste Vorgeschmack."

Patrick war zur Salzsäule erstarrt, schnappte mich und zog mich in eine dunkle Ecke und sprach aufgeregt: „Das verstehe ich jetzt überhaupt nicht. Wie konnte Piet so schnell sein? Oh Gott, wenn uns jetzt einer erkennt, sind wir geliefert."

Einen Moment war ich nachdenklich, dann erwiderte ich: „Er wird wohl keine andere Wahl gehabt haben. Habe ich dir erzählt, dass Cedrick Computerfachmann ist? Hab doch nicht solche Angst, bislang hat uns noch keiner gesehen und sollte uns einer zu nahekommen, verscheuche ich sie mit meinem losen Mundwerk. Sternenpflücker also. Danke. Los, lass uns mal genießen, was wir angerichtet haben."

„Wenn du meinst", grinste er gequält.

Zuerst war es ein Schock, die Musik zu hören und uns selbst auf den riesigen Plasmabildschirmen wiederzuerkennen. Aber dann schlug ich mir selbst im Stillen auf die Schulter, wie perfekt alles aussah. Dann bemerkte ich, dass Patrick sich langsam entspannte. Er flüsterte mir zu: „Du kamst so unschuldig aus dem Licht auf mich zu, siehst du hier und zeigte zum Video, so vertrauensvoll. Oh, Anna, wenn du wüstest, wie sehr ich dich liebe." Ich kuschelte mich in seinen Arm und sagte: „Ich weiß, wie sehr ich dich liebe." Als unser Lied endete, klatschten und trampelten die Leute begeistert Beifall und etliche Paare küssten sich auf der Tanzfläche. Ich konnte mir nicht verkneifen zu sagen: „Hoffentlich sind wir nicht verantwortlich für eine Bevölkerungsexplosion. Lass sie erst mal das andere sehen." Patrick schüttelte sich vor Lachen. Als die Masse sich beruhigt hatte, rief der DJ laut ins Mikro: „Und Männer haltet euch fest, jetzt kommt die ultimative Verführungsshow der kleinen Anna. Welchem Mann da nicht sein Herz auf geht, der hat keins. Und los geht's."

Gebannt lauschten wir der Musik und das Video war einfach atemberaubend sexy. Für ein paar Sekunden schämte ich mich ein wenig, dann war ich sprachlos. Patrick neben mir blickte finster, als er die Reaktionen der vorwiegend männlichen Discobesucher nach Ende des Songs registrierte. Pfiffe, Johlen, Klatschen, Trampeln – alles war vertreten. „Oh Gott, ich habe wohl zu dick aufgetragen", sagte ich etwas kleinlaut.

Er knurrte bloß: „Ich lasse das Video verbieten. Mann, Anna, das war unglaublich aufreizend und erotisch." Zerknirscht nickte ich und er lachte: „Reingefallen!"

Daraufhin boxte ich ihm in die Seite, zog ihn in meine Arme und küsste ihn. Heimlich schlichen wir uns raus und machten uns auf den Rückweg ins Hotel.

Den Sonnabend verbrachten wir ausschließlich in unserem Zimmer. Zwischen Liebe, Essen und Fernsehen hatten wir auch noch einige Gespräche.

Eines davon brachte Patrick so richtig auf die Palme. Er wurde extrem wütend.

Wir schauten fern und mir ging inzwischen der Rummel um meine Person so richtig auf die Nerven. Dann bekam ich plötzlich Panik und stellte Patrick eine Frage.

„Sag mal, werden die Filmbosse deines Films nicht sauer sein, wenn die Premiere morgen vielleicht nicht im Vordergrund steht, sondern dieser Hype?", wollte ich wissen und er erwiderte darauf: „Kann ich mir nicht vorstellen, eine bessere PR können sie sich gar nicht wünschen. Die wissen genau, klappern gehört zum Handwerk. Ehrlich gesagt hatte ich damals, da kannte ich dich noch nicht, bewusst diesen Termin der Veröffentlichung meines Albums gewählt."

Ich wurde ein wenig nachdenklich, weil mir ein Gedanke kam, und hakte nach: „Patrick ich muss noch etwas wissen. Ich komme mir ein ganz kleines bisschen schäbig vor. Du bist die Hauptperson und nicht ich. Sei bitte ehrlich, denn ich weiß, dass Erfolg und Applaus der Lohn eines Schauspielers ist, dass du das auch in gewisser Hinsicht brauchst. Das ist auch völlig in Ordnung für mich. Ich möchte dir aber nicht im Weg stehen. Wenn du willst, dann bleibe ich zu Hause und du gehst mit Lou-Lou allein …" Weiter kam ich nicht.

Er schrie mich regelrecht an: „Spinnst du? Ich weiß gar nicht, wie du auf so einen Blödsinn kommst. Oder hast du kalte Füße bekommen? Willst du mich jetzt im Stich lassen? Das war doch der ursprüngliche Gedanke oder nicht? Blitzableiter, weißt du noch?" Dann sah er, wie ich geduckt neben ihm auf dem Sofa saß und ihn erschrocken anblickte. Und er sah meine stummen Tränen, die mir über die Wangen liefen. Augenblicklich war seine Wut verraucht. Er zog mich auf seinen Schoß und drückte mich an sich und flüsterte: „Anna, bitte nicht weinen. Ich war nur so erschrocken. Weißt du denn gar nicht, wie stolz es mich macht, mit dir gesehen zu werden, und dass ich der ganzen Welt sagen kann, dass du die Frau bist, die ich liebe, und dass du nur mir gehörst?"

Er sah mich mit einem reuevollen und gleichzeitig liebevollen Blick an, der mir es unmöglich machte, ihm böse zu sein. Unter Tränen lächelte ich ihn an.

Dann wurde er nachdenklich und seine Mine ernst.

Er holte tief Luft und sprach: „Ich muss dir auch etwas sagen und ich möchte, dass du dir das einmal in deinem Leben anhörst – kommentarlos.

Du hast recht, wenn du sagst, dass Applaus und Erfolg der Lohn eines Schauspielers oder eines Künstlers sind. Du hast auch richtig erkannt, dass ich das in gewisser Hinsicht auch brauche. Ich nenne es mal so: Das sind künstlerische Eitelkeiten.

Natürlich habe ich gewusst, wenn ich dich ins Rampenlicht hole und sei es nur für eine Gastrolle, dass du eine ganz besondere Wirkung auf die Mitmenschen hast. Und weißt du auch, warum ich es wusste?

Anna, du bist wie eine Fackel, keine, an der man sich verbrennt. Nein, wenn du Funken schlägst und andere damit berührst, dann liegen sie in deinem Bann und glühen ebenfalls. Es ist wie Magie. Das Schönste daran für mich ist, dass ich ganz nah neben dir stehe, dieses Glühen spüre, als glühte ich selbst, und die völlige Gewissheit habe, dass nur ich dich entzündet habe. Natürlich wird es Neid und Missgunst geben. Es wird immer Menschen und Kollegen geben, die sagen, dass ist nur PR oder guck mal, er bekommt seine Rollen oder seinen Applaus wegen ihr. Das ist mir so etwas von egal, weil diese Menschen mir eigentlich nur leidtun. Du hast gesagt, du liest Klatschzeitungen. Dann hast du auch bestimmt gemerkt, dass der eine oder andere Kollege viel schlechtere Alternativen hat als ich. Es sind verrückte Klamotten, ein verrückter Lebensstil, Affären, Drogen, Alkohol, Schönheitsoperationen, Silikon oder Botox – such dir etwas aus. Aber ich habe die Liebe meines Lebens. Daher denke ich, dass ich das ganz gut getroffen habe. Und noch eines: Sieh es als Versprechen an dich. Sollte ich irgendwann einmal merken, dass du diesen ganzen Rummel nicht mehr ertragen kannst, dann ziehe ich mich aus diesem Geschäft zurück, ohne es im Geringsten zu bereuen. Denn du bist das Wichtigste in meinem Leben."

Ich schaute ihn an, sah, dass er das völlig ernst meinte, und öffnete meinen Mund zu einer Erwiderung, dazu kam es aber nicht, weil er mir dazwischenkam und sagte: „Kommentarlos."

Ich nickte, dann küsste er mich zärtlich.

Unseren Rückflug nach New York buchten wir für Sonntag, 6.00 Uhr morgens. Dann mussten wir noch die Frage klären, zu mir oder zu ihm. Wir waren uns einig, dass wir gegenüber der Öffentlichkeit unsere Hochzeit bis zum Abend noch geheim halten wollten.

Also entschieden wir, dass wir in New York unsere Ringe abnehmen würden, jedenfalls so lange, bis wir zu Hause waren. Uns fiel es beiden schwer, als wir vereinbarten, er solle ins Hotel und ich in meine Wohnung.

Über eine Sache freute ich mich noch sehr.

Patrick sagte mir, dass Piet und seine Jungs, Mia, Maike, Erik und seine Bandmitglieder ebenfalls an der Premiere teilnehmen würden. Er hätte auch noch Frank, Kelly und Ruth eingeladen, aber die wollten das alles lieber im Fernsehen mitverfolgen.

Frank hätte aber darauf bestanden, am Montagabend ein gemeinsames Abendessen zu organisieren. Und er hätte für uns beide auch schon zugesagt. Das war für mich in Ordnung.

Über eine andere Mitteilung schnappte ich dann doch noch einmal ärgerlich nach Luft. Da die Premiere um 20.00 Uhr beginnt, würde er mich um 18.00 Uhr von zu Hause mit einer Nobelkarosse, einschließlich Fahrer und Bodyguard abholen. Ich fing wie ein Rohrspatz an zu schimpfen, bis er mir den Wind mit den Worten „Georg und Sam, Fahrer und Bodyguard, werden sicher enttäuscht sein … Weißt du, sie brauchen den Job … Aber, wenn du unbedingt willst …" aus den Segeln nahm. Er wusste genau, dass er mit diesem Argument gewinnen würde, und ich gab mich zähneknirschend geschlagen.

Im Flugzeug nahmen wir dann unsere Ringe ab und gegen Mittag landeten wir in New York.

Der Außenbereich des Hauptausganges des Flughafens glich einer Belagerung von Fotografen und Reportern. Wir versuchten es über einen Hinterausgang. Auch da erwartete uns das gleiche Bild. Wir saßen förmlich in der Falle.

Um von unserer Flugankunft abzulenken, gingen wir schnell bei Burger King rein und aßen noch gemeinsam zu Mittag. Lange blieben wir nicht unentdeckt. Fans bettelten nach Autogrammen von uns – wieder so eine neue Erfahrung für mich. Patrick hatte von sich Autogrammkarten dabei, aber ich hätte nie für möglich gehalten, dass ich auch welche brauchen könnte.

Bei mir mussten dann Servietten herhalten. Als Entschädigung ließ ich mich mit den Fans fotografieren. Es wurden immer mehr. Wir entschuldigten uns und marschierten dann doch in Richtung Haupteingang nach draußen.

Blitzlichtgewitter und Geschrei, man konnte weder sehen noch hören. Ich blieb entsetzt am Eingang stehen. Dann wurde es mir zu viel. Ich nahm zwei Finger in den Mund und gab einen lauten, langen, schrillen Pfiff von mir und machte dann mit einer Handbewegung klar, dass alle ruhig sein sollten.

Patrick schüttelte sich vor Lachen und mich wunderte, dass die Meute auf mich hörte.

Dann sagte ich: „Meine Damen und Herren, bitte, Sie können meinetwegen Fotos machen, aber ohne Blitzlicht, und einzelne Fragen beantworten wir sehr gern. Wenn Sie aber darauf nicht eingehen wollen, schieben Patrick und ich uns hier einfach durch und Sie hören gar nichts. Vielleicht sollte ich erwähnen, dass ich ein fotografisches Gedächtnis habe, und ich verspreche Ihnen, ich erkenne jeden einzelnen von Ihnen wieder." Dann schaute ich streng in die Runde und es funktionierte.

Mein sprachloser Mann hatte sich immer noch nicht von seinem Lachanfall erholt.

Dann kamen die Fragen, die wir nahe an der Wahrheit allgemein beantworteten. Und Fotos wurden ohne Blitzlicht gemacht.

Aus Sicherheitsgründen nahmen wir dann doch ein gemeinsames Taxi und fuhren erst zum Hotel. Patrick stieg allein aus und ich fuhr zu mir nach Hause.

Ein Blick auf die Uhr verriet mir, dass es inzwischen schon nach 14.00 Uhr war und ich keine Zeit mehr hatte, zu bummeln.

An der Bäckerei stieg ich aus und ging fröhlich mit den Worten „Ich bin wieder da" hinein.

Da standen sie alle, meine Familie, meine Freunde, alle, die ich liebte. Die ganze Palette von glücklichen Emotionen schlug mir entgegen – Liebe, Glückwünsche, Umarmungen, Freude, Tränen.

Ruth nahm ich besonders in den Arm und flüsterte ihr ins Ohr: „Danke, dein Unterricht war nicht umsonst." Gerührt drückte sie mich noch ein wenig fester.

„Ich habe nur noch kurz Zeit für einen Kaffee und ein Stück Kuchen. Patrick holt mich um 18.00 Uhr ab. Lou-Lou muss ich auch noch holen. Also, ich habe gehört, einige von euch kommen mit, klasse."

Dann sah ich Frank, Kelly und Ruth an und sprach: „Ihr wollt wirklich nicht mitkommen?" Kelly erwiderte: „Nein. Wir gucken uns das Theater im Fernsehen an. Übrigens beeindruckender Auftritt vorhin am Flughafen." Ich zuckte nur mit den Schultern. „Ich habe von meinem Mann gelernt, sich am besten sofort Respekt zu verschaffen", konterte ich zurück. Alles lachte.

Dann sah ich Frank an und sagte: „Heute Nacht bleibe ich im Hotel. Morgen wollte ich Patrick beim Packen helfen. Wenn ihr nichts dagegen habt, würde ich mein Zuhause hier mit ihm behalten."

Franks Augen wurden ein wenig feucht und er sprach: „Das haben wir alle gehofft. Als er sich ein wenig gefasst hatte, informierte er mich, dass John und Carter bald kommen würden, um Lou-Lou zu bringen."

„Toll, das spart mir den Weg", freute ich mich. „Mädels, dann lasst uns anfangen, ihr müsst euch schließlich auch noch in Schale werfen." Ich nahm ihre Hände und zog sie zur Tür hinaus.

Als ich meine Wohnungstür aufschloss, blieb ich vor Überraschung stehen.

Sie hatten umgeräumt. Anstelle meines Singlebettes stand nun ein wunderschönes altertümliches, neu aufgearbeitetes Doppelbett.

Es passte wunderbar zu meiner übrigen Einrichtung. Vor Rührung weinte ich ein bisschen und Maike schimpfte mit mir, dass sie keine Heulsuse zu einer Prinzessin machen könnte.

Ich erhielt das volle Kosmetikprogramm.

Zwischendurch kamen noch meine Kollegen – Küsschen und Glückwünsche –, brachten Lou-Lou, ein Hundekörbchen, eine Leine und Futter. Bevor sie sich wieder verabschiedeten, regelten wir noch kurz, dass nach dem Auftritt auf dem roten Teppich der Hund mit dem Auto, das uns zur Premiere bringen sollte, wieder mit zurück fahren würde, weil der Nobelschlitten Mia, Maike, Piet und die Jungs noch abholen würde.

John und Carter würden Lou-Lou für diese Nacht mit zu sich nehmen und ich versprach, sie im Laufe des nächsten Tages abzuholen.

Kurz vor 18.00 Uhr war ich fertig und betrachtete mich verwundert im Spiegel. Das sollte ich sein?

Unglaubliches hatten die beiden an mir vollbracht. Das sagte ich ihnen auch.

Mein Haar sprühte und glänzte. Maike hatte mir meine Mähne zur Seite gekämmt, sodass ein offener lockiger Zopf nach vorn über die Schulter hing. Gummis oder Nadeln waren nicht zu sehen. Ich wusste, dass sie mich geschminkt hatte. Es fiel jedoch überhaupt nicht auf und trotzdem sah ich anders aus. Meine Augen, die groß und glänzend aus meinem Gesicht schauten, ein wenig Rouge und Lippenstift waren zu erkennen, sonst nichts.

Bevor ich mein Kleid anzog, wehrte ich mich noch ein wenig gegen die Unterwäsche. Aber Mia ließ Proteste überhaupt nicht zu. Mein Höschen war die reinste Sünde aus elfenbeinfarbener Spitze und zu guter Letzt, feine halterlose Seidenstrümpfe.

Aber die größte Überraschung war das Kleid.

Die Farbe war irgendwie zitronenweiß, eigentlich mehr weiß und unterstrich den sanften Braunton meiner Haut.

Das Kleid hatte eine Korsage, in der mein Busen großzügig betont wurde, und der Rock war vorn kurz mit einem breiten Schlitz und lief in einem sanften Bogen zum Rückenteil länger werdend, fast wie eine kleine Schleppe, aus.

Der Stoff war aus edlem Brokat. Aber der Clou war, dass Hals, Schulterbereich und Arme mit feinsten Tüll, in der gleichen Farbe wie das restliche Kleid, bedeckt waren. Der Tüll war einzeln bestickt mit Blumenornamenten, wieder in der gleichen Farbe. Man sah viel Haut, aber eigentlich sah man doch keine. Und es war unglaublich bequem. Dazu Schuhe mit sehr hohem Absatz und eine kleine silberfarbene Tasche. Fertig.

Ich sah aus wie Cinderella persönlich und sagte es den beiden auch. Dann schaute ich Mia böse an und wollte wissen: „Das alles für 300,00 Dollar?" Sie antwortete völlig ungerührt: „Unsere Rechnung bekommst du morgen."

Ich nahm sie noch einmal in den Arm und bedankte mich ganz herzlich. Dann war ich allein und wartete auf meinen Prinzen.

Ich brauchte nicht lange warten, da hörte ich den Wagen vorfahren, blieb aber in der Wohnung. Zehn Sekunden später klopfte es förmlich an der Tür und ich sagte: „Herein." Vor mir stand nicht Patrick, sondern Frank.

Bewundernd schaute er mich sprachlos an und murmelte: „Du bist wunderschön, Anna."

Schnell band ich Lou-Lou an die Leine und war bereit.

Frank bot mir seinen Arm, ich wusste, was diese Geste bedeutete, ich nickte und sprach: „Danke, das bedeutet mir sehr viel." Dann führte er mich zu meinen Prinzen.

Bei dem Anblick meines Mannes blieb mir buchstäblich die Spucke weg. Er stand umringt von meinen Liebsten, glücklich lächelnd und Glückwünsche entgegennehmend, am Auto. Ich sah ihm an, dass er sich darüber freute. Er sah unglaublich sexy und männlich in seinem schwarzen Smoking aus und bei mir löste das sofort meinen Besitzanspruch auf ihn aus. Dieser Mann gehörte mir! Als Patrick mich erblickte, wurden seine Augen so groß wie Bauklötze und sein unwiderstehliches Lächeln sagte mir, dass ihm gefiel, was er sah.

Ich lächelte zurück und konnte kaum erwarten, ihn zu berühren.

Frank führte mich zu ihm und legte meine Hand in seine.

Patrick zog mich in seine Arme und flüsterte mir ins Ohr: „Anna, du siehst atemberaubend aus und ich bin der glücklichste Mann der Welt." Ich flüsterte zurück: „Du siehst selbst umwerfend aus und such dir doch noch ein neues Wort, wenn du siehst, was ich unter diesem tollen Kleid anhabe. So etwas hast du garantiert noch nicht gesehen, jedenfalls an mir. Ich liebe dich."

Leise kichernd erwiderte er dann trocken: „Danke. Jetzt kann ich an nichts weiter denken und mich wahrscheinlich auf nichts mehr konzentrieren." Unschuldig guckte ich ihn an und konterte: „So … war das aber nicht gemeint."

Seine Erwiderung kam leise: „Ähm … ja."

Er zog mich in seine Arme und wir küssten uns leidenschaftlich. Irgendwann drang zu uns heftiger Applaus durch, leise keuchend legten wir unsere Stirn aneinander und grinsten. Wir drehten uns zu meinen Freunden um.

Da sah ich, dass er mit Gepäck angereist war. Mehrere Koffer standen am Eingang. Er sah meinen fragenden Blick und sagte: „Ich dachte mir, ich spare mir einen Weg."

Glücklich lächelte ich ihn an, dann wandte ich mich an unsere neugierigen Zuschauer: „Ich danke, wem auch immer, für die nette Überraschung oben in unserem Zimmer. Meinem Mann erspart das vermutlich einen Rückenschaden, wenn er noch einmal in meinem Singlebett schlafen müsste. Danke, das war eine großartige Idee."

„Wir haben ein richtiges großes Bett?" fragte Patrick mit grinsendem Gesicht und alle Umstehenden lachten. „Dann auch von mir einen herzlichen Dank", fügte er noch hinzu.

Er stellte mich dann dem Fahrer und dem Bodyguard, die am Auto bereits auf uns warteten, vor, dann fuhren wir los. Während der Fahrt ließ Patrick kein einziges Mal meine Hand los und der glückliche Gesichtsausdruck verschwand kein einziges Mal. Kurz informierte ich ihn noch, wie wir das mit Lou-Lou händeln wollten.

Da ich ja nicht genau wusste, wie alles ablaufen würde, meinte er: „Das wird vermutlich zeitlich nicht möglich sein. Wenn wir ausgestiegen sind, fährt Georg dann sofort zurück, um die anderen abzuholen. Sollte der Hund sich gestresst fühlen, wird Sam sich vielleicht darum kümmern." Er fragte Sam, ob er damit einverstanden wäre, und er antwortete nur: „Natürlich."

Dann wollte ich neugierig von ihm wissen, wie seine Eltern bei seiner Ankunft im Hotel reagiert haben.

Belustigt kicherte er und sagte: „Vermutlich genau so, wie du empfangen wurdest. Meine Mutter ist heilfroh, dass ihr flatterhafter Sohn endlich an die Kandare genommen wurde. Sie spricht von dir wie von einer Heiligen. Das wirst du nachher schon noch selbst zu hören bekommen."

Plötzlich wurde er ernst und ich wurde unruhig, weil ich nicht wusste, was jetzt kommen würde.

Patrick sah mir in die Augen. „Sie würden sich beide wünschen, dass du eine weniger formelle Anrede für sie finden könntest, haben aber Angst, dir das selbst anzubieten", bat er. „Du weißt, was ich meine."

„Du meinst, ich soll Mom und Dad sagen?", wollte ich wissen. Er nickte.

Ich überlegte einen kurzen Moment, dann erwiderte ich: „Ich mag die beiden. Es macht mir, denke ich, nichts aus, sie Mom und Dad zu nennen. Endlich darf ich jemanden so nennen, wo es sich auch richtig anfühlt. Danke." Ergriffen nahm er mich in seine Arme und küsste mich zärtlich.

Als er von mir abließ, räusperte er sich kurz, grinste mich an und befahl: „So, Mrs. Tayler, zurück zum Geschäft. Hast du in der Zwischenzeit einmal den Fernseher angeschaltet?" Ich schüttelte meinen Kopf.

„Uns erwartet ein richtig großer Bahnhof. Ich meine, richtig groß. Eine Menge Fans, Reporter und Fotografen sind da. Was mich ein klein wenig verwundert, jeder Promi von Rang und Namen wird aufkreuzen. Laut Erik haben sie sich fast um die Einladungen geprügelt. Natürlich spielen da eigene Eitelkeiten eine Rolle. Viele von meinen Kollegen sind nett, aber einige sind einfach nur boshaft und neidisch. Feindliche Angriffe von Frauen könnten auch möglich sein. Aber eine Sache möchte ich unbedingt noch loswerden. Du wirst Diana Miller kennenlernen, meine Partnerin in diesem Film. Sie ist eine freundliche und warmherzige Frau, die ihren Mann liebt, und sie ist mir als Mensch und Freundin wichtig. Bitte verurteile sie nicht und mich auch nicht, denn du weißt, ich liebe nur dich."

Als er das sagte, war er ein wenig nervös und schaute mich entschuldigend an.

„So naiv, wie du denkst, bin ich nicht, wenn ich nicht wüsste, dass du ein Leben vor mir hattest, und hättest du mir am Anfang unseres Kennenlernens nichts davon erzählt, ich meine, wüsste ich erst jetzt davon, wäre die Situation sicherlich ein wenig heikel. Ich denke, ich kann damit umgehen."

Er schaute mich ein wenig zweifelnd an. Und ich beruhigte ihn mit einem kleinen Kuss und sagte: „Wirklich. Aber ich glaube, so dumm wirst du in Zukunft nicht mehr sein, mich diesbezüglich zu reizen." „Ich sollte dir vielleicht zwei Mauersteine als Abschreckung auf den Nachttisch stellen, damit du weißt, was dir blüht, wenn ich über so etwas wütend werde – üble Nachrede oder Wunschdenken anderer Frauen sind davon ausgenommen", erklärte ich ihm und lächelte ihn lässig an. Etwas verwirrt fragte er nach: „Mauersteine? Das verstehe ich nicht."

Ich grinste innerlich, aber nach außen gab ich mich total unbeeindruckt, als ich erwiderte: „Das ist ganz einfach. Ich nehme die beiden Steine in meine Hände, halte sie an dein bestes Stück und schlage sie einmal kräftig zusammen, vorzugsweise wenn du schläfst und dich nicht wehren kannst."

Entsetzt sah er mich an und die Männer vorn im Auto fingen an zu husten, um ihr Lachen zu kaschieren.

Als er sich von seinem Entsetzen erholt hatte, schüttelte er seinen Kopf, lachte und meinte trocken: „Wenn ich jetzt an Schlaflosigkeit leide, hast du Schuld. Du bist ja gemeingefährlich."

Selbstgefällig und grinsend kam mein knapper Kommentar: „Ja, so sagt man."

Dann wurde er wieder ernst und sprach: „Wieder zurück zum Thema. Solltest du an so ein gemeines Exemplar geraten und ich bin nicht dabei, verschaff dir sofort Respekt. Lass dich nicht ins Bockshorn jagen und sei einfach nur meine Anna." Aus irgendeinem Grund fing er noch einmal an zu lachen.

Als er sich beruhigt hatte, sprach er weiter: „Eins noch, Erik hat mir
außerdem gesagt, dass die Quoten beim Konzert bei 28,7% lagen.
Das sind stolze knappe 33.000,00 Dollar extra. Herzlichen Glückwunsch zu diesem Verhandlungserfolg. Mein Album war nach
nur 12 Stunden Nummer eins auf den Hitlisten und deine Singles
ebenfalls auf Nummer eins und zwei. Über diesen Verkaufserlös
kannst du in voller Höhe selbst verfügen. Das Geld hast du verdient.
Die dazugehörenden Videos hatten im Netz zusammen bis jetzt
20 Millionen Klicks – ein Wahnsinn. Auch das ist dein selbst-
verdientes Geld. Ich dachte, das solltest du als Hintergrundin-
formation wissen. Die Reporter werden sicher danach fragen."
Er lachte wieder, als er meinen Gesichtsausdruck sah und sagte:
„Mund zu, Anna, sonst erkältest du dich noch."
Ich war sprachlos und er nutzte diese Situation schamlos aus und
küsste mich noch einmal.
Kurz vor dem Filmpalast ging die Fahrt nur noch im Schritt-
tempo weiter. Die Menschenmenge auf den Gehwegen wurde
dichter und die Nobelkarossen reihten sich auf der Straße auf wie
bei einer Perlenkette. Ich war ziemlich froh, dass unser Auto ge-
tönte Scheiben hatte, sodass wir von außen nicht erkannt werden konnten.
Patrick erklärte mir, dass die Limousinen direkt am roten Teppich halten würden und es ein ungeschriebenes Gesetz sei, dass
man seinem Vorgänger einen gewissen Vorsprung gibt, damit
die Fans Zeit hätten Autogramme und Fotos von ihren Idolen
zu bekommen. Die Reporter und Fotografen würden direkt am
Eingang stehen. Es wäre üblich, sich fotografieren zu lassen und
einzelne Fragen zu beantworten.

Die richtigen Interviews fanden aber im Foyer statt. Da gab es
auch noch einmal eine Fotoecke und es war ein absolutes „Muss",
das über sich ergehen zu lassen.
Etwas zerknirscht sagte er zum Schluss: „Da muss ich dich leider für einen Moment allein lassen, denn da gibt es nur Aufnah-
men von den Darstellern und dem Regisseur. Und wenn dieser

Punkt abgehakt ist, kommen alle anderen an die Reihe. Aber das ist dann freiwillig."

Ich hatte konzentriert zugehört und nickte. Schien nicht so schwer zu sein.

Dann brachte ich meinen Mann noch einmal zum Lachen, als ich wissen wollte, ob es denn dort auch was zu essen gäbe.

Er sagte: „Eigentlich gibt es immer mehr zu trinken als zu essen. Aber es gibt ein Buffet. Ich habe jedoch noch nie eine Frau gesehen, die sich daran bedient hätte. Es gilt als absolutes No-Go in so einer Öffentlichkeit zu essen, das könnte als Disziplinlosigkeit gewertet werden und schließlich sind solche Veranstaltungen eine Rollenbörse."

Ich runzelte meine Stirn und fragte nach: „Gilt das nur für Frauen?"

Patrick grinste nickend und fügte hinzu: „Schuld sind sie selbst, dass sie sich so unter Druck setzen. Ich kann es auch nicht verstehen, aber es ist so."

Wir rückten immer näher. Jetzt war unsere Aufmerksamkeit gefesselt. Patrick machte leise Kommentare, als er einige Kolleginnen und Kollegen aus ihren Autos steigen sah, und ich achtete mehr auf die Kleider der Frauen. Ich hatte schon befürchtet, ein wenig overdressed zu sein. Eigentlich war es ja nur ein Kinobesuch – eigentlich.

Aber ich stellte beruhigt fest, dass ich nicht die einzige aufgemotzte Frau war. Rein oberflächlich betrachtet, konnte ich durchaus mithalten.

Dann war das Auto vor uns dran und als Patrick erkannte, wer dort ausstieg, sagte er nur: „Das sind Diana Miller, ihr Mann Henry und der Regisseur Tom Lohenstein, perfektes ungewolltes Timing."

Neugierig betrachtete ich Diana. Sie war groß, blond und sehr schön. Dann sah ich, dass sie ihren Mann mit einem warmen Blick ansah. Das machte sie sofort für mich sympathisch. Natürlich entging mir nicht, dass Patrick mich verstohlen musterte. Mit einem Lächeln wandte ich mich zu ihm und flüsterte: „Wirklich."

Er verstand und küsste mich noch einmal mit voller Leidenschaft. Danach sah er mir in die Augen und hauchte mir dann ins Ohr: „Danke."

Wir sammelten uns kurz, dann waren wir dran. Schon das Aussteigen aus der Limousine glich einem Schauspiel. Ich schüttelte innerlich belustigt meinen Kopf.

Georg und Sam stiegen aus und öffneten die hinteren Wagentüren. Patrick folgte noch ohne Hund und ging um das Auto herum. Dabei hatte er sein unwiderstehliches Lächeln im Gesicht. Dieses Lächeln war absolut echt. Er freute sich wie ein Schneekönig auf diesen Moment, das sah ich ihm an und ich wusste wieder einmal, dass es einhundertprozentig richtig war, was wir hier gemeinsam tun würden. Die Zuschauer fingen an zu kreischen. Dann hielt er mir die Hand hin und half mir auszusteigen.

Als die Menge mich zu sehen bekam, wurde das Gekreische um ein Vielfaches lauter.

Mein Lächeln war ebenfalls echt, als ich zu den Zuschauern schaute und schüchtern winkte.

Patrick holte Lou-Lou aus dem Wagen und band sie an die Leine. Er nahm meine Hand und wir drei gingen über den roten Teppich. Natürlich kamen wir nicht weit. Wir gaben den Fans ausgiebig die Möglichkeit, zu fotografieren. Dann ließ ich Patricks Hand los und ging direkt an die Absperrung.

Beim Weggehen sah ich noch, dass er ein wenig verblüfft darüber schien, dann zuckte er seine Schultern und ging auf die andere Seite zu unseren Fans.

Lou-Lou benahm sich wie eine Diva. Der Rummel beeindruckte sie nicht im Mindesten.

Die Zuschauer quittierten unsere Nähe mit noch mehr Jubel und ich konnte einfach mit meinem Lächeln nicht aufhören. Immer und immer wieder wurden unsere Namen gerufen.

Wir wechselten die Seiten, als hätten wir es einstudiert. Bei einem Wechsel begegneten wir uns direkt, Patrick schnappte und küsste mich. Sekunden später flüsterte er mir zu: „Du machst das wie ein echter Profi. Ich bin so stolz auf dich."

Ich war total verdattert, erholte mich jedoch schnell, als ich in seinem Blick die unbändige Freude sah.

Die Menge raste vor Begeisterung.

Dann machte er in Richtung Anfang des roten Teppichs eine Kopfbewegung. Ich sah, dass wir einen Stau hinter uns verursacht hatten.

Daher gingen wir wieder gemeinsam Hand in Hand weiter, nicht ohne uns nochmals zu unseren Fans umzudrehen und zu winken. Das war die erste Hürde und ich fand, wir hatten das ganz gut hinbekommen.

Ich nahm kichernd war, dass kein einziger Fotograf ein Blitzlicht benutzte, als sie Fotos machten. Patrick grinste ebenfalls.

Ich schaute zum Eingang des Filmpalastes und merkte, dass wir von den bereits Anwesenden von dort aus beobachtet wurden. Mich irritierte das nicht im Mindesten und war über mich selbst erstaunt.

Dann trennten wir uns und gingen zu den Reportern.

Spätestens jetzt bekamen die Fotografen und Reporter mit, dass wir unsere Eheringe trugen.

Die Fragen auf meiner Seite waren entsprechend, sie wurden zwar hektisch aber einzeln gestellt, auf Patricks Seite das Gleiche. Ich sah seine Schultern beben, vermutlich unterdrückte er ein Lachen.

„Anna, Sie und Patrick haben geheiratet?"

„Ja."

„Wann?"

„Freitag früh um 02.00 Uhr."

„Sie sind nach Vegas durchgebrannt?"

„Ja."

„Wann hat Patrick Ihnen den Antrag gemacht?"

„Donnerstag nach meinem letzten, äh … Auftritt."

„Wussten Sie davon, dass er das vorhatte?"

„Nein. Es kam für mich völlig überraschend. Und er hat mir wirklich keine Wahl gelassen, den Antrag anzunehmen."

„Warum?"

Ich zuckte meine Schulter und antwortete: „Weil ich ihn liebe."

Ich winkte den Fotografen und Reportern noch einmal zu und ging in Richtung Eingang. Mein Mann folgte mir schnell, sich ebenfalls noch einmal glücklich winkend zu verabschieden.

Dann gab er Sam ein Zeichen, gab ihm Lou-Lou und ging gemeinsam mit mir durch die Tür ins Foyer.

Als wir hereinkamen, wurden wir ebenfalls mit einem Applaus begrüßt. Artig nahmen wir ihn entgegen.

Patrick nahm meine Hand und zog mich lächelnd weiter in den Raum hinein.

Ich sah, auf wen er direkten Kurs nahm – seine Eltern.

Als wir vor ihnen standen, sagte Patrick förmlich: „Mom, Dad, ich möchte euch ganz offiziell meine Frau vorstellen."

Seine Mom, nahm mich als erstes in den Arm und lächelte mich glücklich an. Dann sagte sie: „Anna, willkommen in unserer Familie. Ich freue mich so für euch beide. Es wurde langsam Zeit, dass Patrick eine Frau findet, die ihn an der kurzen Leine hält. Das braucht er ab und an. Schön, dass du diese Frau bist."

Dann küsste sie mich auf beide Wangen.

Gerührt über diese Zuneigung, erwiderte ich: „Danke, Mom, ich freue mich auch, zu dieser Familie zu gehören. Diesen Sohn habt ihr gut hinbekommen. Er braucht keine kurze Leine. Ich liebe ihn." Ich umarmte sie spontan und flüsterte ihr leise zu: „Danke."

Sie fing an zu weinen und tupfte sich die Tränen aus den Augen und es hätte nicht viel gefehlt, hätte ich gleich mitgeheult. Gott sei Dank, ging Patricks Dad dazwischen, als er die beiden rührseligen Frauen musterte und sagte barsch: „Hier wird jetzt nicht geheult."

Patrick stand ein wenig hilflos da und wusste nicht so recht, wie es weitergehen sollte. Da polterte sein Dad: „Anna, Kind, schön, dich in der Familie zu haben." Auch er umarmte mich fest und ich erwiderte etwas schüchtern: „Danke, Dad."

Ich war mir nicht sicher, aber mir schien, als hätte er auch Tränen in den Augen. Dann ging der Trubel um uns weiter: Begrüßungen, Vorstellungen, Glückwünsche.

Als Patrick mich mit Diana, ihrem Mann und seinem Regisseur bekannt machte, hatte ich den Eindruck, als würde das genauestens mit neugierigen Blicken unter die Lupe genommen.

Aber ich war lässig und entspannt. Er hatte recht, Diana war eine warmherzige Frau. Als sie uns gratulierte, spürte ich, das kam von Herzen und lächelte sie freundlich an.

Dann zogen sie uns auf, dass wir so ein Spektakel eingefädelt hätten. So schlecht wäre der Film nun doch nicht, dass er das nötig gehabt hätte. Patrick und ich bekannten uns schuldig, aber betonten immer wieder, dass das keine Absicht war.

Sein Regisseur klopfte ihm zum Schluss auf seinen Rücken und sagte: „Guter Schauspieler, guter PR-Instinkt und auch jetzt ausgezeichneter Musiker. Eine hübsche, intelligente Frau mit lobenswerten Grundsätzen obendrein. Kompliment."

Ich sah Patrick an, dass er sich sehr über dieses Lob freute.

Er schaute mich an und drückte ganz fest meine Hand. Dann küsste er mich. Die Fotos, die geschossen wurden, waren uns egal. Er gab mir ein Zeichen, dass er mich jetzt allein lassen würde. Ich stand für einen kurzen Moment allein. Seine Eltern waren irgendwo im Getümmel.

Mrs. Jones kam mit Mikro und einem Kameramann auf mich zu, als hätte sie darauf gewartet, mich allein zu erwischen.

„Mrs. Tayler, kann ich Ihnen einige Fragen stellen?", fragte sie.

Ich nickte und sagte: „Bitte, Mrs. Jones, sagen Sie weiter Anna zu mir."

„Natürlich, nur wenn Sie mich Lisa nennen", gab sie prompt zurück.

„Anna, zuerst einmal herzlichen Glückwunsch zu Ihrer Hochzeit mit dem begehrtesten Junggesellen der Branche. Sie sehen heute Abend einfach umwerfend aus."

„Danke, Lisa", antwortete ich artig.

„Als wir letzten Mittwoch das Interview hatten, haben Sie beide noch verneint, dass Sie eine Beziehung haben. Und jetzt sind Sie verheiratet. Unsere Zuschauer verwirrt das ein bisschen."

Ich grinste ein wenig. Dann erklärte ich: „Lisa, Sie haben im Interview gefragt, ob ich seine Freundin wäre. Das war ich zu diesem Zeitpunkt tatsächlich nicht. Ich war eine befreundete Geschäftspartnerin, mehr nicht."

„Ich bin immer noch verwirrt", gestand sie.

„Tja, wie soll ich das am besten erklären", überlegte ich laut.
„Na gut. Dann so. Also, Patrick und ich haben uns am letzten Sonntag kennengelernt. Er würde jetzt vermutlich behaupten, unter lebensbedrohlichen Umständen für ihn. In gewisser Weise stimmte das auch. Ich habe ihn allein an diesem Abend mindesten dreimal verbal hingerichtet. Aber er war hartnäckig und unter uns gesagt, ich habe den Eindruck, er hat mehr Leben als eine Katze, diesbezüglich.

Vorgestern hat er mir verraten, dass er sich am ersten Abend in mich verliebt hatte. Sie wissen, wann die beiden letzten Songs von ihm komponiert und geschrieben wurden? Irgendwann dachte ich, dass ich seine Hartnäckigkeit belohnen könnte, und wir sahen uns wieder. Ich verhandle gern und Patrick wusste das auch. Also machte er mir diese absurden Angebote, weil er genau wusste, ich könne dem nicht widerstehen. An dieser Stelle sollte ich vielleicht noch hinzufügen, dass meine Projekte, die ich im Interview vorgestellt habe, immer noch sehr, sehr wichtig sind. Und ich möchte mich hiermit bei all denen bedanken, die uns dabei unterstützen. Alles, was wir im Interview gesagt haben, war die reine Wahrheit. Na ja, wir haben nichts davon erwähnt, dass wir ein bisschen geknutscht haben, aber mehr nicht. Ich kann nicht singen und er hatte mich auch noch nie singen gehört. Geprobt haben wir auch nicht. Aber am Donnerstag habe ich gesungen, wie es aussieht, nicht einmal schlecht."

Hier machte ich eine kleine Pause. Ich hatte das Buffet entdeckt und gab Lisa zu verstehen, dass ich da hinwollte. Sie sah mich völlig entgeistert an, kam aber mit mir. Dann beobachtete sie ungläubig, wie ich mir Essen auf einen Teller lud. „Wo waren wir stehen geblieben?", fragte ich unschuldig nach.

Lisa starrte immer noch auf meinen Teller, ich nahm den ersten Bissen und stöhnte: „Einfach köstlich. Das müssen sie unbedingt probieren."

Dann erinnerte sie mich und sagte: „Sie haben am Donnerstag gesungen …"

Ich nahm noch einen Bissen. Dann nahm ich den Faden wieder auf: „Ja. Jetzt wird es ein wenig kompliziert. Ich gehe einmal davon aus, dass Sie ein wenig in meiner Vergangenheit geforscht haben?"

Sie nickte zustimmend. „Diese hatte ich Patrick am Montag schon erzählt. Er schien damit kein Problem zu haben und er verstand endlich, warum ich mir die Männer vom Hals gehalten habe. Ausnahmslos. Hier noch eine kleine Anmerkung zu meiner Vergangenheit, bevor irgendetwas missverstanden wird: kein Missbrauch, keine Vergewaltigung, kein Babystrich, aber das war reines Glück, Lisa. Aber vor allem möchte ich kein Mitleid. Patrick wollte mich, aber er wusste nicht wie, daher der Umweg über seine Musik und vor allem seine Texte. Bis Donnerstagmittag hatte ich keinen Schimmer. Dann fiel es mir wie Schuppen von den Augen. Ich hatte verstanden und ich fand, ich müsste ihm ein wenig Feuer unter seinem Hintern machen. Das beflügelte mich so, weil ich ihn natürlich auch liebte, dass tatsächlich ein Gesang herauskam.

Ehrlich, würden sie mir heute einen Song vorlegen und von mir verlangen, dass ich ihn singen sollte, sie wären entsetzt.

Ich weiß, es klingt komisch oder das glaubt mir keiner. Aber wenn ich einhundertprozentig von einer Sache überzeugt bin und ich anfange zu fühlen, das Richtige zu tun, dann kommt so etwas dabei heraus. Daher war es für mich keine Frage, als Patrick mir den Antrag machte, mit ihm zusammen durchzubrennen. Mit ihm schaffe ich alles und er mit mir."

Lisa sah mich mit großen Augen an. Sie hatte Mühe, Worte zu finden, um dieses Interview zu beenden.

Es gelang ihr dann schließlich doch und sie sagte: „Anna, Sie sind eine ganz ungewöhnliche starke Frau und ich bin wirklich froh, dass ich Sie kennenlernen durfte. Ich danke Ihnen für ihre Offenheit."

Dann machte sie zum Kameramann ein Zeichen, dass das Interview beendet war.

Sie umarmte mich, nahm sich einen Teller und sie aß mit mir gemeinsam plaudernd.

Meine Schwiegereltern und Erik gesellten sich dann irgendwann dazu und schließlich entdeckten mich Piet, die Jungs, Mia und

Maike. Ich stellte Lisa alle der Reihe nach vor und erklärte unsere Beziehungen untereinander. Alle aßen etwas und das fröhliche Geplauder ging weiter. Mit einer gewissen Befriedigung nahm ich wahr, dass alle aßen. Sogar einzelne versprengte Promifrauen und Männer.

Schließlich fand ich, dass ich mal schauen musste, wo mein Mann blieb, und verdrückte mich unauffällig.

Auf dem Weg zu ihm, nahm ich einmal die falsche Abzweigung und landete hinter der Fotowand. Ich ging darum herum.

Patrick stand mit dem Rücken zu mir und ich hörte, wie ein Fotograf fragte: „Mr. Tayler können wir noch ein Foto von Ihnen und Ihrer Frau machen?"

Ich machte dem Fotografen ein Zeichen, mich nicht zu verraten, und hörte wie Patrick sagte: „Natürlich, wenn ich nur wüsste, wo sie ist." Er schien ein wenig ratlos zu sein. „Ich muss mir, glaube ich, ernsthaft überlegen, ihr beim nächsten Mal einen Fahrradwimpel für Kinder auf den Rücken zu schnallen, damit man sie sehen kann."

Dann lachte er über seinen eigenen Witz. Ich fuhr in von hinten an: „Das habe ich jetzt gehört."

Er sprang vor Schreck bestimmt einen Meter in die Luft und schob trocken nach: „Mit Bewegungsglöckchen." Über so viel Dreistigkeit konnte ich nur grinsen.

Der Fotograf lachte brüllend los. Als er fertig war mit Lachen, machte er sich an die Arbeit. Dann posten wir noch ein bisschen zusammen. Das machte mir sogar ein wenig Spaß.

Er nahm meine Hand und wollte mich in Richtung der anderen ziehen, aber ich sagte: „Sorry, es geht bestimmt gleich los. Ich muss vorher noch für kleine Mädchen."

„O. k., ich gehe dann auch noch mal", sagte er gelassen und führte mich in Richtung der Toiletten.

Als wir an der Tür der Behindertentoilette vorbei gingen, hatten wir die gleiche Idee. Wir schauten uns verschwörerisch an, guckten nach links und rechts und verschwanden darin.

Völlig ausgehungert fielen wir übereinander her. Patrick drückte mich wieder gegen die Wand, stöhnte, als er mit seiner Hand über meinen Schenkel strich und den Abschluss meines Strumpfes ertastete. Danach ging seine Erkundungstour weiter und wir küssten uns leidenschaftlich. Dann fand er mein Höschen, stöhnte wieder und murmelte: „Anna es muss schnell gehen. Wir haben keine Zeit."

Hastig öffnete er seine Hose, streifte sich ein Kondom über, schob mein Höschen zur Seite. Dann ging alles sehr schnell. Wir waren total angetörnt voneinander. Es war unglaublich erotisch und intensiv. Keuchend erreichten wir gemeinsam den Höhepunkt. Als wir wieder klar denken konnten, kicherten wir verlegen und zogen unsere Kleidung zurecht.

„Anna, so etwas ist mir auch noch nicht passiert", sagte er immer noch kichernd. „Hoffentlich kommen wir hier ungesehen wieder raus."

Vorsichtig öffnete er die Tür und zog mich hinter sich her und wir standen Auge in Auge vor meinen Schwiegereltern. Sie waren so verdattert, dass sie uns nur anstarrten.

Patricks und mein Gesichtsausdruck waren sicherlich identisch: schuldbewusst.

Dann sagten wir gleichzeitig, jeder von uns auf den anderen zeigend: „Er/sie hat angefangen." Meine Beschuldigung war jedoch ein wenig schneller als seine und er beschwerte sich: „Warum bist du nur schneller als ich?" Ich konterte: „Weil du länger zum Luftholen brauchst. Bei mir ist der Weg kürzer."

Verblüfft über meine Logik schaute er mich an und lachte dann schallend los. Als er wieder zu Atem kam, meinte er nur: „Ja, wo du recht hast, hast du recht." Dann küsste er mich.

Mom und Dad schüttelten ihre Köpfe und gingen auf ihre Plätze. Wir folgten ihnen wie ein paar Sünder mit gesenkten Blick nach.

Als wir wieder hochblickten, sahen wir, dass ihre Schultern zuckten, als ob sie lachen mussten – was sie wahrscheinlich auch taten. Ich boxte Patrick in die Rippen und zischte: „Mann, ist das peinlich."

Er griente über meinen Kommentar und amüsierte sich köstlich über meine Peinlichkeit.

Die Vorstellung begann.

Für ein paar Minuten hatte ich Schwierigkeiten, den Schauspieler Patrick Tayler mit meinem Mann, der neben mir saß, in Einklang zu bringen. Klar hatte ich schon Filme mit ihm gesehen, aber da war er nur ein Schauspieler. Jetzt kannte ich auch den Menschen.

Dann änderte ich meine Sichtweise. Auf der Leinwand war er jemand anderes. Logisch. Er stellte jemanden anderen dar. Zwar kamen eigene reale Verhaltensmuster von ihm im Film vor, diese waren jedoch sehr gering. Als ich das erkannte, war es leicht, das zu akzeptieren. Die Liebeszene war überhaupt kein Problem anzusehen. Außerdem konnte man überhaupt nichts erkennen. Die Zuschauer waren auf ihr eigenes Kopfkino angewiesen. Der Film war gut gemacht, ein richtiger Blockbuster. Der würde Millionen in die Kinokassen einspielen. Ich war stolz auf meinen begabten schönen Mann. Das sah man mir auch an.

Als der Film endete, erhoben sich die Zuschauer und applaudierten mehrere Minuten lang.

Patrick, Diana Miller und der Regisseur gingen auf die Bühne und verbeugten sich dankend für den Applaus. Blumensträuße wurden überreicht und der offizielle Premierenakt war vorüber. Als er wieder neben mir stand, umarmte ich ihn und gratulierte stürmisch. Sie hatten alle schließlich einen guten Job gemacht. Dann ging es zurück ins Foyer und die Aftershowparty begann – Musik, Alkohol, Gespräche, Gratulationen, Smalltalk. Wir waren umringt von Leuten und plauderten über dies und das.

Irgendwann flüsterte ich ihm zu: „Was hältst du davon, ein wenig zu essen?" Ich zog ihn mit zum Buffet.

Unsere Freunde, Mom und Dad waren ebenfalls da und wir luden uns die Teller voll. Nebenbei fragte ich Patrick: „Was ist eigentlich dein Lieblingsessen? Hängt dir dieses noble Essen nicht manchmal zum Halse raus?" Er zuckte seine Schultern und erwiderte: „Ich bin mit so einem Nobelessen aufgewachsen. Erinnerst du dich, wir haben zu Hause in L. A. einen Koch. Aber mein absolutes Lieblingsessen ist Rinderbraten mit Kartoffelpüree und Bohnen."

Ich griente ihn an und sagte: „O. k., das koche ich für dich am Dienstag, versprochen. Sieh es als Belohnung für deinen Erfolg von heute Abend."

Über diese Ankündigung freute er sich richtig.

„Ich hole mir mal Nachschub", sagte ich, als ich auf meinen leeren Teller blickte. „Übrigens guck dir die Frauen an, sie essen doch, und sie sehen nicht unglücklich aus", flüsterte ich beim Weggehen zu.

Er konterte sofort: „An wem das wohl liegt?"

Ich arbeitete mich zum Buffet durch und legte mir noch einiges auf meinen Teller. Dann sah ich den Kuchen, überlegte kurz, zuckte meine Schultern und nahm noch ein Stück. Ich merkte, wie ich beobachtet wurde, und schaute auf. Drei Herren im mittleren Alter sahen neugierig auf meinen Teller. Ich konnte mich nicht bremsen und zuckte nochmals mit meinen Schultern. „Ich habe einfach nur Hunger, ich denke, das passt noch rein", sagte ich entschuldigend kichernd und drehte mich um.

Die Herren lachten und einer von ihnen erwiderte: „Mrs. Tayler, es war uns eine Freude, ihnen dabei zuzusehen." Ich drehte mich wieder in ihre Richtung, grinste und sagte: „Gern geschehen." Ein Herr mit einem sehr fröhlichen Gesichtsausdruck sagte: „Ach übrigens, es war eine überzeugende Vorstellung von Ihnen heute am Flughafen. Ich habe noch nie so einen intensiven Pfiff gehört und es hat mich außerordentlich amüsiert, wie Sie die Hyänen dressiert haben. Respekt. Ich habe den ganzen Nachmittag verbracht, so einen Pfiff hinzubekommen, leider ohne Erfolg." Nun lachte ich und erklärte: „Das braucht ein wenig Übung. Das hat mir mein Kollege Carter gezeigt. Ich biete eine Hundeschule für Problemhunde an. Sie können sich vielleicht vorstellen, dass manche dieser Vierbeiner versuchen auszubüxen. Ein Pfiff, ein strenger Blick, und es funktioniert meistens. Am Flughafen dachte ich, bevor wir blind und taub werden, ist es einen Versuch wert. Dass es auch bei Menschen Wirkung zeigen kann – ich war selbst verblüfft."

Ein anderer Mann von diesen dreien wirkte sehr still, dann sah ich seine Neugierde.

Er sprach mich an: „Mrs. Tayler, sie haben einen sehr begabten Schauspieler zum Mann, wollen sie selbst auch Schauspielerin werden?"

Entsetzt guckte ich ihn an und hörte selbst, wie panisch meine Stimme klang, als ich erwiderte: „Um Gottes willen, nein. Ich kann nicht schauspielen. Einer in der Familie reicht vollkommen."

Der Herr konterte: „Etwa genauso, wie Sie nicht singen können?"

Ich atmete hörbar aus und antwortete resigniert: „Das wird mir vermutlich noch ewig anhängen. Aber ich versichere Ihnen, ich kann wirklich nicht singen. Das, was sie am Donnerstag vielleicht gesehen haben, war in dieser Form vollkommen einmalig."

Ich zuckte mit den Schultern und fuhr fort: „Ich weiß nicht, ob sie das nachvollziehen können, aber es funktioniert nur mit Patrick. Um so etwas abzuliefern, brauche ich absolutes Vertrauen, die absolute Liebe und die Gewissheit, dass man das Richtige tut. Das hat er mir gegeben. Patrick nennt es Magie und ich Zuversicht in eine gemeinsame Zukunft. Ich weiß, dass sich das kitschig anhört. Aber anders kann ich es einfach nicht beschreiben."

Die drei Herren starrten mich sprachlos an und ich wollte mich erneut von ihnen abwenden, da kam die verblüffte Erwiderung von dem letzten Herrn: „Sie weiß gar nicht, wer wir sind. Unglaublich."

Meine Reaktion darauf war ärgerlich und ein wenig bockig, als ich sagte: „Tut mir leid. Ich bin nicht lange genug im Geschäft, um zu wissen, wen ich vor mir habe. Beim nächsten Mal, mache ich einen Bogen um Sie herum. Schönen Abend noch meine Herren."

Ehe ich mich abwenden konnte, sagte einer von ihnen lachend: „Warten Sie bitte, Mrs. Tayler, ich möchte Ihnen meine Karte geben und Sie und Ihren Mann zum Essen einladen. Was halten Sie von morgen?"

„Morgen können wir nicht, da ist die Familie dran", antwortete ich ziemlich schnippisch.

„Na, dann eben am Dienstag, sagen wir gegen 19.00 Uhr", sagte er, schrieb etwas auf die Rückseite der Visitenkarte und hielt sie mir bittend hin. „Also gut, ich muss aber mit Patrick den Termin absprechen, das wollten wir ohnehin morgen machen", antwortete ich und nahm seine Karte an.

Dann kam das gleiche Spiel noch mit den beiden anderen Herren für Mittwoch und Donnerstag. Ich hatte das Gefühl, sie hatten vor, sich gegenseitig zu übertrumpfen. Schließlich verabschiedete ich mich höflich und ging den Kopf schüttelnd zu Patrick zurück. Absagen könnten wir schließlich immer noch, nahm ich mir vor. Die Stimmung wurde immer ausgelassener, ich ließ mich ebenfalls davon mitreißen.

Das lag natürlich hauptsächlich daran, dass mein Mann mich nicht mehr loslassen wollte. Ich nahm wahr, dass er sich beim Trinken sehr zurückhielt und im Stillen freute mich das. Es war weit nach Mitternacht, als er mir zuflüsterte: „Wollen wir nach Hause?" Ich nickte und war sofort von einer nervösen Aufgeregtheit erfüllt. Piet, die Jungs und die beiden Mädels wollten ebenfalls mit. Die Nobelkarosse war schließlich groß genug, dass wir alle darin Platz hatten.

Patrick rief Georg an und bestellte ihn vor den Haupteingang. Tim stibitzte noch zwei Flaschen Sekt für den Rückweg und los ging's. Draußen waren immer noch hartgesottene Fans, die uns auf dem Weg zum Wagen noch kreischend zujubelten. Diesmal blieben wir aber nicht mehr stehen, sondern gingen recht flott zum Auto. Im Auto war es dann so richtig lustig. Patrick amüsierte sich über die geklauten Sektflaschen und zeigte nur zur Bar. Der Inhalt hätte für alle bestimmt eine Woche gereicht. Neben dem Sekt wurde die Bar ebenfalls noch geplündert.

Wir setzten Piet und die Jungs gemeinsam ab, dann wurde es wesentlich ruhiger.

Die Mädels verabschiedeten wir zu Hause mit einem Tschüss bis morgen. Dann waren wir endlich allein.

Die Koffer hatte irgendjemand schon hochgebracht und vor meiner Wohnungstür abgestellt.

Wir schlichen leise die Treppe hoch. Vor der Tür nahm Patrick mich auf den Arm und trug mich über die Türschwelle. Dann setzte er mich ab und wir küssten uns erst einmal ausgiebig. Anschließend holte er die Koffer herein und schloss die Tür ab.

Er kam langsam auf mich zu. Sein Blick war so heiß, dass ich es kaum erwarten konnte, endlich wieder in seinen Armen zu liegen. Langsam zogen wir uns gegenseitig aus und ließen die Sachen einfach liegen, wo sie landeten.

Als er mich mit meiner sündigen Unterwäsche sah, schnappte er nach Luft und raunte mir zu: „Du hast recht, so etwas habe ich tatsächlich noch nicht gesehen, noch nie. Anna, du bist so wunderschön und ich muss sagen, es steht dir ausgezeichnet."

Verlegen lachend klapste ich ihm auf seinen Arm und sagte: „Jetzt werde ich tatsächlich auch noch rot."

Wir sprachen dann nicht mehr, dafür hätten wir auch gar keine Luft mehr übrig gehabt.

Irgendwann viel, viel später schliefen wir zusammen in unserem gemeinsamen Bett zufrieden ein.

Am späten Vormittag blinzelte ich verschlafen zum Fenster. Konnte aber nicht abschätzen, wie spät es war. Patrick schlief noch. Leise stand ich auf.

Nachdem ich im Bad fertig war, zog ich eine Jeans und ein T-Shirt über und holte unser Frühstück. Sehr weit musste ich nicht gehen. Vor unserer Wohnungstür stand ein Picknickkorb mit einem großen Zettel „Frühstück" darauf. Sogar an die Zeitung hatte sie gedacht. Ich lächelte die Notiz liebevoll an. So war sie, meine Familie.

Als ich wieder ins Zimmer ging, sah mich Patrick verschlafen an und rekelte sich wohlig. Zu ihm hinsausen, den Korb vorher noch abstellen, das war alles eins.

Dann lagen wir uns wieder in den Armen und begrüßten uns mit einem langen Kuss.

„Na, Langschläfer, was hältst du davon, Frühstück im Bett?", schnurrte ich.

„Du bist früh auf und hast was zu essen organisiert?" „Sehr tüchtig Mrs. Tayler", zog mich Patrick auf und ich konterte zurück: „Ist schließlich mein erster Arbeitstag und ich will den Boss milde stimmen."

Er nahm mich spielerisch in den Schwitzkasten und lachte: „Sehr gut. Das hätte ich gern jeden Morgen."

Dann verschwand er im Bad und ich kochte Kaffee, bereitete zwei Teller für jeden vor und sammelte, wie üblich, unsere Kleidung wieder ein. Ich durchsuchte die Taschen seiner Hose und Anzugjacke und fand viele Visitenkarten, legte die Karten und die Zeitung auf meinen Nachttisch und zog mich wieder aus.

Frisch und strahlend kam er aus dem Bad und zog belustigt seine Augenbrauen hoch, als er mein geschäftsmäßiges, nacktes Aussehen registrierte.

Mit einer Handbewegung zeigte ich einladend in Richtung Bett, servierte Brötchenteller und Kaffee und setzte mich dazu.

Nachdem wir gefrühstückt hatten, wurde unsere Geschäftsbeziehung leidenschaftlicher, sehr leidenschaftlich.

Irgendwann sagte ich zu ihm: „So, Mr. Tayler, zurück zum Geschäft. Hier ist ihr morgendlicher Bericht …" … ich reichte ihm die Zeitung … „… und hier ihre neuen Geschäftspartner." Er bedankte sich mit einem belustigten Lächeln, küsste und lobte mich: „Sehr gut. Daran könnte ich mich wirklich gewöhnen." Zuerst sah er die Visitenkarten durch – jede einzelne mit einem Kommentar versehen.

Einige waren von Kolleginnen und Kollegen, die er für interessant hielt, andere schmiss er gleich weg, weil er nicht einmal wusste, wer ihm die zugesteckt hatte. Erklärend fügte er für mich hinzu, dass er ständig solche bekäme, von Sternchen oder Frauen, die einer Affäre nicht abgeneigt wären.

Schmollend schaute ich diese Karten an: „Ich habe meinen Job gestern wohl nicht richtig gemacht. Es sind ganz schön viele, die mir durch die Lappen gegangen sind." Darüber lachte er und meinte: „Du hättest die Haufen vorher sehen sollen. Ohne eingebildet wirken zu wollen, die hier sind gar nichts."

Ich war immer noch unglücklich über die verbliebene Anzahl. Dann fiel mir ein, dass ich ja auch welche bekommen hatte.

Ich sprang schnell aus dem Bett und kramte in meiner Tasche herum und sagte: „Guck mal, ich habe auch drei bekommen, sogar mit Essenseinladungen. Wir können aber auch noch absagen."

Fröhlich zeigte ich ihm meine Visitenkarten. Er starrte darauf und sagte kein Wort. Er drehte die Karten um und starrte wieder. Ich machte mir langsam Sorgen, daher sagte ich noch einmal: „Wirklich, wir können immer noch absagen, Patrick. Sag doch etwas. Habe ich etwas falsch gemacht?"

Dann endlich guckte er mich an. Sein Gesichtsausdruck war vorsichtig, als er sagte: „Erzähl mir mal, wie du dazu ..." ... er wedelte mit den Karten ... „... gekommen bist?"

Völlig verunsichert von seiner Reaktion gestand ich ziemlich kleinlaut: „Ich wollte mir noch einmal etwas zu essen holen, habe meinen Teller noch einmal beladen und merkte dabei, dass diese drei ..." ... ich zeigte auf die Karten ... „... mich staunend beobachteten. Sie haben so komisch geguckt, dass ich dachte, ich erkläre mal, dass ich Hunger hätte, und ich fand, dass das auf dem Teller, noch reinpassen würde. Da lachten sie. Und als ich weitergehen wollte, sagte der eine ..." ... ich tippte auf die entsprechende Visitenkarte ... „... dass es ihm gefallen hätte, wie ich die Fotografen und Reporter am Flughafen strammstehen lassen habe. Er hätte den ganzen Nachmittag geübt, aber nicht so einen Pfiff hinbekommen. Dann habe ich erzählt, dass Carter mir das beigebracht hatte, weil Problemhunde auch mal gern ausbüxen, und dass es mich selbst überrascht hätte, dass das bei Menschen auch funktioniert. Dieser hier – das war ein ganz Ruhiger – sagte, dass du ein sehr talentierter Schauspieler bist und fragte, ob ich auch Schauspielerin werden will. Da habe ich gelacht und verneint und gesagt, ich könne nicht schauspielen. Irgendwie wollte er mir nicht glauben und forderte mich heraus, ob ich genauso nicht schauspielen kann, wie singen. Natürlich musste ich nun erklären ... Halt mal, mir fällt gerade ein, ich habe gestern Lisa noch ein Interview gegeben, lass uns mal nachher den Fernseher anmachen ..." Patrick unterbrach mich an dieser Stelle ziemlich barsch: „Anna, wer ist Lisa?"

„Du weißt doch, Lisa Jones, die Reporterin von Mittwoch", antwortete ich ziemlich pikiert.

„Du sprichst sie mit dem Vornamen an?", wollte er emotionslos wissen. Ich war leicht irritiert über diese komische Frage und antwortete ein bisschen schnippisch: „Sie wollte das doch unbedingt so. Ich weiß gar nicht, was du hast. Sie ist eine nette Frau. Ich mag sie."

Er schüttelte seinen Kopf, wedelte mit den Karten in seiner Hand und sagte knapp: „Weiter."

„Nachdem ich das mit dem Singen erklärt hatte, sagte der eine in einem ziemlich arroganten Tonfall zu seinen Kumpanen, dass ich tatsächlich nicht wüsste, wer sie waren. Das machte mich ein wenig wütend und ich habe sie angeschnauzt, dass ich künftig einen Bogen um sie machen würde." Sie lachten nur. Patrick bekam Schnappatmung und sah mich ungläubig an.

„Dann hat dieser hier mir seine Karte förmlich aufgedrängt und wir sollten am liebsten schon heute zum Essen kommen. Das habe ich abgelehnt, weil wir ja heute unser Familienessen haben und wir beide unsere Termine erst abstimmen müssten. Er hat darauf bestanden, dass wir morgen kommen sollen. Die anderen zwei, machten diese Termine für Mittwoch und Donnerstag. Ich hatte kurz den Eindruck, sie wollten sich gegenseitig überbieten. Dann stopfte ich die Karten in meine Handtasche, wünschte ihnen noch einen schönen Abend und rauschte davon. Und jetzt gerade kann ich mit deinen Reaktionen gar nicht umgehen, wenn ich etwas falsch gemacht haben sollte, sag es einfach."

Patrick sprang aus unserem Bett und sagte tonlos: „Anna, du hast mit deiner Erzählung mir gerade zehn Lebensjahre geraubt." Er ging hin und her und kicherte bloß. Dann sah er mich an und erwiderte: „Also gut, ich fasse einmal rein geschäftsmäßig den gestrigen Abend zusammen: Du hast die weiblichen Anwesenden gestern zum Essen animiert. Eine Sensation. Du sprichst Lisa Jones, weil sie es will, mit ihrem Vornamen an, was sie keinem, und ich meine wirklich keinem, gestattet, nicht einmal dem Präsidenten der Vereinigten Staaten. Jetzt das wirkliche Husarenstück. Du weißt wirklich nicht, wer diese drei Herren sind, stimmt's? Das sind die drei einflussreichsten Regisseure Hollywoods, nein, eigentlich der ganzen Welt. Einige meiner Schauspielkollegen würden einen Mord begehen, um nur eine dieser Karten in Händen zu halten. Eine Einladung zum Essen gleicht einem Ritterschlag in meiner Branche. Wenn ich das Erik erzähle, fällt er garantiert in Ohnmacht. Meine Frau bekommt an ihrem ersten Abend gleich drei davon." Er lachte und konnte sich kaum einkriegen und ich sah ihm mit geöffnetem Mund sprachlos zu. „Dann", fuhr er fort und lachte immer noch dabei, „noch einen Quickie auf der Behindertentoilette mit dem eigenen Mann und von den Schwiegereltern erwischt." Er lachte immer noch. Nach einer Weile hatte er sich wieder beruhigt, kam ins Bett zu mir, nahm mich in den Arm und sagte weich: „Anna, ich liebe dich. Ich weiß gar nicht, wie ich vorher mein Leben ‚Leben‘ nennen konnte, und ich habe jetzt in diesem Moment Angst, die Zeitung aufzuschlagen und Dinge zu lesen, die du mir vielleicht noch nicht erzählt hast, weil sie in deinen Augen unwichtig sind." Ich streichelte sein Gesicht und erwiderte: „Du brauchst keine Angst zu haben, da kommt nicht viel mehr. Und übrigens, ich liebe dich auch." Die Zeitung las er wesentlich später.

Mein Interview mit Lisa war wortwörtlich abgedruckt, mit einem entsprechenden Kommentar dazu, der mir schmeichelte. Für Patrick gab es nur sehr gute Kritiken und schöne Bilder von uns – alles in allem ein gelungener Abend.

Wir stimmten dann gemeinsam noch die Termine der nächsten vierzehn Tage ab. Neben den Essenseinladungen bei den Regisseuren, gab es nur noch einen Pressetermin für Patrick und eine Wohltätigkeitsveranstaltung für uns beide. Dann konnte Mexiko kommen.

Der Nachmittag wurde noch einmal richtig hektisch. Patrick musste telefonieren, einen neuen Leihwagen besorgen, Sachen in die Reinigung bringen, den Hund abholen, einkaufen, seine Sachen irgendwo unterbringen und ich musste Mia dringend noch aufsuchen.

Mit den beiden Schwestern hatte ich dann noch eine hitzige Diskussion. Mia wollte auf keinen Fall mehr als die 300,00 Dollar haben und meinte, dass sie gestern so viele Anfragen und sogar einige Aufträge von anderen Promifrauen erhalten hätte, dass sie kein weiteres Geld von mir annehmen wollte. Bei Maike war es ähnlich. Wir schlossen daher nach langem Hin und Her den Kompromiss, dass ich ihr die getragenen Kleider wieder zurückgebe, und sie könnte sie dann verkaufen oder versteigern. Mein

Name würde für sie werben. Maike war meine offizielle Stylistin und warb ebenfalls mit meiner Person. Mit diesem Kompromiss konnten wir dann alle leben. Ich bestellte noch ein schlichtes Abendkleid für die Wohltätigkeitsveranstaltung und zwei tagestaugliche Kleider für Mexiko, nahm noch die zwei Kleider mit, die ursprünglich für das Konzert gedacht waren und hetzte nach Hause.

Dort hatten wir nur noch Zeit für eine flüchtige Umarmung, noch einmal frisch machen, kämmen und dann war es Zeit für das Abendessen. Gemeinsam mit Lou-Lou gingen wir Hand in Hand zur Bäckerei hinüber.

Sie warteten schon auf uns: Frank, Kelly, Ruth, Piet mit Anhang, Mom, Dad, Mia, Maike, John, Carter und Erik.

Das Abendessen war ausgelassen und fröhlich. Es wurde viel gelacht. Mom erzählte ich endlich die Story mit der Gesichtscreme. Dad hörte mir zu und bekam einen Lachanfall, an dem er fast erstickte.

Patrick gab unser Gespräch am Morgen wieder, selbstverständlich jugendfrei gekürzt, und Erik fiel tatsächlich fast in Ohnmacht, als er das mit den Visitenkarten hörte.

Dann klopfte Patrick an sein Glas und bat um Aufmerksamkeit. Wir schauten ihn alle aufmerksam und neugierig an. Er atmete noch einmal tief durch, sah mich an und begann: „Zunächst möchte ich einen Toast auf meine wundervolle Frau ausbringen. Ich bin außerordentlich froh darüber, ihr begegnet zu sein, und möchte gleichzeitig meinen Eltern danken, dass sie mir beigebracht haben, auch in scheinbar aussichtslosen Situationen den Kampf nicht aufzugeben. Nur so konnte es mir gelingen, Annas Liebe zu erobern. Danke."

Wir prosteten uns alle ein wenig rührselig zu.

Dann machte er ein Zeichen, dass er noch nicht fertig sei, und sprach: „Ich möchte auch jenen danken, die Anna zu der Frau gemacht haben, die sie heute ist." Warmherzig guckte er in die Runde und sah, dass er verstanden wurde.

Dann sammelte er sich noch einmal kurz und redete weiter: „Anna und ich haben kürzlich über unsere gemeinsame Zukunft gesprochen und nach langen, erbitterten und dank Ruth sehr angenehmen Verhandlungen unserer Zukunft einen Rahmen gegeben. Da ihr alle ein Teil dieser Zukunft seid, finde ich es fair, euch darüber zu informieren. Das Wichtigste wisst ihr bereits. Wir möchten beide, dass hier unser Zuhause ist. Darüber mussten wir erst gar nicht diskutieren, das stand von vornherein fest. Aber uns würde es glücklich machen, wenn wir vielleicht ein wenig mehr Platz hätten. Ich dachte an ein separates Schlafzimmer, wo das tolle und bequeme Bett hineinpasst. Danke nochmals. Ein Musikzimmer für mich. Anna bräuchte sicherlich ein eigenes Büro. Ein Gästezimmer, damit Mom und Dad nicht im Hotel wohnen müssen, wenn sie uns besuchen. Und vielleicht auch noch ein Kinderzimmer. Längerfristig gesehen. Das sollte reichen. Die Finanzierung dafür wäre meine Sache. Vielleicht gibt es ja Möglichkeiten. Wir sind für Vorschläge euerseits offen. In vierzehn Tagen werden Anna und ich gemeinsam zu meinem neuen Filmdreh nach Mexiko reisen. Voraussichtlich bleiben wir zwischen drei bis vier Monate dort. Bitte versteht uns, wir möchten uns nicht für eine so lange Zeit trennen.

Ihre Projekte kann Anna auch von dort aus planen und durchführen. Ich hoffe, dass Roger und auch ihr anderen, sie dabei unterstützen könnt. Es gibt schließlich das Internet. Vielleicht könnten wir uns am Freitag noch einmal treffen, um alles gemeinsam abzusprechen.

Da Erik sich schon länger beschwert, dass er das Lesen der Drehbücher zeitlich kaum noch schafft, habe ich Anna einen Job angeboten. Sie wird diese Aufgabe übernehmen. Dieses Jobangebot musste ich machen, da sie sich standhaft weigert, von mir Geld anzunehmen, ohne eine moralische Gegenleistung dafür zu bringen.

Tja, so ist sie und ich liebe sie dafür. Ich denke, das war's von meiner Seite. Jetzt hätten wir gern eure Meinung dazu gehört." Plötzlich redeten alle durcheinander. Ich hörte Roger zu, der mir zuzischte: „Hast du schon mal auf den Kontostand von Sternenpflücker geguckt?" Ich schüttete meinen Kopf und sah ihn fragend an. „Eine knappe Million, bis jetzt", gab er jubelnd Auskunft.

Ich schnappte nach Luft, dann sagte ich aufgeregt: „Wir brauchen ein Konzept. Schaffst du das bis Freitag? Nimm Piet, Carter und John mit ins Boot. Und wir brauchen unbedingt eine eigene Internetseite. Das kann Cedrick machen." „Schaffst du das?", wollte ich nochmals eindringlich wissen. Roger überlegte kurz und nickte. Dann lehnte ich mich auf meinem Stuhl zurück und beobachtete die Menschen, die ich liebte. Sie redeten immer noch durcheinander.

Patrick hat Recht, dachte ich, sie waren alle Teil unserer gemeinsamen Zukunft. Und ich freute mich darauf. Alle Herausforderungen würden wir gemeinsam meistern, denn die Liebe macht das möglich, da war ich mir einhundertprozentig sicher.

Entspannt saß ich auf dem Balkon unseres Hotels in einem Vorort von Acapulco in Mexiko.

Ich gestattete mir einen kurzen Rückblick auf unser Eheleben. Patrick und ich waren jetzt seit vier Wochen verheiratet und wir waren dabei, unsere beruflichen Tätigkeiten und unser Eheleben auf einander abzustimmen. Uns war beiden wichtig, dass unsere Ehe absolute Priorität hatte. Wir liebten uns wahnsinnig. Mit einem Lächeln dachte ich darüber nach, dass es uns zumindest in den letzten Wochen auch gelungen war.

Wir sind ohne unseren weißen Zwergpudel Lou-Lou angereist. Sie wohnt zurzeit bei meinen Schweigereltern in L. A. Mom war verrückt nach ihr.

Die letzten zwei Wochen zu Hause in New York waren ziemlich hektisch und auch gewissermaßen lehrreich für mich gewesen. Die Einladungen zum Essen bei den drei Regisseuren verliefen sehr gut und vor allem völlig entspannt.

Natürlich stand Patricks Karriere im Mittelpunkt der Gespräche. Ich erfuhr auf diesem Wege, dass er es leid war, dass er immer nur den leidenschaftlichen Liebhaber spielen sollte. Er meinte, dass ihm diese Rolle jetzt sicherlich alle abkaufen würden und er bereit wäre, ernsthaftere Charaktere darzustellen. Dieser Meinung schlossen sich unsere drei Gastgeber ausnahmslos an, und ich im Stillen auch.

Es blieb jetzt abzuwarten, ob er entsprechende Rollenangebote bekommen würde.

Patrick erzählte mir in diesem Zusammenhang auch, dass ich vorwiegend Drehbücher von Regisseuren sichten sollte. Das war jetzt mein bezahlter Job und er mein Boss.

Ich hatte bis dahin angenommen, dass er Drehbücher ausschließlich von den Autoren bekam. Aber so war es nicht. Natürlich bekam er auch von denen etwas zugeschickt, aber diese wurden von Erik gleich in die Ablage gebracht.

Wenn ein Regisseur einen Schauspieler für eine Rolle verpflichten wollte, waren die Produzenten und die Finanzierung bereits beschlossene Sache. Bei Drehbüchern von Autoren eben nicht.

Mit Erik hatte ich trotzdem vereinbart, mir alles zukommen zu lassen, was er noch nicht gesichtet hatte.

Auf meinem Schreibtisch im Hotelzimmer lag ein erschreckend hoher Stapel von Drehbüchern. Diese wollte ich hier durcharbeiten.

Eine lehrreiche Erfahrung für mich war auch die Einladung zu einer Wohltätigkeitsveranstaltung noch in New York. Vor einigen Wochen hätte ich mich davor noch geschüttelt, weil ich mit meinem Urteil über die Motivation dahinter, total intolerant war. Klar gab es unter den Schönen und Reichen immer Exemplare, die vor eigenem Egoismus den guten Gedanken hinten anstellten, aber es gab auch andere.

Diese Erkenntnis machte mich richtig froh.

Denn meine unbezahlte Arbeit lebte von der richtigen Einstellung zu der Wohltätigkeit.

Meine Projekte waren jetzt in guten Händen. Roger kümmerte sich zusammen mit Piet und John darum. Die Internetpräsentation hatte Cedrick übernommen.

Ich hatte jedoch darauf bestanden, dass ich Roger und Cedrick monatlich 1.500,00 Dollar zahlte. Schließlich bezahlte mich mein Mann gut. Ich fand, dass wir uns für die bürokratische Arbeit in unserem Wohltätigkeitsverein nicht aus unserem Spendenkonto bedienen sollten. Roger und Cedrick waren aber auf ein Gehalt angewiesen. Daher dieser Schlenker von mir.

Wir waren im ständigen Kontakt über das Internet oder Telefon. Also das funktionierte schon einmal.

Die Koordination unserer öffentlichen Termine machte ich ebenfalls zusammen mit Erik, Patricks Manager.

So konnten wir Patrick den Rücken freihalten.

Da wir am Anfang unserer Ehe beschlossen hatten, dass New York unser Lebensmittelpunkt bleiben sollte und wir weiterhin in meinem Wohnviertel wohnen wollten, war es notwendig, mein ursprüngliches Ein-Zimmer-Apartment zu vergrößern.

Frank, mein Vaterersatz und gleichzeitig Vermieter, befand sich zwar noch in der Planung des Umbaus dazu, aber ich wusste, wenn wir wieder nach Hause kommen würden, würde alles so, wie wir uns es vorgestellt hatten.

Wir hatten ja noch mindestens drei Monate mit Patricks Filmdreh hier zu tun. Auch wieder so eine neue Erfahrung. Ich hatte mir vorgestellt, wir würden in einem Wohnwagen irgendwo in Mexiko am Filmset campieren. So war es jedoch nicht. Wir wohnten in einem netten kleinen Hotel in der Nähe des Filmsets, wo die Außenaufnahmen in Mexiko gedreht wurden.

Dann würde es zwischendurch zurück nach L. A. in die Studios von Hollywood gehen. Würden diese Szenen dort im Kasten sein, dann nochmals zurück hierher und einmal für eine Woche, tatsächlich mit einem Wohnwagen, weiter ins Hinterland hinein.

Bevor ein Film gedreht wird, werden auch noch ganz besondere Termine berücksichtigt: Im August die Weltpremiere in Cannes als Barometer für die Oscarnominierung im Februar.

In dieser Branche war nichts dem Zufall überlassen.

Hier war jedenfalls alles genau durchdacht nach einem Drehplan, der laut Patrick sich aber jederzeit ändern konnte.

Seine Drehzeiten waren über die ganze Woche verteilt, zu unterschiedlichen Zeiten. Es gab Tage, da blieb er nur fünf Stunden weg, dann wieder, waren es locker fünfzehn Stunden. Mich daran zu gewöhnen, fiel mir aber überraschenderweise gar nicht schwer. Das brachte Spontanität in unsere Beziehung.

Für heute hatte ich mir noch vorgenommen, unsere Termin-planung für L. A. zu machen. Voraussichtlich würden wir drei Wochen dortbleiben.

Darauf freute ich mich schon, denn wir würden bei Patricks Eltern wohnen und ich könnte endlich seine zwei Brüder mit ihren Familien kennenlernen. Erik nervte schon, dass wir noch Pressetermine geben sollten.

Wir waren immer noch verwundert, dass Patricks Album und die Auskoppelungen der zwei Singles mit mir immer noch auf Nummer eins und zwei der Hitlisten standen – nicht nur in Amerika, sondern noch in 22 anderen Ländern. Auch die Begeisterung für die dazugehörigen Videos von unserem Konzert war ungebrochen. Die Fans erwarteten öffentliche Auftritte. Das sah ich ein.

Tja, dieses Konzert und diese Musik hatten uns zum Traumpaar von Amerika gemacht und mir das finanzielle Fundament meiner wohltätigen Tätigkeit gegeben. Ohne Patrick hätte ich das nie geschafft.

Ich dachte auch darüber nach, allein nach New York zu fliegen, um mit Lisa Jones eine Reportage über den Stand unserer Projekte zu drehen.

Außerdem geisterte mir noch eine Reise nach England in meinem Kopf herum. In England gab es eine Stiftung, die gegründet wurde, um die Verstümmelung weiblicher Genitalien in Afrika zu verhindern und Aufklärung zu leisten. Ich wollte mich vor Ort mit deren Konzept auseinandersetzen, da auch ich dieses Vorhaben unterstützen wollte. Es sah so aus, als ob ich mit meinem Mann in nächster Zeit noch verhandeln müsste. Wir konnten einfach nicht voneinander getrennt sein. Wir sind verrückt nacheinander und können kaum die Finger voneinander lassen. Ich zuckte im Stillen meine Schultern, Verhandlungen mit ihm waren mir immer ein Vergnügen. Mal sehen, ich wusste auch schon, wie ich das anstellen wollte. Schon allein bei dem Gedanken grinste ich von einem Ohr zum anderen.

Am Filmset selbst war ich noch nicht gewesen, hatte aber einige der Filmcrew hier im Hotel kennengelernt. Keiner schien an meiner Anwesenheit hier Anstoß zu nehmen. Ich hatte mir jedoch vorgenommen, mir einen Drehtag mal persönlich anzuschauen. Nachdem ich unsere Termine so weit abgestimmt hatte, warf ich mich schon in Schale.

Heute würden wir mit einigen anderen Leuten vom Set und dem Regisseur in Acapulco essen gehen, vielleicht gingen wir auch noch tanzen.

Patrick hatte seinen nächsten Dreh morgen erst am späten Nachmittag. Also konnten wir in Ruhe ausschlafen.

Ich war kaum fertig, da kam mein Mann. Er sah irgendwie abgespannt und deprimiert aus. Ich nahm ihn in den Arm und wir küssten uns. Dann sah ich ihm in die Augen und fragte: „Was ist los?"

Zuerst wollte er abwiegeln, aber dann brach es aus ihm heraus: „Ich würde am liebsten alles hinschmeißen. Der Tag war die reinste Hölle. Nichts hat geklappt. Susan Millory … ich weiß nicht mehr weiter.

Ich bekomme einfach keinen Zugang zu ihr. Mir graust, wenn ich sie küssen oder berühren muss. Sie ist kalt wie eine Schneekönigin und hat außerdem ständig Texthänger. Simon war der Verzweiflung nahe und ich auch. Wenn das so weitergeht, ist es mir egal, ob ich Vertragsstrafe zahlen muss oder nicht."

Susan Millory war in diesem Film seine Partnerin. Ich sah sie erst einmal von Weitem. Simon Bittner war der Regisseur. Er wohnte hier auch im Hotel und war ein junger, fröhlicher Mensch. Ich mochte ihn auf Anhieb.

„Vielleicht hat sie irgendein Problem", sinnierte ich. „Oder sie war heute einfach nur schlecht drauf", führte ich meinen Gedanken weiter.

„Sie hat kein Problem. Sie weiß genau, ihr kann nichts passieren als Freundin vom Produzenten. Er produziert den Film nur ihr zuliebe. Das lässt sie uns alle recht deutlich spüren. Und ihr Bruder Sam ist auch auf dem Höhenflug. Er scheucht die Crew umher und macht sich an die Mädchen ran, da kann einem übel werden – obwohl er nur eine Nebenrolle hat." „Glaub mir, hätte ich das vorher alles gewusst, hätte ich das Angebot nicht angenommen", eiferte er sich weiter. „Aber Mr. Richardson ist doch verheiratet, habe ich gelesen, ist Susan heute Abend auch dabei?", wollte ich wissen.

Patrick antwortete: „Ja, er ist verheiratet. Die Moral ist in dieser Branche nicht immer lupenrein. Nein, ich glaube nicht, dass sie heute dabei ist. Ich habe in den vierzehn Tagen mehrfach versucht, dass wir uns gemeinsam mit den anderen treffen sollten, damit wir uns ein wenig besser kennenlernen. Das wird im Allgemeinen immer getan. Sie hat jedes Mal ziemlich arrogant abgelehnt. Ich weiß allerdings nicht warum." Das klang richtig niedergeschlagen, danach sagte ich zu ihm: „Hör zu, gib ihr noch ein wenig Zeit und sollte es nicht besser werden, dann schmeiß die Rolle hin. Das stehen wir dann auch gemeinsam durch."

Ich küsste ihn leidenschaftlich, dann scheuchte ich ihn ins Bad und befahl vorher noch gute Laune.

Tatsächlich machte er einen entspannteren Eindruck, wie bei seiner Ankunft, und schenkte mir sein wundervolles Lächeln.

Als er unter der Dusche stand, dachte ich darüber nach, was er mir gesagt hatte.

Verdammte Vetternwirtschaft.

Eines stand für mich jedoch fest, ich würde nicht zulassen, dass Patrick sich so unwohl fühlt und seinen Spaß an der Arbeit verliert. Er hatte schließlich genug Geld, um sich die Vertragsstrafe zu leisten. Es gibt schließlich noch andere Angebote. Dabei sah ich gedankenverloren die Drehbücher auf dem Schreibtisch an. Ich nahm mir vor, morgen mit ihm zum Set zu fahren. Vielleicht hatte die Schneekönigin doch ein Problem.

Wir hatten mit den anderen einen richtigen ausgelassenen Abend. Das Essen war total witzig. Ich hatte nicht einmal das Gefühl, nicht dazuzugehören. Im Gegenteil, es machten sich alle viel Mühe, mir alles zu erklären, wenn ich nicht gleich verstand, worum es ging.

Anschließend gingen wir sogar noch gemeinsam auf die Piste. Wir machten in einer kleinen Bar halt und standen um den Tresen herum.

Simon bestellte die Getränke. Als er mich fragend ansah, was ich trinken wollte, sagte ich nur: „Für mich bitte ein Bitter Lemon." „Keinen Drink?", wollte er wissen. Ich antwortete ihm: „Nein, ich trinke keinen Alkohol. Ich weiß nicht, ob ich schon als Alkoholikerin geboren wurde." Er nickte nur wissend.

Meine Vergangenheit war dank Lisa Jones' Interview mit mir kein Geheimnis mehr. Ein Geheimnis war sie eigentlich nie, aber bevor ich Patrick kannte, stand davon natürlich nichts in der Zeitung. Aber es kamen nie Anfragen dazu. Die Öffentlichkeit hatte akzeptiert, dass ich kein Mitleid wollte.

Simon und ich standen am Rande der Theke, die anderen unterhielten sich lebhaft, also beschloss ich die Gunst der Stunde zu nutzen, um ein paar Fragen zu stellen. „Simon, was ist los am Set, ist es wirklich so schlimm mit Susan und ihrem Bruder?", wollte ich von ihm wissen.

Überrascht schaute er mich an und antwortete: „Du weißt davon?" „Ja, seit heute. Ich mache mir ein wenig Sorgen." „Wie siehst du das denn?", hakte ich nochmal nach.

Er guckte mich ziemlich ernst an, stieß geräuschvoll seinen Atem aus und erklärte: „Es ist übel. So richtig übel. Diese Besetzung hat das Zeug, den schlechtesten Film aller Zeiten zu drehen. Ich fürchte mich jetzt schon vor den schlechten Kritiken, zumal dieser Film für mich mein Debüt als Regisseur sein sollte. Aber dass es so schlecht läuft, das ist nicht Patricks Schuld. Wenn das so weitergeht, ist dieser Film sein Karriereknick und für mich mein Ende. Und das Schlimmste ist, ich kann nichts dagegen tun. Ich kann mir die Vertragsstrafe nicht leisten, also gilt für mich: Augen zu und durch. Aber an Patricks Stelle, wäre ich schon längst weg. Er ist ein guter Kerl, er will uns nicht im Stich lassen. Aber seine Loyalität uns gegenüber hat einen hohen Preis."

„Hm … machte ich nur. Weißt du, Simon, das ist genau das, was ich an ihm liebe. Aber ich wäre nicht Anna, wenn ich ihm nicht helfen würde. Lass uns heute nicht mehr davon sprechen. Es wäre doch schade, wenn die Schneekönigin uns auch noch diesen netten Abend verderben würde. O. k.?" Dann stießen wir gemeinsam an.

Als wir endlich wieder allein in unserem Hotelzimmer waren, fragte mich Patrick: „Was hattest du denn mit Simon an der Bar zu flüstern? Ihr habt beide ziemlich ernst ausgesehen."

„Darüber will ich im Moment gar nicht sprechen, das hat Zeit bis morgen", erwiderte ich schnell und hüpfte ihm auf seinen Arm, schlang meine Beine um seine Hüften und gab ihm mit einem leidenschaftlichen Kuss keine Gelegenheit mehr eines Kommentares. Am nächsten Morgen wachten wir gemeinsam auf und begannen den Tag, wie wir mit dem gestrigen aufgehört hatten – sinnlich, erotisch, wild und ungehemmt.

Beim Frühstück fragte mich Patrick: „Anna, was war gestern mit Simon und dir?"

Ich erzählte ihm von unserem Gespräch. Nachdem ich geendet hatte, sah ich in Patricks sorgenvolles Gesicht und er sprach: „Das sehe ich ganz genauso. Für mich ist es nicht so schlimm, wenn ich alles hinschmeiße. Ich meine die finanzielle Seite. Aber Simon hat kein Vermögen. Zwar habe ich ihm angeboten, ihm finanziell unter die Arme zu greifen. Er ist aber diesbezüglich genauso stolz oder stur wie du. Aber ich mag ihn trotzdem."

Lächelnd strich ich ihm mit meiner Hand über seine Wange und erwiderte: „Ich weiß und das ist einer der Gründe, warum ich dich so liebe."

Dann schaute ich ihn bittend an und bettelte: „Patrick, bitte lass mich heute mit zum Set kommen. Das hatte ich ohnehin in der nächsten Zeit vor. Bitte." Überrascht antwortete er grinsend: „Du willst dir die Schneekönigin ansehen. Habe ich recht?"

Verlegen zucke ich meine Schultern und konterte: „Wird langsam fällig, finde ich."

„Du weißt, dass es heute Abend spät für mich werden kann. Du langweilst dich dann bestimmt." „Außerdem werde ich keine Zeit haben, mich um dich zu kümmern", wandte er ein.

„Hm ... wir fahren eben mit unserem eigenen Wagen hin, wenn ich mich langweile, dann fahre ich allein zurück und du nimmst den Shuttlebus. Ich weiß, dass du keine Zeit für mich haben wirst. Ich beschäftige mich schon allein." „Außerdem bin ich schon groß", widersprach ich ihm.

Er lachte und zog mich mit einem einzelnen Wort auf: „Groß?"
Dafür handelte er sich von mir einen Rippenstoß ein.

Grinsend sah er mich an: „Ich weiß nicht, irgendwie habe ich
das Gefühl, dass das noch nicht alles war, mit deinen Verhandlungen. Da ist doch noch mehr im Busch? Aber wenn das der
erste Punkt war, dass du mich heute begleiten willst, dann steht
der Deal unter einer Bedingung: Halte dich von diesem Fies-
ling Sam fern."

„Ich muss an meinem Pokerface arbeiten", maulte ich und Patrick lachte schamlos. „Du hast recht, da gibt es noch eine oder
zwei Sachen. Aber dafür brauche ich mehr Vorbereitungen, um
die besonderen Verhandlungsmethoden anzuwenden, die ich
jetzt nicht habe." „Wir müssen noch die nächsten Termine abstimmen und dann müssen wir los", schob ich mit geschäftstüch-
tigem Ton nach.

Sein Gesichtsausdruck war freudig verstehend mit einem kurzen
Kommentar: „Ah … ja, natürlich."

Am Set war es für einen Außenstehenden schwierig, ein System
zu erkennen. Patrick stellte mich allen vor, die wir trafen, und ich
begleitete ihn mit zur Maske. Ich könnte niemals so lange ruhig
sitzen bleiben. Diese Prozedur ist das reinste Geduldsspiel. Ich
hielt mich diskret im Hintergrund und versuchte nicht zu stören.
Mein Mann saß vertieft über sein Szenenprogramm für heute.
Immer wieder kamen neue Darsteller und ließen sich schminken und frisieren.

Als Patrick schließlich fertig war, sein Kostüm hatte er zwischenzeitlich schon angezogen, ging es in die Kulisse.

Hier sah ich auch das erste Mal Simon bei der Arbeit. Ich grüßte ihn freundlich durch Handzeichen. Er lächelte zurück. Er
versuchte professionelle klare Anweisungen an zwei männliche
Schauspieler und an eine weibliche Schauspielerin zu geben. Immer und immer wieder die gleiche Szene.

Ich wusste, dass die Frau Susan Millory war, und beobachtete sie
genau. Sie war eine schwarzhaarige Schönheit, rassig mit großen
Glutaugen und einer atemberaubenden Figur. Sie hörte den Anweisungen des Regisseurs mit gleichgültiger Mine zu, setzte aber

keine davon in die Praxis um. Für mich hatte es den Anschein, dass sie das mit voller Absicht machte. Das verstand ich nicht. Wenn sie so scharf auf diese Rolle war, sogar mit einem verheirateten Mann deswegen schlief, was war dann ihr Motiv dafür? Eine gute Schauspielerin zu sein oder Karriere zu machen, war es jedenfalls nicht. Und für strohdumm hielt ich sie auch nicht. Patrick wartete in der Kulisse auf seinen Einsatz. Und ich sah, dass er immer wütender wurde, je länger er warten musste. Er kochte förmlich.

Simon hatte eine Engelsgeduld. Er war aber nach geschlagenen zwei Stunden so genervt, dass er die Szene für abgedreht erklärte. Patrick hatte seinen Einsatz immer noch nicht. Mann, musste das frustrierend sein. Ich sah es nur heute, die anderen jeden Tag. Hier stimmte etwas nicht. Ich war mir sicher.

Die einzige Hoffnung wäre, mit Mr. Richardson zu sprechen und ihm zu erklären, dass, wenn Susan weiterhin die Hauptrolle spielen würde, er dann einen Flop produzieren würde. Ob er sich das leisten könnte?

Vielleicht sollte er auch einmal für einen Tag hierherkommen, dann würde er selbst dieses Elend sehen. Auch wenn er keine Ahnung vom Filmgeschäft haben sollte, das hier erkennt auch ein Blinder ohne Krückstock.

Ich sollte einmal Simon fragen, er war doch schließlich als Regisseur für die Besetzung der Darsteller zuständig? Warum hatte er nicht die Macht, Susan zu feuern? Gestern hatte er behauptet, er könne nichts tun. Meinte er das damit?

Ich hatte genug gesehen. Ich gab Patrick ein Zeichen, dass ich wieder fahren wollte, und warf ihm zum Abschied ein Kusshändchen zu. Er lächelte mich an, nickte und formte mit seinen Lippen „Ich liebe dich".

Ich lächelte zurück.

Auf dem Rückweg zum Auto grübelte ich weiter. Kurz schaute ich mich noch einmal um. Da sah ich in der Ecke Susan stehen. Sie lachte und umarmte einen Mann. Ihn kannte ich noch nicht. So, wie die beiden sich anguckten, war es mehr als nur ein Spaß mit einem Kollegen. Sie schienen vertraut. ‚Sieh an, Frau

Schneekönigin fuhr doppelgleisig', dachte ich. Eine Affäre mit einem verheirateten Mann und gleichzeitig einen Liebhaber. Da war ich mir vollkommen sicher. Der Mann sah zwar sehr gut aus, auf mich wirkte er aber selbst aus der Ferne eigenartig – irgendwie dunkel, drohend und unheimlich. Ich schüttelte meinen Kopf. Ich sah bestimmt Gespenster.

So viel war mir klar, ich musste mit Patrick und Simon sprechen. Aber heute Abend wurde es zu spät.

Ich aß allein zu Abend und sah noch ein Drehbuch durch. Wieder eine Liebhaberdarstellung mit einer ziemlich dämlichen Story. Auf den Stapel der Absagen. Drei Exemplare lagen schon dort. Irgendwann schlief ich ein.

In der Nacht wurde ich kurz wach, fühlte zur anderen Bettseite und schlief beruhigt weiter. Patrick war bei mir und schlief ebenfalls.

Am nächsten Morgen wurde ich früh wach.

Mein Mann war dabei sich fertig zu machen. Als er sah, dass ich ihn beobachtete, kam er zu mir und küsste mich. Dann flüsterte er: „Schlaf noch ein bisschen. Es ist noch früh. Ich komme gegen eins wieder. Ich liebe dich. Tschüss."

Ein Blick zum Wecker zeigt mir, dass es 6.00 Uhr war. Also döste ich noch ein wenig weiter. Eine Stunde später war ich hellwach und beschloss aufzustehen. Nach dem Frühstück widmete ich mich sofort wieder den Drehbüchern. Ich wollte, wenn Patrick nach Hause kommen würde, etwas anderes machen, jedenfalls nicht lesen.

Die Drehbücher von den Regisseuren waren relativ einfach zu lesen. Sie hatten eine grobe Inhaltsangabe.

Kurz bevor Patrick zurück sein wollte, hatte ich noch weitere sechs Drehbücher auf dem Stapel „Ist nichts mehr für ihn" abgelegt.

Er kam nicht. Also aß ich allein zu Mittag und las die weitere zwei Bücher, die wieder nicht annehmbar waren, bis er endlich aufkreuzte.

Er stürmte ins Zimmer und überschlug sich vor schlechtem Gewissen: „Tut mir echt leid, dass du gewartet hast. Glaub mir, aber heute war es noch schlimmer als sonst. Bitte verzeih mir. Bitte."

Als Antwort hüpfte ich ihm auf den Arm und begrüßte ihn auf meine stürmische Weise.

Als wir wieder ruhig atmen konnten, sagte ich zu ihm: „Hör auf, ein schlechtes Gewissen zu haben, wenn du zu spät kommst. Ich habe ja nicht hier rumgesessen und Däumchen gedreht. Mach dir bitte wegen mir nicht so einen Stress. Ich sage es dir schon, wenn mich deine Unpünktlichkeit nervt. Versprochen." Ich küsste ihn gleich noch einmal.

Dann fragte ich ihn: „Hast du schon was gegessen?" Er schüttelte seinen Kopf und murmelte nur: „Später."

Zum Bett haben wir es wieder nicht geschafft, jedenfalls beim ersten Mal, etwas später schon. Patrick trug mich zum Bett und wir liebten uns sehr sachte, zärtlich und sehr ausgiebig.

Als die Leidenschaft bei uns beiden vorübergehend befriedigt war, hielten wir uns noch umschlungen. Patrick murmelte mir ins Ohr: „Wir müssen noch einkaufen. Die Kondome sind alle." Ich grinste und erwiderte: „Schon wieder?" Er lachte auch.

„O. k., erst etwas essen, dann einkaufen, dann muss ich mit dir sprechen."

Etwas verunsichert schaute er mich an und ich beruhigte ihn: „Nichts Schlimmes für dich. Ich habe bloß ein paar Fragen." Erleichtert atmete er aus. Neugierig guckte ich ihn an und wollte wissen, was er eben gedacht hat. Er druckste ein bisschen herum und sagte: „Für den Moment hatte ich Angst, du willst nach Hause, weil ich dich so oft allein lasse." Er lächelte mich mit einem schiefen schuldbewussten Lächeln an.

„Patrick Tayler, du bist ein Dummkopf. Auch wenn ich wollte, ich könnte dich niemals allein lassen. Das würde mich total verrückt machen. Ich liebe dich und ich brauche dich." „Außerdem kann ich ohne dich nicht mehr richtig schlafen", schimpfte ich spaßhalber. Das schien ihn sehr zu freuen.

Wir gingen ins Restaurant, um etwas zu essen. Als wir die Bestellung aufgegeben hatten, sahen wir Simon. Erfreut winkte ich ihn zu unserem Tisch und fragte ihn: „Hast du Lust, uns Gesellschaft zu leisten? Ich würde mich freuen, denn dann kann ich gleich euch beide etwas fragen." Simon hatte nichts dagegen und sagte nur: „Klar."

Beide sahen mich neugierig an. Das nahm ich als Zeichen, dass ich mit meinen Fragen loslegen konnte: „Simon, ich habe Patrick von unserem Gespräch vorgestern erzählt. Wie du weißt, war ich gestern bei euch draußen. Patrick wusste, was ich dort wollte, und dir möchte ich sagen, ich wollte Susan Millory mal bei ihrer Arbeit zuschauen."

Beide Männer nickten und hörten weiter gespannt zu: „Ich komme einfach nicht dahinter, was für ein Motiv Susan hat, Schauspielerin zu werden. Ich habe den Eindruck, dass sie das gar nicht will. Ihre Gleichgültigkeit gegenüber deinen Regieanweisungen ist meiner Meinung nach volle Absicht. Für dumm halte ich sie keineswegs. Hinzu kommt, dass sie, als die Szene endlich abgedreht war, sich mit ihrem Liebhaber so sehr amüsiert hat, dass sie dir oder euch das Leben so schwer macht. Ich habe das selbst gesehen. Die Schneekönigin hat nicht nur eine Affäre mit einem verheirateten Mann, der zufällig der Produzent dieses Films ist, nein, sie hat noch ein Techtelmechtel am Set. Ich frage mich wirklich, was das soll …"

Patrick unterbrach mich verblüfft und wollte wissen: „Wie sah der Liebhaber denn aus?"

„Sehr gut würde ich sagen, aber mir, das ist nur so ein Gefühl, kommt er unheimlich vor. Gänsehautfeeling. Er hat dunkles lockiges längeres Haar, ist ziemlich groß, hat einen Dreitagebart, und er trug eine Art Uniform mit Abzeichen. Seine Augenfarbe konnte ich nicht erkennen. Ach so, ja, er hatte eine ziemlich dunkle Stimme. Ein bisschen heiser vielleicht."

Simon und Patrick schauten sich vielsagend an und ich drängte: „Wisst ihr, wer das ist?" Sie antworteten beide wie auf Kommando: „Ja."

„Wer?", wollte ich wissen.

Patrick knurrte fast, als er sagte: „Ihr angeblicher Bruder." „Wow", war mein Kommentar, „was soll das denn jetzt?" Simon antwortete: „Keine Ahnung, Anna, was da läuft."

Mein Mann grübelte und sagte erst einmal nichts. Ich ließ ihn und wollte von Simon wissen: „Du bist für die Einstellung der Darsteller, der Techniker, Musiker und alles andere zuständig, stimmt's? Gehe ich recht in der Annahme, dass das nicht für Susan und ihren sogenannten Bruder gilt? Du kannst sie nicht feuern?"

Simon erwiderte daraufhin: „Im Prinzip hast du das gut erkannt. Aber wir haben auch noch eine Produktionsleitung, mit der ich mich absprechen muss. Aber die letzte Entscheidung ist meine. Du hast recht, ich kann die beiden nicht feuern. Das kann nur der Produzent. Das ist in meinem Vertrag so geregelt."

Ich überlegte einen Moment, sah zu meinem Mann und in seine Augen.

Dann grinste er und sprach zu Simon: „Und jetzt halte dich fest. Jetzt erlebst du Anna, wie sie ist."

Dann fing er an zu lachen und gab mir ein Zeichen mit der Hand, dass ich fortfahren sollte. Er wusste was jetzt kam. Anna mit ihrem gefühlsmäßigen Lösungsvorschlag.

„Also", begann ich, „wenn du die beiden nicht feuern kannst, schlagen wir sie eben mit ihren eigenen Waffen." „Sie wollen, aus welchen Grund auch immer, dass der Film floppt. Wir wollen das nicht. Es ist zwar ziemlich boshaft, was ich jetzt vorschlage und ich darf hoffentlich davon ausgehen, dass das erst einmal unter uns bleibt." Streng und abwartend sah ich beide Männer an, bis ich sah, dass sie nickten.

„Ihr dreht den Film einfach schlecht weiter. Keine korrigierenden Anweisungen mehr an Susan. Alle anderen müssten aber trotzdem ihr Bestes geben. Mir ist gestern aufgefallen, dass immer zwei Kameras gleichzeitig laufen. Susan will die weibliche Hauptrolle, die bekommt sie auch, aber keiner wird sie sehen. Ich meine damit, es gibt doch Körperdoubles, es werden nur Szenen von ihr verwendet, wo sie stillsteht und sonst nur von hinten, wo das Double die Gesten macht, die sie ja anscheinend nicht hinbekommen will. Ihre Stimme synchronisieren wir einfach komplett. Wenn ihr wollt, stehe ich dafür zur Verfügung. Wenn der Film bei der Weltpremiere in Cannes gezeigt wird, kann keiner mehr etwas daran ändern. Ich denke nicht, dass Lover Nummer eins Schwierigkeiten machen kann, seine Geliebte hat ja die Hauptrolle gespielt, sie wird nur nicht gezeigt. Und die Schneekönigin wird auch nichts sagen können. Sie käme dann in Erklärungsnot. Es kommt nur noch darauf an, dem Film den richtigen Schnitt zu verpassen und wie Simon das technisch und organisatorisch klären kann, ohne dass viele davon wissen."

Patrick kicherte und sah Simon an, der so unglaublich dumm guckte, dass sogar ich grinsen musste. Als er sich ein wenig erholt hatte, sagte er: „Patrick, du weißt, dass sie teuflisch ist, aber wenn du sie nicht mehr haben willst, nehme ich sie dir mit Kusshand ab, teuflisch hin oder her."

Patrick schnaubte ihn gespielt ärgerlich an und meinte: „Sie gehört mir und zwar für immer. Kapiert?"

Simon riss seine Arme hoch und klagte: „Schon gut, schon gut. Es war bloß ein Vorschlag."

Ich erwiderte darauf: „Jungs, streitet euch nicht. Was haltet ihr von meinem Vorschlag? Die Einzelheiten müsstet ihr schon selbst aushandeln. Ich verstehe nicht so viel davon."

Simon widersprach sarkastisch: „Das habe ich eben gerade gemerkt. Das ist das Verrückteste, was ich je gehört habe, so verrückt, dass es schon wieder genial ist. Es riecht zwar nach Doppelschichten, auch für dich Patrick, es könnte aber funktionieren. Bist du dabei?"

„Glaub mir, wenn ich jetzt nein sagen würde, dann würde Anna mir die Hölle heiß machen, na klar bin ich dabei, endlich ein Lichtblick", erwiderte er fröhlich.

„Eins noch zur Anmerkung von mir. Der Film hat nicht das Zeug für einen Oscar, aber für eine Nominierung. Es könnte sein, dass sogar unsere Hauptdarstellerin davon betroffen ist. Würdet ihr damit klarkommen?" „Natürlich müssten wir dann dafür sorgen, dass sie in dieser Branche nie wieder Fuß fassen kann", erklärte ich den Männern.

Sie zuckten nur die Schultern und Patrick meinte: „Das ist das geringste Übel. Jedenfalls für mich." Simon nickte zustimmend. Dann besiegelten wir unseren Deal mit einem Handschlag. Anschließend nahm mein Mann mich in den Arm und küsste mich wild und hemmungslos.

Er hatte es plötzlich eilig und wir verabschiedeten uns von Simon, weil er dringend noch etwas einkaufen musste. Ich grinste über seine Eile, die mir mehr als recht war.

Wir fuhren in die nächstbeste Drogerie. Zielstrebig zog er mich an der Hand zum entsprechenden Regal. Er legte drei Päckchen Kondome in den Einkaufskorb und schlug die Richtung zur Kasse ein.

Da blieb ich wie vom Donner gerührt stehen und starrte meinen Mann an. Ungeduldig wollte er mich weiterziehen, doch ich ließ ihn nicht. „Anna, was ist denn?", wollte er wissen.

Ich schluckte, machte meinen Mund auf und dann wieder zu, unfähig zu sprechen.

Nach gefühlten zehn Sekunden flüsterte ich ihm zu: „Sag mal, hast du mich während unserer Ehe einmal mit Tampons hantieren sehen?" Ich zeigte auf die Kondome. „Die brauchen wir, glaube ich, nicht mehr. Der Schuss war vielleicht scharf. Lass uns lieber einen Schwangerschaftstest kaufen oder besser gleich mehrere."

Nun war es an Patrick, sprachlos zu sein. Ungläubig sah er mich an. Dann wurden seine Augen riesengroß vor Überraschung, er blinzelte und erwiderte trocken: „Ja, das passt. Wundern tut es mich nicht. Halbe Sachen machen wir nicht, oder?"

Dann fing er lauthals an zu lachen. Ich kicherte ebenfalls etwas leiser.

Schließlich kauften wir Kondome und mehrere unterschiedliche Schwangerschaftstests. Sicher ist sicher.

Auf dem Rückweg zum Hotel wiegelte ich jedoch ab, als ich sagte: „Ich habe nachgerechnet. Ich bin genau 15 Tage drüber. Meine Periode kommt immer pünktlich, aber es könnte ja sein, dass die ganzen Veränderungen meinen Hormonhaushalt durcheinander gebracht haben. Möglich wäre es."

Aber im Stillen wünschte ich mir sehnlichst, dass wir ein Baby bekommen. Ich war innerlich total aufgewühlt und zwang mich ruhig zu bleiben.

In unserem Hotelzimmer studierten wir sofort die Packungsbeilagen der Tests. Wir wollten gleich zwei machen, um sicher zu gehen. So schwer war die Anwendung ja nicht.

Also ging ich ins Bad und kam nach zwei Minuten mit den von mir präparierten Teststäbchen zurück. Ich hatte sie mit einem Handtuch zugedeckt. Nun mussten wir noch drei Minuten warten. „Patrick, was denkst du gerade?", wollte ich wissen.

Er überlegte einen Moment, dann sprach er voller Überzeugung: „Ich wünsche mir sehr, dass der Test positiv ist. Sollte er es aber nicht sein, Anna, bin ich dafür, künftig auf Kondome zu verzichten. Wenn man eine Schwangerschaft planen möchte, passt es vielleicht nie. Schon gar nicht in unserem Job. Was meinst du?" Ich nickte nur, denn ich konnte meinen Blick nicht von dem die Tests verdeckenden Handtuch wenden.

Die drei Minuten waren um. Langsam hob ich das Handtuch an und lugte als erste darunter und lächelte selig. Sie waren alle beide positiv. Ich sprang Patrick auf den Schoß und küsste ihn wie immer viel zu stürmisch. Das ging so schnell, dass er nicht einmal die Möglichkeit hatte, selbst etwas zu sehen. Aber meine Reaktion war sicherlich Beweis genug für ihn.

Er trug mich immer noch küssend zum Bett, legte mich vorsichtig ab und begann, mich und sich selbst auszuziehen. Dabei betrachtete er ergriffen und ehrfurchtsvoll meinen Körper.

Immer und immer wieder strich er mir über meine Brüste und machte kreisende Bewegungen über meinem Bauch. Seine Hände und sein Mund waren überall. Dann glitt seine Hand tiefer und er streichelte mich dort, wo ich ihn sehnlichst erwartete. Lustvoll bäumte ich mich ihm entgegen. Unglaublich zärtlich drang er in mich ein, seine Bewegungen waren langsam und vorsichtig. Aber ich wollte mehr, viel mehr. Ich trieb ihn und mich immer weiter an, wild und zügellos erreichten wir beide schließlich unseren Höhepunkt.

Völlig schweißgebadet und um Atem ringend lagen wir eng umschlungen und warteten darauf, dass wir wieder auf der Erde landeten.

Liebevoll sahen wir uns dabei an. Patrick flüsterte nach einer Weile: „Anna, ich liebe dich. Und unser Baby ebenfalls. Was meinst du, was es wird? Du solltest so schnell wie möglich zum Arzt. Weißt du, wann das Baby kommt?"

Er sprach das Wort „Baby" mit so einer Hingabe aus, dass ich so glücklich war und mir die Freudentränen in die Augen schossen. Verunsichert über meine Reaktion fragte er panisch: „Was ist los? Warum weinst du denn? Tut dir was weh?"

Ich schüttelte nur meinen Kopf und erwiderte: „Patrick, ich liebe dich. Das sind Freudentränen, weil ich so glücklich bin. Ich werde eine Mom sein, eine richtige Mom, die ihr Kind schon jetzt über alles liebt."

Er verstand, was ich ihm sagen wollte.

Wir hingen unseren eigenen Gedanken nach, bis ich sprach: „Wenn es nach mir geht, wünsche ich mir zuallererst ein gesundes Kind. Das Geschlecht ist mir egal. Lass uns mit dem Arztbesuch warten und unser kleines Geheimnis noch für uns behalten. Tja, nach meiner Rechnung werden wir um den 20. April herum Eltern."

„Wie kannst du das so genau sagen? Das verstehe ich jetzt nicht."

„Muss das nicht ein Arzt berechnen, ich meine mit Untersuchung und so?", wollte er wissen.

Ich lächelte still in mich hinein und antwortet ihm: „Ich weiß von den Frauen, wie man das berechnet. Von dem ersten Tag der letzten Periode zählt man sieben Tage dazu und drei Monate ab. Ich bin ungefähr am Anfang der 5. Woche, also hat der Arztbesuch noch Zeit. Wenn ich zum Arzt gehe, möchte ich das unbedingt in New York tun. Ich habe noch keinen Gynäkologen, wir müssen dort einen suchen, wo auch unser Baby zur Welt kommen soll." Dann stichelte ich: „Ich hoffe, du hast eine anständige Krankenversicherung für mich abgeschlossen. Es könnte vielleicht so einiges auf uns zu kommen. Kinder kriegen ist teuer."

Patrick hatte bei meinen Erklärungen einen verträumten Gesichtsausdruck, der aber ziemlich schnell bei meiner Stichelei in Ungläubigkeit und ein wenig Ärger umschlug.

„Du willst doch nicht ernsthaft jetzt über die Kosten unserer Schwangerschaft verhandeln?" „Darüber verhandle ich nicht und das ist mein voller Ernst", schnaubte er eindeutig wütend.

„Krieg dich wieder ein. Ich kenne meinen Verhandlungsspielraum. Ich kann außerdem durchaus vernünftig sein und weiß, dass ich hier bei den Kosten keine Wahl habe." „Das ist für mich auch in Ordnung", murrte ich ihn an.

Diese Aussage beruhigte ihn und er atmete hörbar erleichtert auf.

„Aber", begann ich und jetzt wurde mein Ton bittend, „bevor ich wusste, dass ich schwanger bin, hatte ich schon darauf spekuliert allein für eine Woche nach Hause zu fahren." „Ich hatte gedacht, wenn wir in L. A. wären, könnte ich das tun. Ich wollte eine Reportage mit Lisa Jones über unsere wohltätigen Projekte drehen und gleichzeitig noch einige andere öffentliche Termine für uns wahrnehmen. Eigentlich hatte ich außerdem noch vor, mit Roger für zwei Tage nach England zu fliegen und uns vor Ort mit dem Konzept der Stiftung ‚Aufklärung über Verstümmelung weiblicher Genitalien' bekannt zu machen. Vielleicht könnten wir uns da irgendwie mit einbringen. Das Rad muss ja nicht zweimal erfunden werden.

Ich wollte dich mit meinen besonderen Verhandlungsmethoden dazu bringen, die Reisekosten für England zu übernehmen, was genau genommen ein wenig unmoralisch gewesen wäre, ich hätte aber auch etwas davon gehabt." Als ich das sagte, lächelte ich ihn verführerisch an.

„Aber bevor du jetzt wieder wütend wirst, sage ich noch einmal, dass ich das geplant hatte, bevor ich von unserem besonderen Glück wusste.

Ich meine aber, die Reise nach Hause sollte ich trotzdem machen. Es würde mich glücklich machen, wenn du wenigstens für zwei Tage mitkommen könntest, damit wir gemeinsam zum Arzt gehen könnten. Dann könnten wir uns unser Baby schon via Ultraschall anschauen. Die Verhandlungen mit England mache ich eben dann per Internet. Der Flug ist einfach zu weit. Selbstverständlich möchte ich keine Risiken eingehen. Und noch etwas, meine Reitstunden werde ich um neun Monate verschieben." „Was meinst du dazu?", fragte ich ihn geschäftsmäßig.

Er dachte kurz nach und ging zum Schreibtisch und holte seinen Drehplan.

Dann murmelte er vor sich hin: „In L. A. sind wir frühestens in vier Wochen, das wäre dann die 9. Woche. Bleiben werden wir voraussichtlich drei Wochen, dann müssten wir … o. k., das bekomme ich hin."

„Gut", sagte er zu mir, „der Deal steht." „Such per Internet einen Gynäkologen in New York und mach einen Termin zwischen dem 26. und 30. Oktober aus. Das wäre dann die 11. Woche. Selbstverständlich werde ich dich begleiten. Aber die Reportage und die öffentlichen Termine müssen ebenfalls in dieser Zeit liegen. Ich werde dich in New York nicht allein lassen. Wir fliegen am 30. wieder zurück nach L. A. Ich denke, das bekomme ich trotz Doppelschichten mit Simon hin. Ich freue mich sehr über deine Einsichtigkeit bei den anderen Punkten. Wirklich. Aber eine Bedingung habe ich noch."

Er zog seine Augenbraue nach oben und hatte plötzlich dieses verschlagene Lächeln auf dem Gesicht.

„Hm … was für eine Bedingung?", fragte ich argwöhnisch nach. Ohne mit der Wimper zu zucken, antwortete er total unbeeindruckt: „Eine unmoralische."

„Hä … du spinnst wohl, ich verkaufe meinen Körper nicht", erwiderte ich gespielt entsetzt.

„Tja, dann sieh unseren Deal als gescheitert an", gab er ebenfalls gespielt lässig zurück.

Ich überlegte einen Moment und erwiderte schroff: „Na gut, lass hören, nur der Neugier halber."

Er lachte in sich hinein, stand auf und holte seine Brieftasche aus seiner Jacke, griff hinein und zog eine Kreditkarte heraus. Die hielt er mir vor die Nase und sagte: „Da du vorhin sagtest, du wolltest die besonderen Verhandlungsmethoden anwenden, damit ich eine Geschäftsreise von dir und Roger nach England finanziere, die jetzt aus bekannten Gründen verschoben wird, verhandeln wir nun über diese Kreditkarte. Ich habe sie schon länger und hatte bis jetzt noch keine Gelegenheit, sie dir aufzudrängen. Du nimmst die Karte ohne Kommentar an und revanchierst dich mit einer von Ruths besonderen Lehrstunden. Du weißt schon, Theorie und Praxis zusammenführen. Na, was denkst du?"

Ich nahm die Karte in die Hand, drehte sie hin und her und überlegte.

Er war doch hoffentlich nicht so dumm zu glauben, dass ich das kommentarlos annehmen würde.

„Hm … ohne Kommentar? Nein." „Eine Frage, wie hoch ist das Limit der Karte?", fragte ich schnippisch nach.

Jetzt schien er sich ein wenig unwohl zu fühlen. Das geschieht ihm recht, dachte ich schadenfroh.

„Unbegrenzt", war sein knappe Antwort.

Das hatte ich mir schon gedacht und kommt überhaupt nicht in Frage. Ich atmete ziemlich geräuschvoll aus und sagte: „Maximal 50.000,00 Dollar im Jahr und besondere Lehrstunden. Mein letztes Angebot."

Er grinste und antwortete schnell: „Abgemacht!"

„Es war mir wie immer ein Vergnügen, mit Ihnen zu verhandeln, Mrs. Tayler", gab Patrick unter Gelächter von sich.

Ich gab ihm einen kurzen Rippenstoß, lachte dann ebenfalls und flüsterte ihm zu: „Ich brauche ein wenig Vorbereitung. Rechne frühestens morgen erst mit dem Besonderem."

„Damit kann ich leben", erwiderte er großzügig.

Am nächsten Morgen frühstückten wir noch zusammen. Nachdem Patrick weg war, machte ich mich gleich an die Arbeit. Ganz oben auf meiner Liste stand unser Arzttermin. Im Internet holte ich mir Informationen und entschied mich für Dr. Monika Greenbaum. Sie hatte Belegbetten in einem städtischen Krankenhaus in unserer Wohnnähe. Ausschlaggebend für mich war, dass das Krankenhaus eine Kinder- und Frühchenstation hatte. Man konnte schließlich nicht wissen, ob so eine eventuell gebraucht wird. Ich machte bei Dr. Greenbaum einen Termin am 29. Oktober.

Danach gab ich mich eine geschlagene Stunde meinen Träumereien über die Zukunft hin.

Die Hauptfiguren waren die Menschen, die ich kannte und liebte, das kleine Wesen in mir, dass ich noch nicht kannte, aber trotzdem schon liebte. Ich schloss meine Augen und genoss ein Gefühl der Glückseligkeit. Ich hätte den ganzen Tag daliegen und träumen können. Aber ich hatte noch zu tun.

Als nächstes rief ich Lisa Jones an. Sie war Feuer und Flamme über meinen Vorschlag, eine Reportage zu drehen. Auch hier machten wir den Termin fest.

Anschließend führte ich ein Telefonat mit Roger, damit er darüber Bescheid wusste, schickte einen schönen Gruß an alle nach Hause und zum Schluss sprach ich noch mit Erik.

Ein Blick auf die Uhr verriet mir, dass es kurz vor Mittag war. Ich beschloss, die Drehbücher, die ich bereits gelesen hatte, mit einem netten Absagebrief an die Absender zurückzuschicken. Es waren elf Briefumschlage bereit für den Postweg, die ich dann zur Rezeption schleppte.

Dann fuhr ich in die Innenstadt. Ich wollte noch Besorgungen machen für das „Besondere".

Ich schlenderte durch die Einkaufsmeile und suchte nach dem, was ich brauchen würde. Ich fand es schließlich und war ziemlich zufrieden mit mir.

Bei der Vorstellung von dem, was ich für Patrick und mich heute noch geplant hatte, überkam mich eine unbändige Vorfreude. So viel stand fest, damit würde er niemals rechnen.

Dann aß ich noch ein Eis und ging in einem kleinen Park spazieren.

Mein Handy klingelte: „Hallo Liebling, ich bin's, ich wollte nur mal hören, wie es dir geht", sagte Patrick leise.

„Sehr gut, ich bin gerade in der Stadt und mache ein paar Besorgungen für meine … äh … Verhandlungsschuld, und ich bin fündig geworden", antwortete ich eben so leise und ein wenig geheimnisvoll zurück. Ich hörte sein Kichern am anderen Ende und seinen Kommentar: „Dann darf ich mich also freuen? Heute noch?"

„Oh … ob es für dich eine Freude wird … Ich weiß nicht … wir werden sehen. Und natürlich heute." „Ich meine, wenn du heute noch nach Hause kommst", stichelte ich.

„Anna, jetzt kann ich mich bestimmt nicht mehr konzentrieren vor lauter Neugierde. Ich denke ich bin gegen 20.00 Uhr da und warte mit dem Essen auf mich. Ich muss jetzt Schluss machen.

Ich liebe dich." Er hatte einfach aufgelegt. Ich sah mein Handy an und murmelte vor mich hin: „Ja. Ich liebe dich auch."

Im Hotel angekommen, machte ich mich über die Drehbücher her. Bis zum Abend schaffte ich es noch, fünf Bücher zu lesen. Vier waren nichts für Patrick, aber eines schien einmal anders zu sein, daher legte ich es auf den noch nicht vorhandenen Stapel „Interessant."

Ich wollte mich gerade duschen, da klopfte es an der Tür und ein Hoteldiener stand mit einem Paket vor mir. Eine neue Lieferung von Drehbüchern von Erik.

Ich fragte mich, wie er das vorher allein schaffen konnte. Das war definitiv ein Vollzeitjob. Ich öffnete das Paket und zählte grob durch. Es waren 16 Stück.

Dann wurde es langsam Zeit, mich für den Abend vorzubereiten. Ich war noch nicht ganz fertig, da kam Patrick nach Hause mit einem glücklichen, erwartungsvollen Blick.

Er sprang gleich unter die Dusche. Nach einer halben Stunde gingen wir ins Restaurant, um zu Abend zu essen. Beim Essen erzählte er mir von seinem Tag. Er machte sich über Susan lustig, die immer mauliger wurde, da ihre Strategie nicht aufzugehen schien. Simon und er hätten sogar Spaß daran gehabt, ihre finstere Mine erleben zu können.

Dann erzählte ich, was ich alles erledigen konnte. Welche Termine wir demnächst hätten. Mit einem unglaublich aufgeregten Blick und seinem umwerfenden Lächeln, dass seine Wirkung auf mich nie verfehlte, nahm er unseren Arzttermin erfreut zur Kenntnis. Ich erzählte ihm auch, wie ich auf Dr. Greenbaum gekommen war und in welcher Klinik unser Baby zur Welt kommen würde. Er lobte mich für meine Weitsicht.

Ich fand, es wäre an der Zeit, ihn nochmals an meine Verhandlungsschuld zu erinnern. Daher sagte ich: „Was ich am Nachmittag unternommen habe, weißt du ja schon ..." Verschwörerisch flüsterte ich weiter: „Besorgungen. Ich meine, wenn du willst ..." Weiter kam ich nicht, denn er konterte sofort: „Ich habe an nichts anderes mehr gedacht, seitdem ich weiß, was heute Abend hoffentlich noch kommt. Ich hoffe nicht, dass du noch auf einen

Nachtisch bestehst. Anna, ich platze gleich." Er nahm meine Hand und legte sie unauffällig in seinen Schoß.

Ich fühlte, was er meinte, und sah ihn mit großen Augen an. Betont unschuldig guckte ich ihn an und erwiderte: „Äh … das meinst du. Ich hatte eigentlich …"

Weiter ließ er mich nicht sprechen. Er knurrte bloß: „Anna, nicht jetzt. Los." Er zog mich vom Stuhl, marschierte mit mir „im Stechschritt" zum Fahrstuhl.

Im Lift fiel er über mich her. Wir küssten uns hemmungslos und wild. Seine Hände waren überall. Die Fahrt war zu kurz, ansonsten hätten wir es nicht mehr ins Zimmer geschafft. Wenn er so weitermachen würde, war mein ganzer Verführungsplan in Gefahr.

Vor der Zimmertür zog ich schweren Herzens die Notbremse.

„Stopp, stopp, warte, wir haben ausgemacht, dass es heute meine Zeche wird", erklärte ich schwer atmend.

Ich schloss die Tür auf und zog ihn ins Zimmer.

„Zieh dich aus und leg dich aufs Bett. Ich komme gleich zu dir."

„Wenn ich wieder ins Zimmer komme, dann will ich dich nackt und in voller Pracht sehen", raunte ich ihm verführerisch zu. Dann verschwand ich ins Bad, aber vorher registrierte ich seinen lustvollen Blick aus seinen blauen Augen. Sie schienen vor Begierde zu glühen.

Schnell zog ich mich bis auf mein knappes fast durchsichtiges weißes Höschen aus. Ich schlang meine langen Haare zu einem losen Knoten und steckte sie mit zwei langen Haarnadeln, ähnlich wie eine Geisha, zusammen. Ein sehr knapper seidener Morgenmantel, ebenfalls fast durchsichtig, machte meinen Aufzug komplett. Ich nahm das erotische Duftöl und ging ins Zimmer. Patrick fiel fast in Ohnmacht bei meinem Anblick. Mit riesengroßen Augen starrte er mich an. Mir gefiel auch, was ich sah. Er war bereit. Sehr bereit.

„Mr. Tayler, sie wirken auf mich ein wenig angespannt", sagte ich und sah betont langsam an seinen Körper herunter. „Legen sie sich bitte auf den Bauch, eine kleine Massage kann da Wunder bewirken", versprach ich heiser. Er gehorchte sofort. Ich setzte mich auf seine Oberschenkel, träufelte ein wenig Öl in meine Handflächen und rieb sie gegeneinander, damit das Öl angenehm warm wurde.

Ich massierte seinen Rücken und manchmal verirrten sich meine Hände an seinen Po und zwischen seine Beine. Er schnurrte wie eine Katze und murmelte zwischendurch: „Mhm … Schon jetzt eine glatte Eins plus."

Dann setzte ich mich ein wenig auf und verlangte: „So nun die Vorderseite, Mr. Tayler."

Er dreht sich um und ich setzte mich wieder auf seine Oberschenkel.

Ich zog mir langsam meinen seidenen Morgenmantel aus, nahm lasziv langsam meine Haarnadeln heraus, schüttelte meine Lockenmähne auf den Rücken und schaute meinem Mann ins Gesicht. Was ich sah, gefiel mir. Blanke Gier nach mehr.

Ich nahm wieder ein wenig Öl, rieb meine Hände aneinander. Dann sein überraschter Ausdruck. Er hatte damit gerechnet, dass ich seine Brust mit dem Öl massieren würde. Das hatte ich aber nicht im Sinn. Ich rieb mich selbst damit ein. Großzügig.

Sein Atem kam unkontrolliert und schnell. Dann legte ich meinen Oberkörper sanft an seinen und rieb mich an ihm. Er wollte mich umarmen und die Kontrolle übernehmen. Das ließ ich mit den Worten „Nicht anfassen" nicht zu. Plötzlich änderte ich die Stellung, setzte mich auf seinen Bauch mit dem Rücken zu ihm. Ich widmete mich dem Körperteil, wo er sofort seinen Po nach oben drückte.

Sein Verlangen wurde übermächtig und ehrlich gesagt, mir erging es ganz ähnlich. Es machte mich so richtig an, dass ich diese Macht über ihn hatte.

Ich legte meine Brüste an seinen Penis, drückte und hauchte leise: „Jetzt stoß." Und er stieß. Aber in dem Moment, wo sein Po an der höchsten Stelle war, ließ ich los, beugte mich weiter nach vorn und nahm ihn kurz in den Mund und spielte mit meiner Zunge. Er sackte stöhnend zusammen. Dann immer wieder das gleiche Spiel. Als ich merkte, dass Patrick kurz vor seinem Höhepunkt war, drehte ich mich wieder um und küsste ihn wild.

Er stöhnte in meinem Mund. Ich nahm mein Höschen zur Seite und schob mich auf ihn, dann zog ich mich ganz, ganz langsam wieder zurück, nahm eine Hand, umfasste sein Glied an der Wurzel, drückte kurz und fest, fasste schnell an die Hoden, drückte sie behutsam gegeneinander.

Er riss seine Augen auf, schnappte mich, warf mich auf den Rücken. Dann zeigte er mir, wo es langging. Er zeigte es mir sehr, sehr lange in allen möglichen Variationen. Mein Höschen überlebte diesen Angriff nicht.

Vollkommen erschöpft, nach einem unglaublichen Höhepunkt, sackten wir beide keuchend zusammen.

Ich war schon im Halbschlaf, als ich ihn murmeln hörte: „Ich bin tot. Ich bin als glücklicher Mann gestorben. Wahnsinn!"

„Ja", war meine gehauchte Antwort. Dann schliefen wir beide ein.

Am nächsten Morgen dreht er sich stöhnend zu mir und grinste schief: „Guten Morgen, meine Schöne. Gott, habe ich einen Muskelkater. Selbst wenn ich meine Augäpfel bewege, schmerzt es."

Ich lachte in mich hinein und stichelte: „Keine Übung, was?"

Bevor er antworten konnte, küsste und kitzelte ich ihn. „Oh … Anna, hör auf, ich kann nicht lachen, hab ein bisschen Erbarmen", jammerte er.

Lachend stand ich auf und ging ins Bad. Als ich unter der Dusche stand, kam er mir nach und leistete mir Gesellschaft. Die heiße Dusche schien ihn zu entspannen. Jedenfalls so viel, dass wir uns so richtig „Guten Morgen" sagen konnten.

Beim Frühstück fragte er mich: „Ich muss noch einmal auf die letzte Nacht zurückkommen. War es nicht ein wenig zu heftig? Ich meine, unsere kleine Prinzessin konnte bestimmt nicht schlafen und war entsetzt über ihren Dad. Und irgendwann musst du mir mal ernsthaft erklären, woher Ruth ihr Wissen hat. Der Griff, den du angewendet hast, war einfach der Wahnsinn."

Aha. Er geht also davon aus, dass es ein Mädchen wird. Eigentlich logisch. In der Familie Tayler herrscht Männerüberfluss und er macht sich Sorgen, dass heftiger Sex dem Baby schaden könne, dachte ich amüsiert. Ich beschloss ihn aufzuklären: „Patrick, sieh heftigen Sex oder Sex überhaupt in der Schwangerschaft als Geburtsvorbereitung an. Sex ist gut für die Beckenmuskulatur. Ich will dir ja dein Hochgefühl nicht nehmen, aber in ein paar Monaten können wir manche Sachen nicht mehr machen. Vorrübergehend." Verständnislos sah er mich an und wollte wissen: „Warum nicht?" „Weil ich dick und rund werde. Vielleicht kann ich mich nicht einmal mehr bücken und du musst mir die Schuhe zubinden. Meine Brüste werden vielleicht noch viel größer und sehr empfindlich. Oh Gott … bitte nicht das", stöhnte ich. Mein Mann lachte schamlos und flüsterte mir ins Ohr: „Weißt du, damit könnte ich durchaus leben." Ich verdrehte nur meine Augen. Männer. Nach ein paar Minuten Schweigen schaute ich ihn neugierig an: „Du gehst von einer Prinzessin aus? Vielleicht wird es ein Prinz? Naja, die Chancen stehen bei 50 : 50."

Er zuckte seine Schultern, sah mir ernst in die Augen und sprach: „Ich möchte auch zuallererst ein gesundes Kind. Aber wenn ich die Augen schließe und ins Träumen gerate, sehe ich vor meinem inneren Auge ein gesundes kleines Mädchen, dass wie ihre Mom aussieht."

Ich war gerührt und schluckte krampfhaft meine Tränen weg und küsste ihn ganz spontan auf die Wange.

Er hatte meinen Traum beschrieben, nur sah mein Kind so aus wie er. Um die Stimmung wieder auf Normalmodus zu bringen, erzählte ich ihm von Ruth: „Sie war eine Edelhure aus Überzeugung, wie sie immer behauptet. Dann geriet sie an einen gewalttätigen Freier. Er schlug sie krankenhausreif. Beide Kiefer waren gebrochen. Ihre Zähne verlor sie auf diese Weise und sie weigert sich eine Prothese zu tragen. Dann zog sie in unser Viertel und machte aus ihrer Vergangenheit nie einen Hehl. Ihre Art und die Offenheit zu ihrer Vergangenheit machte es ihr leicht, sich einzuleben. Sie arbeitet von zu Hause aus. Auf irgendeiner erotischen Internetseite gibt sie Tipps und Tricks. Sie verdient ziemlich gut daran. Die anderen und ich akzeptieren sie vollkommen. Naja, von den Frauenzusammenkünften habe ich dir ja erzählt. Alle Frauen und Männer profitieren schließlich davon. Als sie uns diesen Griff bei einem Dildoabend erklärte, und jetzt zitiere ich wörtlich: ‚Glaubt mir, Mädels, wenn ihr das genau so hinbekommt, dann vögeln sich die Männer die Seele aus dem Leib, und ihr könnt es sehr lange genießen‘, dachte ich gestern, weil ich in Stimmung war, ich probiere das einfach mal aus.“

Ich bekam es hin, ein wenig rot zu werden, und lächelte ein wenig beschämt.

Patrick sah mich sprachlos an, schüttelte seinen Kopf und fing an, laut zu lachen.

Sein Kichern immer noch unterdrückend, sagte er: „Anna, was kann sich ein Mann mehr wünschen, als dass seine eigene Frau bei einer ehemaligen Edelhure in die Theoriestunden gegangen ist. Was bin ich doch bloß für ein Glückspilz.“

Etwas pikiert legte ich nach: „Allerdings habe ich noch nie gehört, dass sich einer der Männer zu Hause über Muskelkater beschwert hätte.“ Er fing wieder an, laut zu lachen. „Das kann ich mir denken. Aber vielleicht war die Kombination von gestern etwas außergewöhnlicher, als sie es gewohnt sind.“ Eingeschnappt mit einem Schmollmund verschränkte ich meine Arme vor der Brust.

Das beeindruckte meinen Mann nicht im Mindesten. Er lachte nur noch lauter.

Lange konnte ich ihm jedoch nicht böse sein, denn er nahm mich in den Arm und flüsterte einschmeichelnd: „Ich danke Ruth. Glaub mir, ich mag diese Frau. Du bist eine sehr gelehrige Schülerin und ich bin stolz darauf, dass ich der Mann sein darf, an dem du die Theorien ausprobieren kannst.“

Dann schaute er mir liebevoll in die Augen, griente über das ganze Gesicht und ergänzte: „Übrigens vögle ich mir sehr gern die Seele aus dem Leib mit dir. Den Muskelkater nehme ich immer wieder in Kauf.“

Bevor ich etwas erwidern konnte, küsste er mich einfach.

Händchenhaltend gingen wir aus dem Restaurant und im Foyer fragte mich Patrick, was bei mir heute anliegt. Das übliche Drehbücherlesen. Ich erzählte ihm auch, dass gestern noch ein neues Paket von Erik gekommen war. Dann verabschiedeten wir uns mit einem Kuss. Heute würde es vermutlich später werden, ehe er wieder ins Hotel kam. Seufzend ging ich in unser Zimmer und machte mich an die Arbeit.

Bis zum Mittag hatte ich weitere drei Drehbücher durch.

Dann beschloss ich mal zu Hause anzurufen. Erst Frank, dann Piet und zum Schluss Mom und Dad. Eine geschlagene Stunde telefonierte ich.

Ich wollte zu Mittag essen und anschließend ein wenig spazieren gehen. Ich brauchte dringend Bewegung. Unterwegs begegneten mir viele Leute auf Fahrrädern, da kam mir die Idee einmal im Hotel nachzufragen, ob sie mir ein Leihfahrrad besorgen könnten. Sie konnten. Ich nahm mir vor, ab morgen mindestens zwei Stunden mit dem Rad zu fahren.

Bis zum Abend arbeitete ich nochmals drei Drehbücher durch. Nur eines schien mir interessant genug zu sein, um mit Patrick darüber zu sprechen. Den Rest versah ich wieder mit den üblichen Ablehnungsschreiben und brachte sie auf dem Weg zum Abendessen zur Rezeption.

Nachdem ich wieder im Zimmer war, hatte ich keine Lust mehr zu lesen. Ich kuschelte mich auf dem Sofa und sah fern. Irgendwann musste ich eingeschlafen sein. Als ich aufwachte, lag ich im Bett und Patrick neben mir. Ich schlief sofort weiter.

Am nächsten Morgen nahm ich im Halbschlaf wahr, dass Patrick sich zur Arbeit fertig machte.

„Hallo. Ich bin vielleicht eine Schlafmütze." „Musst du schon los?", fragte ich ein Gähnen unterdrückend.

Er lachte amüsiert und erwiderte: „Ja. Schlaf weiter. Ich rufe dich zwischendurch mal an. Es kann wieder spät werden. Ich liebe dich." Dann küsste er mich.

„Ich kann dich ja mal besuchen kommen", rief ich ihm hinterher. Er runzelte kurz die Stirn und meinte: „Eigentlich wollte ich das Auto nehmen …"

„Ich habe ab heute ein Fahrrad, ich brauche Bewegung", nuschelte ich. „Prima. Tschüss", freute er sich und dann war er weg. Nun war ich aber hellwach. Ein Blick auf die Uhr zeigte mir, dass es noch nicht einmal 7.00 Uhr war. „Was soll's", dachte ich mir, „der frühe Vogel fängt den Wurm."

Ich ließ mir mein Frühstück auf das Zimmer bringen und machte mich wieder an die Arbeit. So richtig konzentrieren konnte ich mich nicht. Nach zwei Stunden beschloss ich, mein Fahrrad einzuweihen und meinen Mann zu besuchen.

Vorher zog ich meine Arbeitskleidung an: kurze Hose, Shirt, lose Weste, Socken und meine Knöchelschuhe. Die Haare wie üblich zu zwei Zöpfen geflochten. Dann konnte es los gehen.

Das Fahrrad war toll. Ich brauchte nicht mehr als eine Stunde, dann war ich am Set.

Neugierig schaute ich mich nach Patrick um, konnte ihn aber nicht gleich finden.

Ich wollte schon rüber in die Maske gehen, da sah ich ihn. Sie waren beim Filmen und alle hochkonzentriert.

Zum ersten Mal sah ich Susan und ihn gemeinsam. Sie spielte immer noch ausgesprochen schlecht. Ich verstand einfach nicht, wie sie den gespielt verliebten Blick von Patrick so ignorieren konnte. Schneekönigin, das passte genau.

Patrick war einfach wunderbar. Ich konnte einfach nicht aufhören, ihn anzustarren. Dann nahm ich ein Kribbeln in meinem Nacken war. So, als ob Gefahr drohen würde. Erschrocken drehte ich mich um. Unmittelbar hinter mir, stand der angebliche Bruder von Susan: Sam. Er taxierte mich und leckte sich über die Lippen. Schnell schaute ich angewidert wieder weg. Er kam näher. Ich spürte seinen Atem in meinem Nacken. Ich ging schnell und leise zu einer kleinen Gruppe, vermutlich Tontechniker. Überrascht schauten sie mich an. Einen kannte ich und nickte ihm grüßend zu. Er lächelte grüßend zurück. Dann sah er Sam, wie er mir folgte, und sein Gesicht wurde plötzlich besorgt. Ich bettelte mit meinen Augen, keinen Aufstand zu machen. Er verstand und stellte sich genau hinter mich. Ich war jetzt in einem Kreis von fünf Männern und atmete erleichtert aus. Ich guckte wieder zu Patrick und sah in seinem Blick, dass er alles genau mitbekommen hatte. Er gab sich sehr viel Mühe, sich das nicht anmerken zu lassen. Als die Szene im Kasten war, kam er sofort zu mir rüber und schlug meinen Rettern auf die Schulter. Dann nahm er mich in den Arm und küsste mich.

Danach schaute ich an seinem Arm vorbei und registrierte, dass Susan uns hasserfüllt anstierte. *Worüber regt sie sich denn auf?* Zuerst dachte ich, der Blick galt ihrem Lover. Aber als ich mich umdrehte, war der nicht mehr da. Der Hass galt tatsächlich uns. Patrick murmelte mir ins Ohr: „Das war eben haarscharf. Du hast gut reagiert. Vielleicht ist es besser, du kommst nicht mehr hierher. Ich könnte diesen Mann vor Wut umbringen. Komm, suchen wir uns für den Moment ein stilles Plätzchen."

Er nahm meine Hand und zog mich irgendwo hin. Ich war immer noch mit dem Hass von Susan beschäftigt.

Kurz blieb ich stehen und fragte: „Patrick, hast du Susans Blick gesehen. Das war purer Hass. Was haben wir ihr getan?"

„Keine Ahnung, wenn ich das wüsste, wären wir schlauer", antwortete er nachdenklich.

Er zog mich in einen Raum, wo hunderte von Kostümen hingen, und steuerte die hinterste Ecke an. Er drückte mich gegen die Wand und flüsterte: „So, das Wichtigste zuerst. Du hast mir gefehlt." Dann küssten wir uns leidenschaftlich. Ich sprang wieder auf seinen Arm, umschlang ihn mit meinen Beinen und küsste ihn wild weiter.

Plötzlich ging die Tür auf und wir fuhren auseinander. Wir konnten nicht sehen, wer hereingekommen war. Demzufolge sah uns der andere auch nicht. Wir verhielten uns still.

Dann hörten wir Stimmen. Ein Mann und eine Frau, die sich stritten. Die Frau zischte böse: „Bist du komplett verrückt geworden, dich ausgerechnet so offen an die Schlampe heranzumachen. Wenn er das mitbekommen hätte, würde alles auffliegen. Meinst du, ich schlafe gern mit diesem fetten Sack Richardson? Reichen dir die anderen Tussen nicht?" Susan und Sam. Erschrocken starrten Patrick und ich uns an. *Was meint sie, würde alles auffliegen?*

Sam zischte zurück: „Halt deine Klappe. Die Schlampe hat geile Titten und ich bin scharf darauf, ihr es endlich zu besorgen. Außerdem ruf den fetten Sack an und sag ihm, dass der Hurensohn nicht aufgibt. Der spielt einfach weiter. Keine Vertragsstrafe, kein Geld. Also soll er die 12 Millionen bezahlen, sonst sind seine geilen Bilder nächste Woche in der Zeitung. Und schnell, wenn ich bitten darf."

Patrick pumpte sich regelrecht auf und ich hielt ihm schnell einen Finger an den Mund und bedeutete ihm, still zu sein.

Susan sagte: „Sie wohnt Zimmer 421 im Hillary. Heute unternimmst du nichts mehr. Morgen ist der Liebling aller Frauen erst am Nachmittag dran. Dann kannst du sie vögeln und die Bilder schießen. Ich will ihn am Boden sehen, wenn ich ihm zeige, dass seine tolle Frau mit einem anderen im Bett liegt. In seinem Bett. Die ganze Welt wird es erfahren. Und er ist vernichtet. Ich habe endlich meine Rache für eineinhalb Jahre Knast. Keiner legt sich mit Carmen O'Niel an. Klar?"

Ihre Stimme klang beinahe wahnsinnig vor Befriedigung. Auf die Aussicht auf Rache. Rache wofür?

Ich schaute Patrick an, der trotz der Schminke aschfahl wirkte.

„Klar", erwiderte Sam begeistert.

„Halt dich jetzt ein wenig zurück und sei höflich, wenn du ihr begegnest. Du weißt doch, Vorfreude ist die schönste Freude", säuselte die Verrückte.

Dann hörte es sich so an, als ob sie sich küssten und einen Quickie hatten.

Wir verhielten uns sehr still und versuchten, kaum zu atmen. Patrick beruhigte sich ein wenig. Ich konnte es kaum erwarten, ihn zu fragen, was das alles soll. Und ich hatte Angst. Richtige Angst. Die sah man mir wahrscheinlich auch an, denn Patrick versuchte, mich mit seinem Blick zu trösten.

Ich legte meinen Kopf an seinen Hals und vergrub mich in ihn. Nach einer gefühlten Ewigkeit waren wir wieder allein. Erschöpft von dem eben Gehörten, setzten wir uns auf den Boden. Patrick nahm meine Hand und sprach leise: „Jetzt ist mir alles klar. Carmen O'Niel war für mich ein Alptraum, obwohl ich ihr nie begegnet bin. Sie war eine Stalkerin der gefährlichsten Art. Die Polizei konnte sie fassen und sie wurde zu eineinhalb Jahren Gefängnis verurteilt. Das war vor drei Jahren. Jetzt hat sie sich an Richardson herangemacht, um mir alles heimzuzahlen. Als wir unsere Verträge für diesen Film unterschrieben haben,

kannte ich dich noch nicht. Sie muss aus den Medien erfahren haben, dass wir verheiratet sind. Und jetzt bist du wegen mir in Gefahr. Anna wir müssen zur Polizei. Ich kann jetzt auf die anderen keine Rücksicht mehr nehmen. Wenn die beiden verhaftet werden, dann wird es hohe Wellen schlagen. Der Film ist gestorben. Dass wir weitermachen wie bisher, ist jetzt völlig unmöglich. Die beiden sind skrupellos und gemeingefährlich. Wir werden jetzt raus gehen und uns so normal wie möglich verhalten. Dann suchen wir Simon und informieren ihn. Anna, es tut mir wirklich leid. Ich hatte keine Ahnung. Und irgendwie bin ich froh, dass wir nun wissen, was los ist. Ich möchte mir bloß nicht vorstellen, was der Kerl dir und unserem Baby angetan hätte."
Er zog mich auf seinen Schoß, umarmte mich ganz fest und wiegte mich hin und her. Er stand vollkommen neben sich.
Ich strich ihm über sein Haar, nahm sein Gesicht in meine Hände und küsste ihn zärtlich. „Hab keine Angst. Bitte. Ich bleibe für heute in deiner Nähe, bis du Feierabend hast. Such jemanden, dem du vertrauen kannst. Der passt auf mich auf, solange du drehst. Vielleicht erfindet Simon ja eine technische Panne und können eher ins Hotel. Wir müssen sie in Sicherheit wiegen. Später gehen wir zur Polizei und morgen lassen wir die Bombe platzen. Selbstverständlich fährst du zum Set. Ich bleibe zu Hause und erwarte den Verbrecher. Die Polizei wird dabei sein. Wir brauchen Beweise. Oder ein Geständnis. Das schaffe ich. Wirklich. Wenn wir jetzt schon zuschlagen, müssen wir morgen wieder Angst haben und das lasse ich nicht zu. Lass uns jetzt mit Simon sprechen. Bitte."
Er beruhigte sich ein wenig und nickte. „Vielleicht hast du recht. Aber ich will die schärfsten Sicherheitsbedingungen, o. k.?"
„Versprochen", sicherte ich ihm zu.
Dann atmeten wir noch einmal tief durch, schlichen aus dem Zimmer und machten uns auf die Suche nach Simon.
Der war gelinde gesagt entsetzt, als er hörte, was wir herausgefunden hatten.
Natürlich wollte er unseren Plan unterstützen. Wie sich dann rein filmtechnisch alles entwickeln würde, blieb abzuwarten.

Richardson war ebenfalls ein Opfer. Würde er seiner Frau alles beichten und mithelfen dieses Durcheinander zu beenden? Ich versuchte Simon ein wenig aufzuheitern und sprach: „Simon, sei bitte nicht traurig. Wenn es mit diesem Film nicht klappt, dann mit dem nächsten. Dafür werde ich persönlich sorgen. Bitte vertraue mir, ich lasse nie einen Freund hängen."

„Das glaube ich sogar", konterte er schon wieder grinsend. Zum Schluss sagte er noch: „O. k. Wir drehen noch eine Szene. Dann unterbreche ich wegen eines technischen Defekts. Ist vielleicht auch ganz gut so, denn ich kann mir nicht vorstellen, dass Patrick morgen die Sexszene drehen will."

„Ich hatte vorher schon einen Horror davor und jetzt hätte ich Angst, dass ich sie erwürge vor lauter Wut, danke Simon", antwortete Patrick erleichtert.

„So, wir gehen jetzt noch etwas essen, eine halbe Stunde habe ich noch", sagte mein Mann, nahm meine Hand und zog mich Richtung Versorgungszelt.

Am späten Nachmittag wurde der Dreh aus technischen Gründen abgesagt.

Die fehlende Szene sollte morgen als erstes nachgeholt werden. Ich ließ mein Fahrrad stehen und fuhr mit Patrick mit dem Auto zurück, direkt zur Polizei.

Schließlich saßen wir vor einer netten, mütterlich wirkenden Kommissarin und machten unsere ausführliche Aussage. Auch die Verwicklungen mit Richardson gaben wir an. Als wir den Namen Carmen O'Niel sagten, horchte sie auf und ging für einen Moment aus dem Zimmer. Sie kam ziemlich schnell wieder und hatte „gute" Neuigkeiten für uns. Die Verbrecherin und ihr Ehemann wurden per Haftbefehl in drei Bundesstaaten der USA gesucht, wegen räuberischer Erpressung. Zur Identifizierung wurde uns ein Bild von ihr und ihrem Mann vorgelegt. Das waren sie. Er hieß nicht Sam, sondern Paul.

Eines verstand die Kommissarin jedoch nicht. Wenn sie eine Hauptrolle in einem Kinofilm drehte, musste sie doch damit rechnen, erkannt zu werden. Patrick erklärte, dass sie gar nicht

damit gerechnet hätte, dass der Film fertig gedreht werden würde. Seine Vertragsstrafe von 12 Millionen sollte direkt an sie gehen. Sie fühlten sich nun genötigt, da er nicht aufgegeben hätte,
ihren Plan zu ändern. Und so kam ich ins Spiel.

Sie verstand. Wir sollten uns keine Sorgen machen. Die mexika-
nische Polizei und das FBI würden sich nun untereinander ver-
ständigen, was morgen zu tun sei. Wir sollten ins Hotel fahren
und auf weitere Nachrichten warten. Zur Vorsicht würden zwei
Polizeibeamte das Hotel über Nacht überwachen.

Wir hatten jetzt alles getan und fuhren ins Hotel.

Endlich allein in unserem Zimmer liebten wir uns mit einer In-
tensität, als ob es das letzte Mal wäre. Das war genau das, was
wir beide brauchten. Wir sprachen auch nicht weiter über das
drohende Problem. Es schien, als wollten wir beide keine trü-
ben Gedanken, die unser Glück beeinträchtigen hätten können.
Wir ließen uns das Abendessen auf das Zimmer bringen und sahen beim Essen fern. Gegen 21.00 Uhr meldete sich die Kommissarin. Patrick sprang sofort ans Telefon. Schon beim zweiten
Klingeln nahm er ab.

Gespannt hörte er den Anweisungen der Polizistin zu und ich
sah, wie er sich merklich entspannte. Zum Schluss verabschiedete er sich freundlich und bedankte sich.

Dann drehte er sich in meine Richtung. Ich sah seine Erleich-
terung.

„Sie haben sie verhaftet und sie werden noch heute an die USA
ausgeliefert. Richardson hat ebenfalls Anzeige erhoben und unter-
stützt unsere Aussagen. Er hat seiner Frau den Fehltritt gestanden."
Wenige Minuten später klopfte es an der Zimmertür. Es war Simon und er grinste.

„Ich weiß von Richardson schon Bescheid. Er fleht uns an, den
Film weiter zu drehen. Um die PR kümmert er sich. Ansonsten
haben wir kein Redeverbot. Sollte die Öffentlichkeit erfahren,
dass ihr beide selbst beinahe Opfer geworden seid, dann könnt
ihr dementieren oder die Wahrheit erzählen. Wir haben jetzt ein
Problem. Wir müssen von vorn beginnen, mit der Zweitbeset-
zung Sarah Nice. Wenn du noch dabei bist?"

Patrick schaute mich fragend an und ich nickte.

„Ich bin dabei, aber nur unter einer Bedingung, dass der Dreh in L. A. so bleibt. Anna und ich haben selbst noch einige Termine. Sie sind bereits fest gebucht. Das schließt mit ein, dass ich vom 26. 10. bis 30.10. drehfrei habe. Da müssen wir nach New York und das ist absolut nicht verhandelbar."

Simon strahlte und meinte nur salopp, bevor er ging: „Klar. Geht in Ordnung. Wir fangen morgen um 9.00 Uhr an. Tschüss."

Glücklich sprang ich Patrick auf den Arm und küsste ihn wie immer stürmisch.

Als ich von ihm abließ, raunte er mir zu: „Na, das wird bald auch nicht mehr möglich sein, stimmt's?" Wir lachten beide. Und dieses Lachen war gleichzeitig wie ein Befreiungsschlag.

Die nächsten Wochen waren zwar arbeitsreich, aber erfrischend locker. Das lag vermutlich daran, dass wir die Verbrecher los waren und der befürchtete öffentliche Klatsch nicht in dem Maße folgte, wie er zu erwarten gewesen wäre.

Patrick und ich waren von diesem Klatsch herausgehalten worden. Dafür waren wir auch sehr dankbar.

Zum anderen lag es auch an Sarah Nice. Sie war eine sehr gute Schauspielerin und wurde von Anfang an dafür geschätzt, dass sie ernsthaft und ehrgeizig die Darstellung der Rolle übernahm. Simon sang reine Loblieder über sie und ich hatte den Verdacht, dass er sie mochte. Sehr mochte.

Aber Sarah zog eine ganz klare Linie zwischen Beruf und Freizeit. Schon allein dieser Grundsatz hätte sie für mich eingenommen. Ich mochte sie. Wir waren in diesen vier Wochen gemeinsam dreimal mit einigen der Crew ausgegangen.

Da zeigte es sich, dass sie sehr warmherzig und kollegial war. Die Annäherungsversuche von Simon ignorierte sie in der Freizeit nicht. Es war richtig niedlich, wie sie sich dann verhielten.

Unsere Freunde über unser Baby hielt ungebrochen an. Wenn Patrick nach Hause kam, begrüßte er nicht nur mich, sondern auch das Baby.

Seine neueste Idee war, er legte mir den iPod auf den Bauch und spielte ihm seine Musik vor.

Er hätte gelesen, dass die Kinder das im Mutterleib hören und sich an die Stimmen der Eltern gewöhnen. Ich fand es noch ein bisschen früh, ließ ihm aber sein Vergnügen.

Ich kam gut mit dem Lesen der Drehbücher voran. Über vier interessante Bücher diskutierten Patrick und ich. Danach entschieden wir uns für zwei, wobei Erik hierzu die Verhandlungen mit den Regisseuren übernehmen sollte.

So erfuhr ich auch, dass Patrick erst bei einem ernsthaften Gagenangebot von 15 Millionen Dollar über eine Annahme eines Angebotes nachdachte.

Das schockte mich für einen Moment. So viel? Er erklärte mir jedoch, dass es so üblich wäre. Würde er sich für weniger auf den Markt bringen, dann hieße es, er wäre kein guter Schauspieler und habe jede Rolle nötig. Das wiederrum würde schlechtere Rollenangebote nach sich ziehen. Er zuckte dann nur noch seine Schultern und schloss mit der Bemerkung ab, dass das Finanzamt sich ein großes Stück dieser Einnahmen schließlich zurückholen würde und er gewissermaßen damit auch noch die Wirtschaft ankurbeln würde.

Darüber dachte ich lange nach und fand schließlich, dass ich das so akzeptieren konnte.

Jedenfalls war ich seit einer Woche dabei, die Drehbücher der Autoren zu sichten.

Hier kam ich wesentlich langsamer voran. In der einen Woche las ich nur drei Drehbücher. Sie waren nichts für Patrick. Sein übliches Rollenmuster, dem er entfliehen wollte. Ich schrieb die Absagen und schickte sie an die Autoren zurück.

Als ich das vierte in die Hand nahm, sah ich, dass das bestimmt schon lange bei Erik herumgelegen hatte. Es stammte von einem Autor aus L. A. Ich kuschelte mich auf das Sofa, begann zu lesen und konnte nicht mehr aufhören. Sofort wusste ich, dass das genau die Rolle war, die Patrick brauchte. Sie war sehr, sehr anspruchsvoll und handelte von einem querschnittsgelähmten Soldaten, der im Irakkrieg verletzt wurde, sodass er im Rollstuhl sitzen musste. Die schrecklichen Erfahrungen im Krieg und die beinahe hoffnungslose Situation, zu Hause ein Krüppel zu sein, brachen fast seine Seele. Fast. Wenn da nicht die Liebe zur Musik gewesen wäre. Um Geld zu verdienen, spielte er in einem Tanzstudio Klavier. Hier sah Peter zum ersten Mal Christin. Sie konnte wundervoll tanzen, aber ihr Gesicht wurde von einer Maske verdeckt, die sie niemals abzunehmen schien. Sie hatte kein Selbstvertrauen. Christin hatte nach einem Unfall hässliche Brandnarben an den Beinen und im Gesicht. Sie tanzte immer nur allein und durch Zufall begegneten sich Peter und sie. Gemeinsam heilten sie ihre seelischen Wunden. Sie liebten sich schließlich. Auch körperlich. Später ließ er sich an der Wirbelsäule operieren und lernte wieder gehen und sogar zu tanzen. Er tat das für sie, damit einmal die Welt ihren wundervollen Tanz und ihre Schönheit sehen konnte, trotz der Narben. Er baute ihr Selbstbewusstsein auf und komponierte die Musik zu dem Tanz, den sie zusammen ohne Maske tanzten. Zum Schluss lagen sie sich als Sieger ihrer eigenen Dämonen in den Armen.

Beim Schluss des Drehbuches weinte ich sogar ein wenig. So fand mich Patrick.

Er war sofort besorgt: „Anna, was hast du? Warum weinst du?"

Ich schniefte: „Es war so wunderschön. Diese Rolle könnte die Rolle deines Lebens werden. Aber es ist nur ein Drehbuch eines Autors."

„Das ist dann wohl Pech, aber zeig mal trotzdem", sagte er und begann zu lesen. Das Drehbuch hatte auf ihn die gleiche Wirkung wie auf mich. Er konnte nicht mehr aufhören zu lesen.

Ich nahm meinen iPod und legte mich auf das Bett, um Musik zu hören. Irgendwann wurde die Musik zum Hintergrundgeräusch und meine Gedanken überschlugen sich förmlich. Das Drehbuch ging mir nicht aus dem Kopf.

Dann plötzlich hatte ich eine Eingebung, einen Plan. Ich wartete geduldig und lächelnd darauf, dass Patrick mit dem Lesen fertig wurde.

Ich rief beim Zimmerservice an und bestellte unser Abendessen auf das Zimmer. Mein Timing war perfekt. Das Essen kam und Patrick legte das ausgelesene Drehbuch beiseite. Er war sehr ruhig. Ich sah ihm an, dass er sich ebenfalls damit beschäftigte. Wir aßen stumm unser Abendessen. Als wir fertig waren, kletterte ich auf seinen Schoss und küsste ihn.

Dann fragte ich ihn direkt: „Bist du bereit darüber zu verhandeln? Ich habe einen Plan."

„Hm … ich weiß nicht, Anna. Das Drehbuch ist sehr gut. Da gebe ich dir recht. Die Rolle von Peter ist sehr, sehr anspruchsvoll, aber die von Christin nicht weniger. Mir fällt beim besten Willen nicht ein, wer die weibliche Rolle übernehmen könnte. Und davon einmal abgesehen, wie könntest du das bewerkstelligen, einen Produzenten zu finden, der das Pferd von hinten aufzäumt? Das wäre total verrückt. Selbst in dieser Branche. Nein, eigentlich unmöglich."

„Bitte", bettelte ich, „hör dir doch mal wenigstens an, wie mein Plan lautet." Amüsiert lächelte er mich an und sagte: „Habe ich eine andere Wahl?" „Nein", schoss ich sofort zurück.

„Na gut, ich ergebe mich, schieß los", antwortet er gespielt resigniert.

„Zuallererst müssen wir, wenn wir in L. A. sind, mit dem Autor sprechen und ihm die Filmrechte abkaufen. Den Termin könnte ich morgen machen. Die Verhandlung über den Kaufpreis überlasse ich dir. Du müsstest auch dafür zahlen. Dann machen wir einen gemeinsamen Termin mit den superbekannten drei Regisseuren in New York. Das könnte ich morgen ebenfalls erledigen. Dann bieten wir ihnen gemeinsam das Drehbuch an. Sie erwarten sicherlich, dass sie als Regisseure tätig sein sollen. Aber so wird es nicht sein. Sie sollen den Film gemeinsam produzieren. Sicherlich verfügen sie über die nötigen Finanzen. Als Regisseure haben sie schon alles erreicht, was zu erreichen ist. Wir müssen sie so ködern, dass sie bereit sind, eingefahrene Gefilde dieser Branche zu verlassen. Eine Herausforderung und Neuland. Die tatsächliche Regie bieten wir Simon an …"

Weiter kam ich nicht. „Wie willst du sie denn ködern? Das sind schlaue Füchse." „Die lassen sich nicht so einfach manipulieren, das ist dir doch hoffentlich klar", kam Patricks süffisanter Einwand.

„Ja, schon klar, der Köder bin ich", warf ich ihm an den Kopf.

Zunächst verstand er nicht, was ich meinte, und er sah mich verständnislos an. Dann machte es „klick" bei ihm und sein Gesichtsausdruck war verwirrt, belustigt, wieder verwirrt, dann ärgerlich.

Sein Kommentar kam gefährlich ruhig: „Du spinnst doch wohl. Hast du vergessen, dass wir ein Baby bekommen. Wie soll das denn gehen?"

Ich nahm mir vor, ruhig zu bleiben. Daher atmete ich einmal tief durch und antwortete ebenfalls gefährlich ruhig: „Ich bin ja wohl nicht jahrelang schwanger. Natürlich weiß ich, dass ich in den nächsten Monaten nicht mit dir vor der Kamera stehen kann. Ich sage es auch nur einmal zu dir. Ich werde nur ein einziges Mal in meinem Leben mit dir zusammen vor der Kamera stehen, wenn du das überhaupt willst, mit genau dieser Rolle. Wie hast du dir denn vorgestellt, wie es weitergeht, wenn das Baby da ist: Ich zu Hause und wartend bis mein lieber Ehemann wieder zu Hause ist? Jetzt spinnst du wohl. Künftig werden das Baby und ich dich begleiten, bis es zur Schule kommt. Und wenn mein Plan aufgeht, gibt es Nannys, die in der Zeit auf unser Kind aufpassen werden, wenn ich arbeite oder so. Die Nanny fällt in deinen zuständigen Finanzbereich."

Kampfeslustig streckte ich mein Kinn vor und funkelte ihn wütend an.

Ich sah ihm an, dass er nicht wusste, ob er weinen oder lachen sollte. Im Stillen griente ich über seinen Gesichtsausdruck. Dann wappnete ich mich, als ich sah, dass er antworten wollte. „Was macht dich bloß so sicher, dass sie anbeißen werden? Natürlich würde ich gern mit dir zusammenarbeiten. Der Punkt mit dem Begleiten und der Nanny, geht an dich. Sorry, darüber hatte ich mir noch gar keine Gedanken gemacht."

„Sie werden anbeißen, weil ich weiß, und tu nicht so, als ob du es nicht wüsstest, dass sie uns zusammen wollen. Das bringt schließlich Geld für sie. Außerdem habe ich noch ein kleines Sahnehäubchen. In der Bettszene ziehen wir beide blank. Der Film dürfte dann aber nicht in Amerika produziert werden, wegen der Zensur. Und das Allerschönste kommt noch. Ich weiß, dass durch Raubkopien viel Geld verloren geht. Das können wir erheblich eindämmen. Was wollen die Leute draußen am liebsten sehen? Natürlich die Bettszene. Aber die bekommen sie auf Raubkopien nur verpixelt. Ich hatte kürzlich ein Gespräch mit Cedrick. Er hat die Technologie dazu. Und zum Schluss möchte ich dich bitten, die Gagenverhandlung mir zu überlassen. Ich sollte an dieser Stelle vielleicht anfügen, dass meine gesamte Gage an meine wohltätigen Projekte gehen wird. Also verdienst du weiterhin unsere Brötchen. Ach so, eines doch noch. Du schreibst die komplette Filmmusik. Vielleicht singen wir ja wieder einmal gemeinsam. Aber das ist deine Entscheidung. Ich will dich schließlich zu nichts drängen."

Patrick schüttelte sich und fragte verunsichert nach: „Bei ‚Blankziehen' habe ich aufgehört, weiter mitzudenken. Verstehe ich das richtig, du willst dich nackt zeigen?" Fröhlich erwiderte ich: „Nur mit dir, natürlich."

Er nickte und sein trockener Kommentar lautete nur: „Jetzt bin ich mir auch sicher, dass sie anbeißen werden. Verrückte Anna, aber ich liebe dich."

In dieser Nacht sprachen wir nicht mehr. Wir zeigten uns gegenseitig unsere Liebe auf eine andere schöne erfüllende Art.

Am nächsten Tag machte ich mich sofort daran, die Termine mit dem Autor und den drei Regisseuren zu machen.

Zunächst bekam ich einen Dämpfer. Der Autor lebte nicht mehr. Ich hatte seinen Sohn am Telefon. Durch geschicktes Fragen erfuhr ich, dass er der alleinige Erbe seines verstorbenen Vaters war und überhaupt von einem Drehbuch nichts wüsste.

Die Schriftstellerei war nicht sein Ding, das merkte ich sofort, aber er ließ sich nach langer Überredung mit einer Terminvereinbarung mit uns ein. Perfekt.

Nun kamen die drei Herren einzeln an die Reihe. Es war ziemlich einfach, einen gemeinsamen Termin zu organisieren: Ein Abendessen mit acht Personen, einschließlich der Ehefrauen, in einem Hotel in New York. Was mich wunderte, ich brauchte nicht einmal einen Grund zu nennen. Ich freute mich schon auf ihre Gesichter.

Dann ging ich ins Netz und machte mich mit Statistiken der Filmbranche schlau.

Danach fing ich an zu packen. Morgen ging es nach L. A. für uns. Am späten Nachmittag kam Patrick nach Hause, wir gingen noch ein bisschen spazieren und ich erzählte ihm von meinen Aktivitäten zur Operation „Drehbuch", wie ich es inzwischen nannte. Patrick lachte sich kaputt darüber. Wir aßen zu Abend und gingen früh schlafen.

Die ersten Tage in L. A. waren voll von völlig neuen Eindrücken. Patricks Eltern hatten ein sehr großes Haus. Es war kein Wunder, dass sie Personal brauchten, um alles sauber zu machen. Dann war auch die Wiedersehensfreude über Lou-Lou, unseren Zwergpudel.

Patrick selbst hatte in diesem Haus vier Zimmer mit zwei Bädern. Ich schüttelte meinen Kopf über so viel Luxus und stichelte: „Sag mal, bist du eigentlich schon mit einem goldenen Löffel geboren worden? Was arbeiten Mom und Dad eigentlich?" Ich hatte vorher nie danach gefragt, aber jetzt war ich schon neugierig. Er zwinkerte mir mit einem verschlagenen Lächeln zu: „Ja. Ich kann mich nur an goldene Löffel erinnern. Dad ist Banker, ein ziemlich hohes Tier, und Mom hat viel Mitgift in die Ehe gebracht, aber nie richtig gearbeitet. Ihre Rolle als Ehefrau, die drei Söhne, dieser Haushalt und ihre ganzen wohltätigen Organisationen hielten sie auf Trab. Aber Mom war nie hochnäsig oder eingebildet auf ihren Reichtum. Für reiche Eltern kann man schließlich nichts. Oder? Und jetzt möchte ich dir einmal etwas sagen. Mir ist aufgefallen, dass du mich noch nie gefragt hast, wieviel Geld ich habe. Das interessiert dich wahrscheinlich auch gar nicht, aber ich möchte, dass du dir das einmal kommentarlos anhörst. Geschätzte vier Milliarden."

Ich starrte ihn an, ohne Luft zu holen, bis ich merkte, dass mir schwindelig wurde. Geräuschvoll holte ich Luft, meine Kinnlade lag noch immer irgendwo auf dem Boden, dann fiepte ich nur: „So viel, dass man nicht einmal mehr zählen kann, man muss schon schätzen?" Patrick lachte laut und lange darüber.

Ich lernte seine Brüder mit deren Familien kennen und verstand mich auf Anhieb mit ihnen. Das jüngste Familienmitglied der Familie Tayler war gerade ein knappes halbes Jahr alt und so goldig und verschmust. Den wollte ich am liebsten nicht wieder hergeben.

Im Stillen tröstete ich mich, dass wir auch bald so ein kleines Sonnenscheinchen haben würden.

Wir hatten in der ersten Woche zwei Auftritte in Talkshows und einen gemeinsamen Pressetermin. Der öffentliche Teil unseres Aufenthaltes war erledigt.

Am Anfang der zweiten Woche hatten wir den Termin bei John Caventar, dem Sohn des Autors.

Dieser Termin wird ewig in meiner Erinnerung bleiben.

John empfing uns freundlich, aber ein wenig reserviert. Also beschloss ich sofort zum Kernpunkt zu kommen. Ich sagte, dass die Geschichte uns gefallen würde und wir ihm gern die Filmrechte an diesem Drehbuch abkaufen würden. Ich registrierte, dass ihm das Kaufangebot völlig egal war, er wollte nicht einmal den Preis hören und ich änderte meine Strategie.

Ich fragte ihn über sein Leben und seinen Vater aus und erfuhr dabei eine ganze Menge. Aus den Augenwinkeln nahm ich wahr, dass Patrick mich fasziniert beobachtete. Dann hatte ich ihn an der Angel oder er mich. Das war schwer zu sagen.

John war ein Erfinder. Das geschriebene Wort war uninteressant für ihn. Dass sein Vater diese Neigung hatte, wusste er gar nicht. Er war ein Mann der Technik, der Zahlen und der Visionen – Visionen einer besseren Welt. Er hatte ein Verfahren entwickelt, aus Schmutzwasser, Meerwasser oder aus welchen nichttrinkbaren Flüssigkeiten auch immer Trinkwasser zu machen. Natürlich in kleinem Versuchsrahmen. Das führte er uns vor. Er träumte davon, eines Tages mit seiner Technologie die Wüste zu bewässern, sodass Kriege oder Kämpfe ums Wasser verhindert werden könnten.

Und ich träumte davon, den kleinen Mädchen in Somalia zu helfen, dass eine jahrtausendelange Tradition gebrochen wird. Natürlich hatte ich nicht vor, das Leben der Nomaden gänzlich zu ändern. Aber was für einen Einfluss konnte es haben, wenn den Männern das Argument ausging. Sie müssten mit ihren Ziegen oder Rindern lange wandern, um Futter und Wasser für die Tiere zu finden. Und damit ihre Frauen in ihrer Abwesenheit nicht fremd gingen, ist nur eine beschnittene Frau eine gute Frau. Was wäre, wenn genug Wasser und somit auch Futter vorhanden wäre?

„Versteht ihr, hier ist das verbindende Element für unsere Visionen. John, ich danke Gott, dass ich Ihnen begegnet bin, und Ihrem Vater, dass er so ein wundervolles Drehbuch geschrieben hat", rief ich im vollen Überschwang und leuchtenden Augen und nahm den verdatterten John in die Arme.

Patrick musste sich abwenden, weil er einen Lachanfall bekam.

John stotterte nur: „Ich denke, Sie sind Schauspielerin?"

Ich lachte und sagte: „Nein. Ich kann nicht einmal schauspielen. Na ja, nicht wirklich. Nur mit ihm, meinen Mann. Aber wissen Sie, was ich kann?"

Hier machte ich eine Pause und sah meinen Mann liebevoll an: „Ich kann den reichen Säcken das Geld für unser Projekt aus der Tasche ziehen." Patrick flüchtete sich in einen Hustenanfall vor Lachen.

Dann kam ich zum Geschäftlichen: „John, Sie müssen sofort ihre Erfindung patentieren lassen …"

Weiter kam ich nicht, weil er mich unterbrach: „Ich habe keine vierzigtausend Dollar."

Ich hob meine Hand und bat, weitersprechen zu dürfen.

„Ich habe einen Vorschlag. Sie bekommen die vierzigtausend von meiner Organisation. Das Patent melden Sie bitte auf ihren Namen an. Sollte sich jemand für die Technologie interessieren, können Sie verkaufen, an wen Sie wollen. Das, was Sie verdienen, ist Ihr Geld,. Bloß, Sie dürfen nie das Patent verkaufen. Es gibt ziemlich dunkle Gesellen da draußen. Die Weiterentwicklung wird ebenfalls über meine Organisation finanziert. Ich habe einen Freund in New York, er heißt Tim, er ist Ingenieur. Er könnte Ihnen helfen. Und wenn Sie mir Ihre Kontonummer geben, rufe ich sofort Roger an, damit er Ihnen, sagen wir 100.000,00 Dollar, überweist, für das Patentamt und erste Auslagen. Einen entsprechenden Vertrag über unsere Geschäftsbeziehungen wird Roger ebenfalls herschicken. Und Sie geben uns als Gegenleistung die Filmrechte für dieses Drehbuch ihres Vaters für einen moralischen Wert von einem Dollar."

Beide Männer sahen überwältigt aus und keiner lachte mehr. Ich sah, dass John überlegte. Dann nickte er lächelnd.

„Abgemacht und ich danke ebenfalls Gott dafür, dass ich Sie kennenlernen durfte", sagte John dann schließlich ergriffen.

Dann schlug er Patrick auf die Schulter und sagte: „Wie halten Sie so ein Energiebündel bloß aus? Mir schwirrt nach einer halben Stunde schon der Kopf."

Patrick stöhnte verzweifelt: „Ja. Das ist sehr, sehr schwer. Wahrscheinlich bin ich ein geborener Leidender."

Dafür handelte er sich einen Rippenstoß von mir ein.

Die Männer lachten, John kochte Kaffee und ich rief Roger an, erzählte ihm von unserer neuen Geschäftsbeziehung und regelte das Finanzielle. Zum Schluss folgte noch ein Austausch der Namen und Telefonnummern, auch jener von Tim, ein schöner Gruß an alle, und das Geschäft war unter Dach und Fach.

Ich schwebte wie auf Wolke sieben. Das Erste, was ich zu Hause machte: Ich zog meinen Mann in unser Zimmer und nahm ihn auf meine Wolke mit.

Dann packten wir wieder einmal. Morgen ging es nach New York. Als wir dann am Abend allein mit Patricks Eltern im Wohnzimmer saßen, fragte Mom: „Sagt mal, wollt ihr auch einmal Kinder haben?" Patrick antwortete sofort: „Ja."

Wir hatten vereinbart, diese Neuigkeit erst nach New York, wenn ich beim Arzt gewesen war, bekannt zu geben. Mom machte nur: „Hm."

Dann wandte sie sich an mich und wollte direkt wissen: „Anna, bist du schwanger?"

Ich wurde ein bisschen rot und überlegte fieberhaft, was ich antworten sollte.

Da rief Mom: „Habe ich das nicht gesagt. Macht mir nichts vor. Du bist schwanger. Habe ich recht?"

„Mom", sagte ich verlegen, „ich war noch nicht beim Arzt." „Wir haben übermorgen erst einen Termin in New York. Jetzt hast du uns die ganze Überraschung verdorben. Wie kommst du überhaupt darauf?", schmollte ich.

„Du hast ganz weiße Ohrläppchen, ein untrügliches Zeichen, glaub mir", antwortete sie ganz trocken.

Patrick kam zu mir und betrachte meine Ohrläppchen. „Ich kann nichts sehen", sagte er ernsthaft.

Sie verdrehte ihre Augen und nahm uns lachend in den Arm. Dad folgte schmunzelnd und sagte: „Ihr seid darauf reingefallen. Sie hat nur auf den Busch geklopft. Glückwunsch Kinder, ich freue mich, wieder Großvater zu werden." Dann umarmte er uns auch.

Sie wollte dann noch wissen, wie lange ich schon schwanger war und ich sagte wahrheitsgemäß: „Genau so lange, wie wir verheiratet sind." Sie rechnete im Kopf nach: „Elfte Woche also. Du hast nichts anbrennen lassen, was?" Dabei verstrubbelte sie ihrem Sohn die Haare. Patrick antwortete, ohne rot zu werden: „Ich war in Eile." Darüber lachten wir alle.

Am nächsten Tag flogen wir nach Hause.

In New York erwarteten uns am Flughafen Reporter, Fotografen und Fans.

Unsere Ankunft wurde scheinbar sehnsüchtig erwartet. Der Hype war zwar abgeschwächt, aber immer noch vorhanden. Wir ließen uns fotografieren, beantworteten einige Fragen der Reporter und gaben Autogramme.

Wir waren in den Hitlisten mit dem Album und den Singles immer noch Nummer eins und zwei.

Ich freute mich riesig, meine Lieben zu Hause wiederzusehen, auch darüber, dass wir noch in unserem kleinen Zimmer wohnen konnten. Der Umbau war immer noch in der Planungsphase. Wir wurden liebevoll empfangen. Am Nachmittag fuhr ich mit Patrick ins Tierheim.

John war leider unterwegs, aber Carter freute sich riesig, uns zu sehen. Er brachte uns auf den neusten Stand und war ziemlich aufgeregt. Morgen würden wir mit der Reportage im Tierheim beginnen. Wir blieben noch auf einen Kaffee.

Und zum Abendessen kamen Piet und die Jungs und wir gingen zu Frank. Es war ein netter Abend. Wir erzählten alles, was wir erlebt hatten, auch die Sache mit den Verbrechern. Frank und Kelly waren entsetzt und schwer zu beruhigen.

Das lag ja zum Glück hinter uns.

Ich erzählte über die Operation „Drehbuch". Das Geschnatter ging durcheinander. Jeder hatte einen Einfall dazu. Ich sah mich glücklich um. *Meine Lieben.*

Dann konnte ich mich nicht mehr bremsen und sagte einfach fröhlich lächelnd in die Runde hinein: „Übrigens, ich bin auch noch schwanger." Jubel, Glückwünsche, das war alles eins.

Patrick hatte keine Wahl, ständig wurde er aufgefordert anzustoßen und zu trinken.

Sehr spät führte ich einen wankenden, kichernden und extrem liebesbedürftigen Mann nach Hause. Im Zimmer fiel er einfach, wie er war, auf das Bett und rührte sich nicht mehr. Ich hatte meine liebe Not, ihn auszuziehen und ihn auf seine Seite des Bettes zu bugsieren. Irgendwann hatte ich es geschafft und schlief schnell ein.

Am nächsten Morgen machte ich mich geräuschvoll im Bad fertig. Das war noch nicht laut genug. Patrick schnarchte immer noch. Also machte ich unter lautem falschem Gesang unser Frühstück. Ich ließ den Speck extra länger braten, damit auch ja etwas von dem Duft zu ihm hinüberwehte. Das half. Stöhnend rappelte er sich hoch und verschwand im Bad. Als er länger als nötig drinnen war, wurde ich misstrauisch und sah nach.

Er hatte sich auf dem Fußboden zusammengerollt und schlief einfach weiter.

Ich grinste, schloss leise die Tür, hämmerte dann laut von draußen dagegen und rief: „Frühstück."

Schnell legte ich mein Ohr an die Tür und lauschte. In dieser Stellung verharrte ich, bis er plötzlich die Tür aufriss und schrie: „Ich komme." Vor Schreck zuckte ich zusammen und er hielt sich die Hüften vor Lachen.

Ich war ein bisschen eingeschnappt, weil der Schuss nach hinten losgegangen war.

Er umarmte mich, kicherte mir noch ins Ohr und murmelte: „Weißt du noch, wie du mir, so ich dir."

Ich boxte ihm in die Rippen, lachte aber schon wieder.

So richtig Appetit hatte Patrick nicht, aber immerhin trank er Kaffee und aß ein halbes Brötchen.

Ein Blick auf die Uhr sagte mir, dass ich losmusste. Ich küsste meinen Mann und versprach spätestens 14.00 Uhr zurück zu sein.

Heute war der erste Drehtag für die Reportage mit Lisa Jones. Ich hatte mich für ein ganz normales Outfit entschieden: Jeans, Bluse und Lederjacke und meinen unvermeidlichen Zopf.

Dann schnappte ich mir mein Rad und fuhr zum Tierheim. Roger, John und Carter warteten schon. Roger gab mir eine Tüte. Darin waren drei brandneu kopierte und gebundene Drehbücher für das Essen heute Abend. Ich umarmte ihn und bedankte mich.

Fünf Minuten später kam Lisa mit ihrem Kamerateam und einer Stylistin. Wir tranken gemeinsam noch einen Kaffee, ließen uns pudern und besprachen grob das Konzept für heute. Es wurde wieder live gesendet. Der Dreh sollte eine halbe Stunde dauern und nur über das Tierheim handeln.

Dann ging es los mit den üblichen Begrüßungsfloskeln und der Vorstellung von mir, John, Carter und Roger.

John erklärte auf dem Weg zu den Hundezwingern unser Konzept. „Durch den Hype, den Patrick und Anna losgetreten hatten, bekam unser Tierheim eine Aufmerksamkeit, die wir nie für möglich gehalten hätten. Am nächsten Tag waren sämtliche Tiere vermittelt. Die größte Nachfrage bei den Rassen waren natürlich Zwergpudel." Hier machte John eine Pause und appellierte an die Züchter bitte keine Notzuchten wegen diesem plötzlichen Rassenrun zu machen. Wir würden ein Lied davon singen können und die Leidtragenden wären die Tiere.

Dann erklärte er weiter, dass bis heute 29 Hunde aus der Tötungsstation zurückgeholt werden konnten. „Es ist ein Tropfen auf dem heißen Stein, aber immerhin ein Anfang."

Wir besichtigten die Zwinger und John machte auf einige Tiere besonders aufmerksam.

Dann übernahm Roger das Wort. Er erzählte den Zuschauern, was außerdem in diesem einen Projekt gefördert wurde. Und zwar erhielten Bedürftige, dabei war völlig unerheblich, ob es sich um Obdachlose oder besonders arme Menschen in New York handelte, eine kostenlose Tiersprechstunde.

Außerdem würde zusätzlich an zwei Wochentagen hier im Tierheim eine kostenlose Sterilisation von Hunden und Katzen angeboten. Vier Tierärzte stehen dafür zur Verfügung und würden von den Spendengeldern der Organisation „Sternenpflücker" bezahlt. Insgesamt sind per heute für den Tierschutz 68.000,00 Dollar aus Spendengeldern bezahlt worden. Im Dezember würden Anna Tayler, er und John über weitere Maßnahmen für den Tierschutz entscheiden. Er bedankte sich noch einmal in unser aller Namen für die Spendenbereitschaft.

Dann übergab er an Lisa Jones.

Jetzt stellte sie an mich Fragen, die eigentlich nichts mehr direkt mit dem Tierschutz zu tun hatten. Sie waren jedoch nötig, weil die öffentliche Aufmerksamkeit auf Patrick und mir lag. Lisa stellte hauptsächlich Fragen unsere Musik betreffend, etwa, ob wir schon neue gemeinsame Projekte geplant hätten. Ich beantwortete diese Fragen ehrlich.

Dann wollte sie wissen, ob wir uns in unserem Eheleben schon eingerichtet hätten.

Ich grrnte sie nur an und bejahte. Dann schwärmte ich noch ein bisschen von meinem Mann und gab zuallerletzt unseren morgendlichen Auftritt wieder.

Alles brüllte vor Lachen, selbst Lisa.

Entschuldigend sprach ich zu Patrick in die Kamera: „Tut mir leid, Schatz, ich konnte mich einfach nicht bremsen."

Dann war es vorbei.

Lisa kicherte immer noch, sie sagte: „Anna, bei euch möchte ich einmal Mäuschen spielen." Ich wurde prompt rot. Es lachten wieder alle.

Sie war schon fast an ihrem Auto, da klingelte ihr Telefon, und sie winkte mir nach ein paar Sekunden zu, ich sollte noch warten. Dann kam sie auf mich zu und sagte den Hörer zuhaltend:

„Der Chef ist dran. Würden Sie und Patrick unserem Sender noch ein zusätzliches Interview geben. Wenn es passt, am 29. um 16.00 Uhr im Sender?" Ich brauchte nicht zu überlegen, um zu wissen, dass wir da nicht konnten. Wir hatten schließlich eine Verabredung mit unserem Baby. Das sagte ich natürlich nicht. Stattdessen schüttelte ich meinen Kopf und sprach: „Tut mir leid, aber am 29. um 16.00 Uhr geht es wirklich nicht, höchstens am 30. um 10.00 Uhr." Sie gab diese Information an ihren Chef weiter.

Sie hörte wieder kurz zu und sagte zu mir: „O. k. Dann zeichnen wir eben auf und senden am Abend. Dann steht der Termin?"

Ich überlegte kurz, nickte und erwiderte: „Unter einer Bedingung. Mit welcher Quote rechnen Sie bei der Abendausstrahlung, wenn ich ihnen eine exklusive Ankündigung mache bezüglich eines neuen Projektes? Bitte eine realistische Quote." Sie sprach wieder mit ihrem Chef: „Maximal 16 %."

„Gut", antwortete ich, „dann folgender Deal." „Alles über 16 % 2000,00 Dollar für jeden Prozentanteil hinter dem Komma für die Organisation ‚Sternenpflücker', plus zusätzliche Bewerbung der exklusiven Ankündigung den ganzen Tag bis zur Ausstrahlung. Und ich verspreche Ihnen, Sie werden es nicht bereuen."

Lisa hatte das Telefon so gehalten, dass der Chef den Vorschlag mit anhören konnte. Der bellte begeistert: „Der Deal steht."

„Sie verhandeln immer noch gern?", fragte sie mit hochgezogenen Augenbrauen und grinste.

Ich nickte und grinste zurück. Das Reporterteam war weg.

Dafür kamen jetzt etliche Besucher, Fans und Paparazzi.

John beklagte sich spielerisch: „So ist das immer, wenn du im Fernsehen warst. Los, jetzt hilf uns mal aus der Patsche, Carter, du am Telefon. Anna und ich bringen vielleicht noch ein paar Hunde an den Mann."

Bis kurz vor 14.00 Uhr hatten John und ich sieben Hunde vermitteln können und ich hatte gefühlte eintausend Autogramme gegeben. „Den Rest müsst ihr allein machen, ich muss jetzt los", verabschiedete ich mich fröhlich.

Ich lief noch schnell ins Büro, holte meine Tüte und verabschiedete mich von Carter, der telefonierte.

Ich hatte einen Bärenhunger und hatte Sehnsucht nach meinem Mann. Lächelnd schob ich mich durch die noch wartende Menge, stieg auf das Rad und fuhr nach Hause. Die Paparazzi hatten für heute genug fotografiert.

Der Gewohnheit halber machte ich bei Frank einen Stopp und zu meiner Überraschung waren er und Patrick über Baupläne gebeugt. Als ich reinkam, hoben sie beide ihre Köpfe und lächelten mich an. Ich stöhnte bloß: „Hunger."

Dann sprang ich meinen Mann in den Arm, küsste ihn und flüsterte: „Sehnsucht."

Er küsste mich und mir war egal, dass wir einen Zuschauer hatten. Frank unterbrach uns, als er mürrisch befahl: „Jetzt isst du erst einmal etwas. Los."

Widerstrebend ließ Patrick mich hinunter.

Beim Essen fragte ich: „Habt ihr die Reportage gesehen?"

„Klar", antworteten beide. Mein Mann sprach allein weiter: „Wirklich, sie war sehr gut, sogar das Gelächter." Er klang leicht angesäuert. „Patrick, sei nicht böse, aber ich muss den Ball am Laufen halten." „Bitte, das nächste Mal kannst du dich revanchieren, wenn du willst", bettelte ich.

„Ich darf mich revanchieren? Wirklich? Der Deal steht." Er grinste ziemlich frech und ich hatte den Eindruck, ihm auf den Leim gegangen zu sein. Daher sagte ich nur: „Reingefallen. Stimmt's?"

In einem Brustton der Genugtuung sagte er: „Ja."

Ich schüttelte meinen Kopf und musste über mich selbst lachen. Stolz erzählte ich ihnen von meinem heutigen Verhandlungserfolg und dass wir noch Hunde vermitteln konnten. Sie freuten sich mit mir.

„So. Ich gehe dann mal hinüber. Ich glaube, ich lege mich noch für einen Moment hin." „In letzter Zeit habe ich ein erhöhtes Schlafaufkommen", informierte ich die Männer.

„Soll ich mitkommen?", wollte Patrick ein wenig besorgt wissen. „Nein. Ich bin wirklich nur müde. Macht ruhig noch weiter, wenn ihr wollt." Ich küsste ihn noch einmal und ging zügig nach Hause.

Dort wusch ich mir noch kurz die Schminke aus meinem Gesicht, zog mich bis auf die Unterwäsche aus und kroch völlig erledigt ins Bett und schlief sofort ein.

Kurz vor sechs weckte mich Patrick. Er lag nur in Boxershorts neben mir und küsste mich leicht auf den Mund und flüsterte: „Aufwachen, Schlafmütze. Gleich kommen die Mädels, um dich hübsch zu machen."

Ich blinzelte, reckte meine steifen Glieder und gähnte hinter vorgehaltener Hand.

„Mann, war ich müde, das ist wohl eine Nebenwirkung der Schwangerschaft", nuschelte ich immer noch verschlafen. „Ich habe mir ein wenig Sorgen gemacht. Du hast ziemlich blass ausgesehen."

„Anna, du musst dich mehr schonen, bitte", flehte Patrick.

Ich küsste ihn und erwiderte: „Mache ich, nur noch heute der Deal, morgen der Rest der Reportage und übermorgen das Date mit unserem Baby und zum Schluss das Interview zusammen mit dir. In L. A. mache ich dann eine Woche Urlaub am Pool und lass mich verwöhnen. Versprochen."

Als ich das sagte, konnte ich nicht ahnen, wie aufregend tatsächlich noch unsere Termine werden sollten.

Patrick war beruhigt, wir küssten uns ziemlich leidenschaftlich, bis es klopfte.

Die Mädels kamen. Patrick sprintete ins Bad, um zu duschen und sich dort fertig zu machen. Ich begrüßte Mia und Maike, empfahl mich ganz kurz und ging ebenfalls ins Bad, um mich frisch zu machen.

Zum Anlass entsprechend trug ich heute ein solides Kleid, ohne besondere Raffinesse. Ein Etuikleid in Royalblau mit einem feinen silbernen Gürtel und einer kurzen langärmligen modischen Jacke in Silber mit royalblauer Borte. Ich fand mich schick. Dazu noch ein kleines silbernes Täschchen in Herzform, perfekt. Als Schuhe trug ich einfache Pumps ohne die halsbrecherischen Absätze.

Maike kämmte mich nur, denn heute ließ ich mein Haar offen. Sie fand auch, dass ich etwas käsig aussehe, und schminkte mich daher ein bisschen mehr, aber nicht zu auffällig. Ich lobte beide und sie freuten sich darüber. Dann bestand ich auf Bezahlung. Widerstrebend ließen sie das zu.

Patrick kam gebügelt und geschniegelt aus dem Bad. Er trug einen schwarzen Anzug mit weißem Hemd und einem hellblauen Schlips. Er sah zum Anbeißen aus, was ich ihm auch so sagte. Er quittierte dieses Kompliment mit seinem unwiderstehlichen Lächeln und sagte: „Sie sind auch wunderschön, Mrs. Tayler. Die Männer werden mich beneiden." Ich verdrehte meine Augen vor so viel Übertreibung.

Mia und Maike umarmten uns noch einmal und ließen uns allein. Patrick rief ein Taxi und während wir warteten, fragte ich ihn: „Hast du noch lange bei Frank gesessen? Wie geht die Planung eigentlich voran?"

Patrick informierte mich: „Ich war nach fünf wieder hier und habe dir ein Weilchen beim Schlafen zugesehen. Er hat mir nur die Pläne gezeigt und wir haben die Kosten für den Umbau besprochen. Jetzt warten wir nur noch auf die Baugenehmigung, aber Frank meint, diese komme in den nächsten Tagen."

Plötzlich fiel mir etwas ein: „Patrick, wir müssen auch noch packen, wenn hier umgebaut wird. So ein Mist, daran habe ich gar nicht gedacht."

„Brauchen wir nicht. Dieses Zimmer bleibt erst einmal so." „Das können wir machen, wenn wir aus Mexiko zurück sind", beruhigte er mich. Erleichtert atmete ich aus.

Das Taxi hupte und wir gingen nach unten. Ruth hatte den Taxifahrer schon im Visier. Sie nahm noch kurz unsere Garderobe ab und wünschte viel Spaß.

Pünktlich trafen wir vor unseren Gästen im Hotelrestaurant ein. Ich war ein wenig nervös, bevor sie da waren, das legte sich aber rasch, als alle sechs zusammen eintrafen. Wir begrüßten uns an der Hotelbar und nahmen dort noch einen Drink, meiner natürlich alkoholfrei. Dann führte uns ein Kellner an unseren Tisch.

Nachdem der Kellner unsere Bestellungen aufgenommen hatte, fand ich, das wäre der richtige Zeitpunkt, die Verhandlungen einzuläuten.

Fragend schaute ich Patrick an. Er nickte mir zu. Das nahm ich als Aufforderung, dass ich beginnen konnte.

Ich schaute in die Runde und bemerkte, dass sie mich ausnahmslos neugierig anstarrten.

„Also gut, Sie fragen sich bestimmt, warum Patrick und ich Sie heute Abend eingeladen haben. An Ihrem Gesichtsausdruck kann ich entnehmen, dass Sie mir wohl nicht abkaufen, dass diese Einladung nur in der Absicht, einen netten Abend verbringen zu wollen, ausgesprochen wurde. Oder? Und Sie haben vollkommen recht. Wir hoffen auf einen netten Abend, mit einem einträglichen Geschäft für uns alle."

Der Kellner kam mit dem Wein und ich machte eine Pause. Ich nutzte die Zeit, unter den Tisch zu greifen, um die Drehbücher hervorzuholen.

Als wir wieder ungestört waren, legte ich die Drehbücher einzeln vor jeden Herrn. Die Männer und sogar ihre Ehefrauen guckten ziemlich ratlos.

Ich erklärte: „Vor Ihnen liegt ein Drehbuch, das uns gehört. Wir machen Ihnen ein einmaliges Angebot, ein Angebot, um neue Wege zu beschreiten und zusätzlich die Welt ein wenig besser zu machen. Sie würden zu Helden werden." Jetzt war der Gesichtsausdruck unserer Gäste vorsichtig ausgedrückt verwirrt.

Die Vorspeise kam. Als der Kellner wieder weg war, fragte ich höflich nach: „Möchten Sie, dass ich weitere Erklärungen gebe, oder machen wir Smalltalk zur Vorspeise?"

Alle sechs sprachen durcheinander, aber ich hörte heraus, dass ich weitersprechen sollte.

„Vor mir sitzen drei sehr erfolgreiche Regisseure. Die besten der Welt, sagt mein Mann. Da habe ich mich gefragt, was wünscht man sich wohl beruflich, wenn man schon alles erreicht hat. Vielleicht eine neue Herausforderung? Tja, die bieten wir Ihnen. Wie Sie sich sicher denken können, braucht ein Film nur einen Regisseur. Vollkommen richtig. Den haben wir auch schon für unser Filmprojekt. Patrick und ich möchten, dass sie drei diesen Film produzieren, gemeinsam. Bevor sie antworten, gebe ich einige Verhandlungspunkte vor. Der Film wird nicht in den USA gedreht, wegen der Zensur. Die Produktionskosten belaufen sich grob gerechnet auf 300 Millionen. Der Regisseur ist Simon Bittner. Die männliche Hauptrolle spielt mein Mann und ich die weibliche. An dieser Stelle noch eine Anmerkung von mir. Das wird das einzige gemeinsame Filmprojekt mit Patrick und mir sein. Für diese Rolle mache ich es, obwohl ich nicht schauspielen kann. Mein Mann und ich sind uns einig. Wir ziehen beide blank. Patrick wird die Filmmusik schreiben und vielleicht singen wir wieder gemeinsam."

Ich sah, wie sie aufgeregt wurden und etwas sagen wollten. Mit meiner Hand bat ich sie, weiter zu schweigen.

„Alles, was über zwei Milliarden wieder eingespielt wird, geht zur Hälfte an meine Organisation ‚Sternenpflücker'. Das Geld wird dringend für ein neues Projekt von mir und John Caventar gebraucht, um Wüstengebiete in Somalia nachhaltig zu bewässern. Er hat die Technologie, Brauchwasser, Meerwasser oder Ähnliches in Trinkwasser umzuwandeln, und ich versuche Geld aufzutreiben. Wir haben somit die Chance, unseren Beitrag zu leisten, die Verstümmelung weiblicher Geschlechtsorgane zu verhindern oder zumindest zu verringern. Das wird ein riesiges Projekt. Ich gebe auch noch zu bedenken, heute werden Kriege wegen Rohstoffen geführt, morgen wird es das Wasser sein. Eines noch zum Schluss: Wir haben auch die Technologie, um Raubkopien einzudämmen. Jedenfalls wird die Nacktszene und noch weitere Szenen nur verpixelt kopiert werden können. Wenn Sie dieses Angebot ausschlagen möchten, können Sie es gern tun. Dann kassieren Patrick und ich eben alle 12 Oscars allein. Der Film wird gedreht mit Ihnen oder ohne Sie."

Schweigen. Die Vorspeise wurde abgeräumt, die Hauptspeise serviert. Schweigen. Allmählich wurde ich unruhig, da keiner etwas sagte. Ich ließ mir aber nichts anmerken. Dann brach es plötzlich los. Alle sechs riefen aufgeregt durcheinander. Verunsichert sah ich Patrick an. Er zuckte nur die Schultern, dann wieder Stille.

Der Herr Nummer 1 sagte: „Ich brauche das Drehbuch nicht zu lesen. Ich bin dabei." Nummer 2 und 3 folgten auf die gleiche Weise. Die Frauen wollten wissen, um was es in der Story eigentlich geht.

Ich gab ihnen auf meine ganz eigene Weise eine grobe Zusammenfassung der Geschichte. Als ich endete, starrten mich zwölf Augenpaare mit offenem Mund an.

Greta, die Frau von Nummer 2, sprach als erste: „Wunderbar, wie dramatisch und romantisch."

Die anderen äußerten sich ähnlich.

Der Herr Nummer 1 – wir waren inzwischen bei der Nachspeise – wollte von mir wissen: „Mrs. Tayler, Sie haben ein ziemlich hohes Budget angesetzt … hm … 300 Millionen?"

Ich erwiderte fröhlich: „Bitte nennen Sie mich doch Anna, das gilt für alle. Ja, 300 Millionen sind recht viel, aber Patrick und ich haben auch überzogene Gagenvorstellungen." Patrick neben mir hüstelte, um ein Lachen zu verbergen.

Nummer 1, jetzt sehr verwirrt, fragte nach: „Anna, bitte nennen Sie mich dann auch Georg."

Es folgte die allgemeine Namensverbrüderung: Carolin und Georg, Greta und John, Viktoria und Paul und wir, Anna und Patrick. Darauf stießen wir an.

Georg hakte mit einer Frage noch einmal nach: „Überzogene Gehaltsvorstellungen?"

„Ja, Patricks Gage einschließlich der Musik beträgt 30 Millionen." Mein Mann bekam einen Hustenanfall. „… und meine 20 Millionen", beendete ich den Satz. Ich machte eine kurze Pause und fuhr fort: „Dann sind schon einmal 50 Millionen weg. Bevor sie uns aber für absolut habgierig halten, möchte ich etwas erklären. Jeden Cent, den ich in dieser Branche verdiene, geht an unsere Organisation. Am Anfang unserer Ehe haben Patrick und ich uns darauf verständigt, dass er die Brötchen für uns verdient. Ich habe nach wie vor nicht die Absicht, mich an seinem Vermögen zu bedienen. Aber heute hoffe ich, dass er mir von dieser Gage 10 Millionen für unser Wasserprojekt zur Verfügung stellt."

Fragend schaute ich meinen Mann an. Der guckte zuerst etwas verblüfft, dann lächelte er und sprach: „Der Deal steht." Dafür küsste ich ihn kurz und sagte artig: „Danke."

Nun meldete sich Paul: „Anna, eine Frage noch. Sie könnten den Film sicherlich auch allein produzieren. Eigentlich brauchen Sie uns gar nicht. Stimmt's?"

Ich antwortete total ernst: „Natürlich könnten wir das. Aber ich mag Sie alle. Es mag vielleicht ein wenig komisch klingen, aber ich dachte, Freunden gibt man eine Chance. Und es ist einfacher, das Geld anderer Leute auszugeben als das eigene." Das Gelächter kam prompt von allen.

Georg konterte als erster: „Erfrischend ehrlich und vollkommen richtig. Patrick, haben Sie einmal darüber nachgedacht, dass Ihre Frau vielleicht bei den Vereinten Nationen anfangen sollte. Sie wäre der perfekte Botschafter."

Patrick stöhnte auf: „Bringen Sie bitte Anna nicht auch noch auf solche Ideen. Das würde sie glatt machen und ich hätte weniger Zeit mit ihr. Dafür bin ich viel zu egoistisch." Ich schlug spielerisch nach ihm und die anderen lachten wieder. Wir waren beim Kaffee angelangt.

Viktoria war noch immer ganz aufgeregt über unseren Deal und wollte wissen: „Wann geht es los?"

Patrick gab mir lächelnd zu verstehen, dass er antworten wollte: „Viktoria, Sie haben uns jetzt so richtig erwischt. Anna hat vorhin eine Bemerkung über Freunde gemacht und ich hoffe sie lag damit richtig. Ach was, ich weiß, dass sie damit richtig lag. Anna und ich haben, bevor wir beginnen können, noch ein eigenes privates Projekt am Laufen, das mindesten neun Monate zur Vorbereitung braucht. Wir bekommen ein Baby."

Es folgten grinsende Gesichter und ehrlich gemeinte Glückwünsche von allen. Carolin fragte: „Und wann ist es so weit?"

Wieder war es Patrick der für uns antwortete: „Im April nächsten Jahres."

John gluckste vor Lachen und meinte: „Sie waren aber beide fix, das muss man Ihnen lassen."

Patrick grinste schief und ich wurde ein wenig rot.

Ich erwiderte bittend: „Bitte sagen Sie in den nächsten zwei Tagen noch nichts davon. Wir geben am 30. noch ein gemeinsames Interview und wollten es dort erst verkünden. Wir haben übermorgen erst den Arzttermin. Ja, und noch einmal zum Beginn unserer Geschäftsbeziehung, ich denke zum Ende nächsten Jahres. Patrick und ich müssen auch noch richtig tanzen lernen. Wir wollen möglichst alles selbst spielen. Es soll so authentisch wie möglich sein." Nickende Gesichter.

Dann vereinbarten wir noch, dass die entsprechenden Verträge über die Anwälte aufgesetzt werden und wir gemeinsam am Jahresende eine Pressekonferenz abhalten wollen. Dann stießen wir noch einmal gemeinsam auf unseren Deal an.

Wir hörten beim Verlassen des Restaurants, dass Paul Patrick zu raunte: „Ehrlich, wäre ich nicht verheiratet, würde ich versuchen, sie Ihnen auszuspannen."

Patrick lächelte ein wenig boshaft, als er erwiderte: „Soll ich mal Ihren Frauen erzählen, was Anna mit mir machen würde, wenn ich fremdgehe?" Sofort blieben die Frauen neugierig stehen. Ich grinste.

Völlig ernsthaft erzählte er von den Mauersteinen. Die Männer verzogen schmerzlich ihre Gesichter und die Frauen klopften mir lachend auf die Schulter.

Carolin sagte nur noch: „Hauptsache, das spricht sich nicht so schnell herum bei den Frauen. Nicht dass wir Engpässe an Mauersteinen in den Baumärkten zu erwarten haben."

Wir lachten immer noch, gingen nach draußen und waren von einer Meute Paparazzi umringt, die unsere fröhliche Runde fotografierte, ohne Blitzlicht.

Geduldig ließen wir uns fotografieren. Fragen, was diese Zusammenkunft heute bedeutete, beantworteten wir ausnahmslos: „Kein Kommentar."

Das förderte natürlich die Neugier der Öffentlichkeit. Aber die musste bis zum Jahresende warten.

Im Taxi nahmen wir uns erst einmal so richtig in den Arm und küssten uns stürmisch. Als wir wieder einigermaßen atmen konnten, sagte Patrick: „Anna, das war richtig großes Kino, was du geleistet hast. Sie haben dir förmlich an den Lippen gehangen. Ich übrigens auch. Fantastisch, wie du die Spannung aufgebaut und sie dann wieder herausgenommen hast. Du hast mit ihnen gespielt, wie ein Puppenspieler. Das haben sie auch gemerkt und sich das trotzdem gefallen lassen. Aber ehrlich, die Gagenforderung war die Krönung. Ich wäre fast in Ohnmacht gefallen. Da kann ich nur sagen, gelungene Dreistigkeit. Kompliment. Ich freue mich schon auf morgen, wenn ich Erik das erzähle. Nur schade, dass ich sein Gesicht dabei nicht sehen kann. Der wird völlig baff sein."

„Die Vorstellung war mir ein Vergnügen, Mr. Tayler. Es freut mich, dass Sie Ihren Spaß hatten." „Das berechtigt mich vielleicht in der Hoffnung, heute Nacht einen Zusatzbonus zu erhalten?", stichelte ich grinsend. „Worauf Sie sich verlassen können, Mrs. Tayler", dann küsste er mich.

Er hielt sein Versprechen in dieser Nacht und wir beide waren für einige Zeit in unserem ganz privaten Paradies.

Die Fortsetzung unserer Reportage am nächsten Tag führte uns direkt zu den Obdachlosen und Straßenkindern, Piets täglichem Arbeitsplatz. Er erklärte unseren Zuschauern unser Projekt und einige Kids traten sogar vor die Kamera. Es waren für mich emotionale Momente und ich spürte, dass die Kamera immer wieder auf mich gerichtet war.

Roger, der ebenfalls anwesend war, machte noch Ausführungen zu den einzelnen Finanzierungspunkten. Bis zum heutigen Tage sind in das Projekt „Straßenkinder" 378.587,00 Dollar geflossen. Auch hier würde zum Jahresende das Konzept auf die Bedürfnisse noch einmal angepasst werden. Er bedankte sich nochmals bei allen Spendern.

Zum Schluss sprach ich noch einige Sätze, wie wir das dritte Projekt in Somalia unterstützen wollten. Ich sprach von der Stiftung in England, aber gab noch nichts Genaues preis und ich vertröstete die Öffentlichkeit auf das Jahresende. Dann sollte unser genaues Konzept vorliegen.

Natürlich sprach mich Lisa noch auf die Bilder des gestrigen Treffens an und versuchte mir Informationen zu entlocken. Ich blieb aber standhaft, indem ich erklärte, dass jetzt noch nicht der richtige Zeitpunkt wäre, einen Kommentar abzugeben.

Natürlich war mir bewusst, dass ich damit die Neugierde noch mehr anheizte. Aber wie sagte Patrick so schön, klappern gehört schließlich zum Handwerk.

Als das Reporterteam weg war, ging ich mit Piet und Roger noch essen. Erfreulicherweise blieben wir von Fans und Fotografen verschont.

Ich erzählte ihnen vom gestrigen Abend. Staunend hörten sie zu und klopften mir bewundernd auf die Schulter mit dem Kommentar: „Gut gemacht, Anna. Aber jetzt gehst du nach Hause. Du siehst blass und müde aus. Ruh dich aus."

Es klang wie ein Befehl und war auch sicherlich so gemeint. Sie hatten recht, ich war müde und erledigt.

Patrick erwartete mich schon und nahm mich wortlos in die Arme.

Schließlich zog ich mich wieder bis auf die Unterwäsche aus, legte mich ins Bett und schlief sofort ein.

Als ich aufwachte, war es schon dunkel. Nur die kleine Nachttischlampe brannte und ich hörte Patrick leise telefonieren. Ich hörte ihm zu, als er sagte: „... nein Frank, sie schläft noch. Ich will sie nicht wecken." Ich konnte nicht hören, was Frank darauf erwiderte, aber Patrick lachte. „... Ruth hat Essen hoch gebracht vorhin, sogar mein Lieblingsessen ... ja, die Frau ist besser informiert, als der CIA ..." Er lachte. „... ja, habe ich ... ich wäre am liebsten zu ihr hin und hätte sie in den Arm genommen ... hätte Mitgefühl einen Namen, würde es Anna heißen ... sie haben schon angerufen und gleich gespendet und ich auch ... das haben wir nicht nur für Anna gemacht ... hast du die Kinder gesehen, diese Hoffnungslosigkeit ... ich könnte vor Wut die Verantwortlichen umbringen ..."

Die Reportage hatte Patrick berührt und ich verstand, was er damit ausdrücken wollte.

Auch dafür liebte ich ihn.

Ich machte mich bemerkbar. Patrick drehte sich zu mir und lächelte mich unglaublich liebevoll an. Mir ging das Herz auf.

Ich nuschelte: „Frank?" Er nickte. „Sag ihm, wir kommen morgen zum Frühstück." „Heute habe ich keine Lust mehr", raunte ich ihm leise zu.

„Frank, sie ist aufgewacht. Schönen Gruß. Wir kommen dann morgen zum Frühstück, o. k.?" Er hörte noch einmal in den Hörer und sagte: „Mache ich. Tschüss."

Ich setzte mich auf, sah meinen Mann an und wollte sofort wissen: „Wieviel?"

Er wurde ein wenig unsicher, hatte sich aber sofort wieder in der Gewalt und sagte fest, ohne mit der Wimper zu zucken: „Zehn Millionen."

Ich sprang ihm in den Arm und küsste ihn. Danach hauchte ich: „Danke."

Er war jetzt eindeutig irritiert und fragte vorsichtig nach: „Du bist nicht sauer?"

„Liebling, Mitleid will ich nicht, auch die Kids wollen das nicht. Aber Mitgefühl ist für mich völlig in Ordnung. Was mich betrifft, habe ich mit der Vergangenheit abgeschlossen. Na ja, manchmal kommt sie vielleicht immer mal wieder ein wenig durch. Gerade jetzt, wo ich bald selbst eine Mutter sein werde, kann ich einfach nicht verstehen, wie man sein Kind nicht lieben kann."

„Weißt du, dein Geld interessiert mich wirklich nicht, und weißt du auch warum?", fragte ich ihn.

Er schüttelte seinen Kopf. „Weil ich dich habe. Du bist meine Liebe, meine Kraft, du bist meine Energie. Das sind alles Dinge, die man für alles Geld der Welt nicht kaufen kann. Ich bin eigentlich schon jetzt viel reicher, als du mit deinem Geld."

Er küsste mich stürmisch und murmelte nur: „Wie immer die richtigen Worte, Anna. Ich liebe dich auch."

Dann verlangte ich von ihm, mich wieder hinunterzulassen. Ich musste dringend ins Bad.

Als ich wieder heraus kam, stand unser Essen schon auf dem Tisch mit romantischem Kerzenlicht. Ich war zu faul, mich anzuziehen, und setzte mich einfach mit meinem Bademantel an den Tisch. Den Gürtel hatte ich vorher schon gelockert, sodass mein Gegenüber ein wenig Haut zu sehen bekam.

Patrick registrierte das mit einem amüsierten Lächeln.

Beim Essen verspürte ich bereits eine aufkommende Vorfreude angesichts der Vorstellung, wie wir den noch verbleibenden Abend verbringen könnten. Und ich wurde nicht enttäuscht und mein Mann auch nicht.

Am nächsten Morgen wachte ich mit einer kribbligen Vorfreude auf.

Den ganzen Vormittag lief ich wie aufgezogen umher, bis Patrick mich ermahnte, endlich ruhiger zu werden. Er wäre schließlich auch aufgeregt.

Bestimmt war er das, aber man sah es ihm überhaupt nicht an. Er hatte auch Ablenkung. Das Telefon klingelte ständig. Kollegen, die hinten herum wissen wollten, was er mit den weltbesten Regisseuren zu schaffen hatte. Erstaunlich geübt erzählte er viel, aber sagte zugleich eigentlich nichts. Die Zeit zog sich dahin. Ich machte den Fernseher an, um mich abzulenken.

Für eine halbe Stunde klappte das auch. Dann hatte ich die Nase voll von unseren Bildern und Mutmaßungen der angeblichen Experten. Ich schüttelte meinen Kopf über ihre Fantasien.

Dann rief ich Roger an und wollte mit ihm ein bisschen Smalltalk machen. Er überschlug sich fast, als er meine Stimme hörte und prasselte auf mich ein: „Anna, wir müssen eine Stiftung gründen. Jetzt wird es kriminell wegen der Steuer. Weißt du, wieviel wir auf dem Konto haben?" Er ließ mich gar nicht raten, sondern redete hektisch weiter. Über 19 Millionen waren inzwischen eingegangen.

Dann wollte ich wissen, ob er mit John Caventar weitergekommen ist. Auch hier gab es gute Nachrichten. Die Verträge waren von ihm unterschrieben und Roger wollte sie am Abend bei uns vorbeibringen. Tim hätte auch schon Kontakt aufgenommen. Er kümmerte sich um die Kostenanalyse. Nächste Woche hätten wir diese und könnten dann loslegen.

Dann fragte ich ihn scherzhaft, was seine Klienten sagen würden, weil er bestimmt keine Zeit mehr haben würde, sich um sie zu kümmern. Verlegenes Schweigen am Ende der Leitung.

Dann murmelte er: „Ich habe meine Kanzlei aufgegeben. Weißt du, Anna, dass hier ist ein Vollzeitjob."

Ich schnauzte ihn an: „Bist du verrückt, warum sagst du das denn nicht, Vollzeitjob und dann nur 1.500,00 Dollar. Das wird sofort geändert. Wie sieht es mit Cedrick und Tim aus, wenn wir schon dabei sind."

Sie arbeiteten beide jetzt ausschließlich für die Organisation. Und Tim seit letzter Woche sogar ohne Lohn. Ich musste nachdenken, daher sagte ich schnell: „Ich rufe zurück."

Patrick hatte bei meinem ärgerlichen Tonfall aufgehorcht und sah mich neugierig abwartend an.

„Ich brauche deinen Rat", fing ich an und erzählte ihm, was er nicht hören konnte, auch dass ich Roger und Cedrick von meinem Gehalt bezahlt hätte, weil ich nicht wollte, dass Spendengelder für die Bürokratie verloren gehen.

Das machte ihn kurz wütend, aber als er sah, wie geknickt ich war, beruhigte er sich schnell wieder ein.

„Hör zu, Roger hat recht. Wir müssen eine Stiftung gründen und wir brauchen auch Kosten, sonst reibt sich das Finanzamt die Hände. Gib bis zum Jahresende monatlich 20.000,00 Dollar für Gehälter und Aufwendungen für ein Büro vor. Lass Roger entscheiden, wer wieviel bekommt. Das kann er am besten einschätzen. Und im nächsten Jahr wird ein Haushaltsplan erstellt." „Das ist mein Rat an dich", beendete er seinen Vortrag. Ich überlegte kurz, nickte und küsste ihn aus Dankbarkeit.

Dann rief ich Roger an und teilte ihm die Neuerungen mit. Er war auch sofort damit einverstanden und wollte heute Abend alles zur Unterschrift vorlegen.

Ich öffnete gerade meinen Mund und wollte Patrick sagen, dass er mir keine 5000,00 Dollar Gehalt mehr zahlen brauchte. In meinen Augen war das zu viel. Aber ich kam nicht dazu. Er guckte mich ärgerlich an und sagte, als hätte er meine Gedanken gelesen: „Denk nicht einmal daran, das jetzt auszusprechen, woran du gedacht hast. Deal ist Deal. Und ich verhandle heute nicht mit dir. Jedenfalls nicht darüber. Kapiert?"

„Und morgen?", fragte ich schnippisch.

„Und morgen und übermorgen auch nicht, um genau zu sein, nie", antwortete er völlig ungerührt.

Ich ergab mich mit einem Stöhnen. Und Patrick grinste zufrieden und lenkte mich mit körperlichen Aktivitäten ab.

Eine halbe Stunde vor unserem Termin machten wir uns auf den Weg zu der Praxis von Dr. Monika Greenbaum. Jetzt waren wir beide spürbar aufgeregt. Wir parkten in einer Tiefgarage und fuhren mit dem Fahrstuhl hoch zur Praxis.

Patrick hielt meine Hand und ließ sie auch nicht los, als wir die Anmeldung betraten.

Aus dem Augenwinkel sah ich, dass noch Frauen im Wartebereich saßen und einige Männer. Ich sagte leise meinen Namen. Die Sprechstundenhilfe schaute uns kurz an. Dann erkannte sie uns und wurde rot. Ich flüsterte wieder: „Können wir woanders warten? Bitte." Sie verstand und führte uns sofort in einen leeren Behandlungsraum.

Ich flüsterte: „Gott sei Dank hat uns keiner erkannt. Daran hatte ich gar nicht gedacht." Patrick erwiderte laut: „Warum flüsterst du denn?"

Ich war so aufgeregt, dass ich ihm flüsternd antwortete: „Weil ich noch nie bei einem Frauenarzt war."

Er konterte laut und lachte: „Ich auch nicht."

Dafür handelte er sich einen Rippenstoß von mir ein, dem er gekonnt kichernd auswich.

Die Sprechstundenhilfe schlüpfte mit einem Klemmbrett zur Tür herein und sagte schüchtern: „Mrs. Tayler, würden Sie bitte dieses Formular ausfüllen. Und ich bräuchte ihre Versicherungskarte."

Panisch schaute ich zu Patrick hinüber und sah, wie er aus seiner Brieftasche eine goldene Chipkarte hervorholte und sie übergab. „Tut mir leid, meine Frau hat ihre neue Karte noch nicht. Die Krankenkasse weiß Bescheid. So lange können Sie alles über meine Sozialversicherungsnummer abrechnen, Tanja."

Jetzt sah auch ich ihr Namensschildchen.

„Danke, Mr. Tayler, die Frau Doktor kommt gleich zu Ihnen", schmachtete sie Patrick an und verschwand.

Ich beschwerte mich und maulte: „Ich denke, ich habe den Termin. Sie ist ja hin und weg von dir."

Patrick lachte nur und hielt mir das Klemmbrett hin.

Nach drei Minuten öffnete sich die Tür und eine große, dunkelhäutige, superschlanke Frau kam ins Zimmer. Sie war mir sofort sympathisch. Sie musterte uns und sagte: „Ich wollte Tanja eben nicht glauben, dass Sie das wirklich sind. Wie haben Sie sich denn hierher verirrt? Gehen die Prominenten nicht in Manhattan zum Arzt?" Ich grinste sie an und konterte: „Und Sie sind bestimmt Dr. Greenbaum, oder?"

„Touché!", sagte sie nur.

Dann gab sie uns die Hand und wir begrüßten uns herzlich. Ich gab ihr das Klemmbrett, sie studierte das kurz und legte es dann beiseite.

„Nein, mal im Ernst, wie sind Sie gerade auf mich gekommen?", wollte sie wissen.

Ich erzählte es ihr. Sie nickte bloß.

„Was kann ich für Sie beide tun?", fragte sie uns geschäftsmäßig. Patrick war schneller als ich und antwortete: „Meine Frau ist schwanger."

„Aha", war ihr kurzer Kommentar.

Dann drückte sie die Sprechanlage und bat, dass Tanja hereinkommen sollte. Sie brauchte nicht einmal zehn Sekunden für den Weg.

„Tanja, begleite doch bitte Mrs. Tayler ins Labor. Geh bitte mit ihr hinten herum, ja?"

„Mrs. Tayler, wir werden jetzt bei Ihnen Blut und Urin abnehmen und schauen, wie Ihre Laborwerte sind, wir warten hier so lange, danke", erklärte sie mir.

Ich nickte und sagte, bevor ich ging: „Dr. Greenbaum, bitte nennen Sie mich doch Anna. Bitte."

Überrascht schaute sie mir nach. Nach wenigen Minuten war ich wieder im Behandlungszimmer.

Patrick und Dr. Greenbaum schienen sich gut unterhalten zu haben. Sie lachten.

„Anna, ich stelle Ihnen noch einige Fragen, bevor ich Sie untersuche. Möchten Sie, dass Ihr Mann im Zimmer bleibt?" Die Frage verstand ich zwar nicht, aber ich sagte: „Ja."

„Gut. Wer war vorher Ihr Gynäkologe?"

„Ich hatte noch nie einen", antwortete ich wahrheitsgemäß.

„Dann gehe ich davon aus, dass Sie noch nie die Pille genommen haben oder ähnliche Schwangerschaftsverhütungen benutzt haben?"

„Ihre Annahme ist richtig", bestätigte ich.

„Wann war der erste Tag der letzten Periode?"

„Am 13. Juli", sagte ich sofort.

Dr. Greenbaum nahm eine Art Tabelle und schob eine Leiste hin und her. „Wenn sich die Schwangerschaft bestätigt, wäre der voraussichtliche Geburtstermin der 20. April nächsten Jahres", teilte sie uns mit.

Triumphierend sah ich meinen Mann an. Er lächelte selig. „Handelt es sich hierbei um eine gewollte Schwangerschaft?"

„Sie war zwar nicht geplant, ist aber zu einhundert Prozent gewollt, ja", erklärte ich.

„Darf ich fragen, wie Sie verhütet haben?"

Ich sah, dass Patrick grinste, und wurde wütend. Daher sagte ich nur: „Können Sie das nicht ihn fragen?"

Patrick fing an zu kichern, aber er entschuldigte sich sofort: „Tut mir leid. Wirklich. Sonst ist es immer meine Frau, die spricht. Das ist total niedlich, wie sie sich ziert. Wir haben am 31. Juli geheiratet und das Baby in unserer Hochzeitsnacht gezeugt, als wir in Vegas einmal russisches Roulett gespielt haben. Anna war noch Jungfrau, daher können wir das Zeugungsdatum genau benennen. Wir hätten uns die Pille danach verschreiben lassen können. Aber wir waren in Spielerlaune und das bewusst. Danach haben wir mit Kondomen verhütet, bis wir merkten, dass Annas Periode ausblieb."

Dr. Greenbaum griente und konnte sich nicht verkneifen zu sagen: „Der Schuss war also scharf und dann noch bei einer Jungfrau. Kompliment. Das schafft nicht jeder, glauben Sie mir."

Patrick und ich schauten nach unten und unterdrückten mühsam ein Lachen. Tanja unterbrach die heitere Stimmung und brachte die Laborwerte.

Dr. Greenbaum schaute auf das Formular und sagte: „Herzlichen Glückwunsch, Sie sind tatsächlich schwanger. Alle Werte sind normal. Sie sind kerngesund anhand des Blutbildes."

Sie freute sich über unsere glücklichen Gesichter. Dann sagte sie weiter: „Anna, haben Sie irgendwelche Beschwerden wie Übelkeit, ein erhöhtes Schlafbedürfnis, besondere Reizbarkeit oder Appetitlosigkeit?"

„Ich werde in letzter Zeit immer sehr schnell müde, aber sonst habe ich keine Beschwerden", gab ich Auskunft.

„Das wird sich mit der Zeit geben, das ist die Hormonumstellung. Sie haben sich noch die günstigste Variante ausgesucht. Glauben Sie mir, ich habe selbst zwei Kinder und Übelkeit ist das Schlimmste. Der Kelch ist dann wohl an Ihnen vorbeigegangen. So, Anna, jetzt werde ich Sie untersuchen. Gehen Sie bitte hinter diese Wand und machen Sie sich vollständig frei. Dann ziehen Sie sich bitte das Untersuchungshemd an. Wenn Sie fertig sind, sagen Sie Bescheid. Ich erkläre Ihnen alles bei der Untersuchung. Keine Angst, es tut nicht weh."

Patrick drückte noch einmal meine Hand und ich ging hinter die Wand. Ich brauchte nicht lange, dann rief ich: „Fertig."

„Gut. Patrick, Sie warten hier. Bitte."

Ich war sehr aufgeregt, als sie mit der Untersuchung begann, und hörte genau zu, was sie mir erklärte. Sie war zufrieden mit meiner körperlichen Verfassung, sagte aber: „Es ist alles in Ordnung, aber nach Ihrer Rechnung wären Sie in der 11. Woche. Wenn ich schätzen müsste, würde ich sagen, Sie sind mindestens in der 15. Woche."

„Das kann gar nicht sein", widersprach ich sofort. „Das kann mehrere Gründe haben", sagte sie schnell.

Und ich wollte wissen welche. „Da Sie die erste Möglichkeit ausschließen und ich glaube Ihnen das auch, kann es sein, dass es ein sehr großes Kind ist, oder es sind zwei oder sie haben ex-

trem viel Fruchtwasser. Keine dieser Möglichkeiten ist gefährlich. Wir werden es gleich bei der Ultraschalluntersuchung sehen. Ziehen Sie sich bitte wieder an und kommen dann zu uns."
Als ich mich wieder zu ihnen gesellte, sah ich, dass Patrick genauso panisch war, wie ich. Sofort nahm er meine Hand und ließ sie nicht mehr los.

Wir gingen in ein anderes abgedunkeltes Zimmer.

Ich sollte mich auf die Liege legen und meinen Bauch frei machen, dann bekam ich eine Art Gel auf meinen Bauch aufgetragen und Dr. Greenbaum fuhr mit einem Scanner darüber. Patrick und ich schauten gebannt zum Bildschirm und sahen erst einmal gar nichts. Er hielt immer noch meine Hand.

Dann pustete Dr. Greenbaum geräuschvoll die Luft aus, dass es fast wie ein Pfeifen klang und murmelte: „Das kann doch nicht wahr sein. So etwas habe ich überhaupt noch nicht in natura gesehen." Immer und immer wieder glitt sie über meinen Bauch.

Ich weinte fast, als ich fragte: „Was ist mit dem Baby? Ist irgendetwas nicht in Ordnung?"

Patrick stand vollkommen erstarrt neben mir und konnte vor lauter Angst überhaupt nichts sagen.

Dr. Greenbaum atmete geräuschvoll aus und sagte: „Mit dem Baby ist alles in Ordnung. Aber es ist nicht nur eines. Anna, Patrick, es sind sechs."

Schock.

Patrick schmiss sich auf den nächstbesten Stuhl. Schock.

Dr. Greenbaum sah es. Dann holte sie uns zurück, indem sie zum Bildschirm zeigte: „Sehen Sie", sie wartete, bis wir unseren Blick auf den Bildschirm richteten. „Hier klopfen ihre Herzchen. Ziemlich kraftvoll würde ich sagen. Sie sind völlig normal entwickelt. Alles ist perfekt. Arme, Beine, Kopf, alles normal. Es sind eineiige Sechslinge."

Ich hörte sie, wie durch Watte. Ich sah meine Babys und konnte es nicht fassen. Patricks Blick hing gebannt am Bildschirm und seine Lippen bewegten sich lautlos, als er die Herzen unserer Kinder nachzählte.

Dr. Greenbaum drückte den Monitor auf Standbild. Sie sah ernst aus. Ängstlich schaute ich sie an.

„Anna, Patrick, hören Sie mir jetzt bitte genau zu", verlangte sie. Wir nickten beide.

„Ich muss Sie jetzt beide aufklären und Sie müssen eine Entscheidung treffen. Und die Entscheidung lautet: Alles oder nichts. Da es sich um eineiige Sechslinge handelt, brauche ich nichts mehr über eine Teilabtreibung sagen. Das geht hier nicht. Die Wahrscheinlichkeit dieser Zeugung auf dem natürlichen Wege, liegt bei eins zu einer Milliarde. Also nicht sehr häufig. Wenn Sie sich für die Babys entscheiden, tragen Sie ein sehr hohes Risiko. Das erste Risiko ist die Gefahr einer Fehlgeburt. Das ist ein schlimmer Moment für werdende Eltern. Aber oftmals nimmt die Natur diesen Entscheidungsweg, wenn das Kind krank ist, oder aber wenn es so viele sind. Anna, Sie werden auf keinen Fall 40 Wochen schwanger sein. In den letzten sechs Wochen wachsen die Babys enorm. Der Platz wird einfach nicht reichen. Wenn wir Glück haben, schaffen Sie es bis zur 30. Woche und jeder Tag, der vergeht, an dem Sie Ihre Kinder halten können, ist ein guter Tag. Sie werden sehr klein sein, aber das ist nicht das Problem. Das Wachstumsdefizit haben sie nach einem halben Jahr wieder aufgeholt. Das Problem werden die Lungen sein. Sie reifen erst ganz zum Schluss. Man kann diesen Reifungsprozess mit Medikamenten unterstützen, aber die fehlenden Wochen nicht gänzlich ersetzen. Wichtig ist, dass die Babys kräftig genug sind, um allein zu atmen. Man kann ihnen Sauerstoff zuführen, aber es bleibt trotzdem ein hohes Risiko. Es könnte zu Schädigungen im Gehirn kommen. Sie werden auch nicht auf normalem Wege entbinden können. Das wäre viel zu viel Stress für die Kinder und für Sie. Kommt nur ein Kaiserschnitt in Frage. Ihre Vorstellung vom Stillen können Sie auch begraben. Dazu werden die Babys nicht kräftig genug sein. Aber Sie könnten Muttermilch per Flasche bekommen."

„Das sind die Risiken und jetzt schauen Sie mich an", verlangte sie. Wir schauten zu ihr und ich weinte.

Dann zeigte sie zum Bildschirm und sagte: „Und hier ist das Wunder. Aber es ist ihre Entscheidung. Ich lasse Sie einen Moment allein."

Patrick kam sofort zu mir, nahm mich in den Arm und wir weinten beide.

Nach einer Weile schniefte ich und sagte entschuldigend und bettelnd: „Patrick, ich kann sie nicht töten. Bitte. Ich wäre sonst noch schlimmer als sie."

Ich sah in seinem unglücklichen Gesicht, dass er verstand, was ich damit sagen wollte.

Er schluckte und flüsterte: „Anna, ich kann es auch nicht. Aber es ist ein Schock. Ich liebe dich und die Kinder, aber wenn euch etwas passiert … Ich weiß nicht, ob ich dann weiterleben kann."

Ich schloss meine Augen, nahm seine Hand und schaute ihn voller Zuversicht an.

Ich spürte es. Diese Entscheidung war die richtige. Sie war zu einhundert Prozent richtig! Es würde nicht einfach werden, aber zusammen könnten wir es schaffen.

Ich küsste Patrick und sagte: „Es ist die richtige Entscheidung. Ich spüre das. Wenn wir es gemeinsam angehen, ist alles möglich. Es ist an der Zeit, dass wir uns die ersten sechs Sterne vom Himmel pflücken. Unsere Sterne, die wir beide lieben. Ich glaube an uns."

Hoffnung war in Patricks Blick, als er mich küsste und sagte: „Ja. Ich glaube auch an uns. Aber lass uns dem Glück ein wenig nachhelfen. Du wirst dich schonen und nur an dich und die Babys denken. Versprich es mir."

„Versprochen", antwortete ich im feierlichen Ernst.

Aber ich konnte es einfach nicht lassen und stichelte kichernd: „Das hättest du mir ruhig sagen können, dass ich Dschingis Khan geheiratet habe."

„Das nehme ich mal als Kompliment." „Oh Gott … den Spott höre ich jetzt schon, aber weißt du, was das Schlimmste für mich ist?", fragte er mich trocken. Ich schüttelte meinen Kopf.

„Weißt du, ich kann mir nie mehr schwarze lange Haare wachsen lassen und rasiert auf die Straße mit euch gehen. Man würde mich für Schneewittchen und die sieben Zw…" Weiter kam er nicht, weil ich ihn mir einfach schnappte und auf meine eigene stürmische Art küsste.

Als wir wieder atmen konnten, erwiderte ich lässig: „Ich würde vorsichtig sein, wenn du beim nächsten Mal einen Apfel isst, Schneewittchen."

Er grinste. Dann schauten wir beide wieder zum Bildschirm und gaben unseren kleinen Herzchen bereits Namen.

Dr. Greenbaum kam nach einer Weile wieder ins Zimmer und sah, dass wir immer noch gebannt zum Bildschirm schauten.

„Ich nehme einmal an, Sie haben sich für diese Schwangerschaft entschieden?", sagte sie geschäftstüchtig. Ich sah jedoch, dass sie sich darüber freute, und ich hatte den Verdacht, dass sie den Bildschirm nicht zufällig angelassen hatte. Aber das war egal.

Patrick sagte im Brustton der Überzeugung: „Ja. Anna und ich sind bereit, das gemeinsam durchzustehen. Und wissen Sie was? Wir werden das auch schaffen. Mit ihrer Hilfe."

„Dr. Greenbaum, können wir zwei Bilder haben von unseren Babys?", fragte ich bittend.

„Natürlich. Legen Sie sich bitte noch einmal hin." „Wir wollen doch mal sehen, ob wir ein scharfes Bild hinbekommen", sagte sie eifrig. Zum Schluss hatten wir fünf Bilder und wir freuten uns.

Dann gab sie uns noch Verhaltenstipps in Sachen Sex und Flugzeuge und beschwor mich, in Mexico zu einem Kollegen zu gehen, der, solange wir dort wären, alle vierzehn Tage eine Untersuchung machen sollte und ihr die Ergebnisse per Mail schicken sollte. Ich versprach es und beim Abschied umarmten wir uns herzlich.

Wir gingen nicht gleich zum Auto. Hand in Hand schlenderten wir durch die Straßen und sahen so viele Kinder im Kinderwagen. Das war uns nie aufgefallen. Wir sahen die Welt jetzt aus der Sicht werdender glücklicher Eltern.

Zur Feier des Tages gingen wir zum Burger King etwas essen. Und ich bekam in einem Café einen extra großen Eisbecher. Patrick holte sein Handy aus der Tasche und sagte entschuldigend:

„Ich kann es nicht mehr abwarten. Ich werde Mom und Dad anrufen. Ich mache den Lautsprecher an."

Beim zweiten Klingeln ging Dad ans Telefon.

„Hi Dad, ich bin's, ist Mom da?", fragte Patrick mit einem unterdrückten Kichern.

„Ja", kam die knappe Antwort. „Gib sie mir mal, bitte", verlangte Patrick.

„Liebling, kommst du mal, Patrick ist dran", hörte ich ihn rufen. „Hi Schatz, was gibt es?", fragte sie völlig ahnungslos. Patrick konnte sein Lachen kaum unterdrücken, aber er riss sich zusammen und

sagte: „Mom, wir kommen gerade vom Arzt."

„Ist alles in Ordnung?", wollte sie wissen.

„Jetzt ja, aber vor einer Stunde standen Anna und ich unter Schock", erzählte Patrick ihr jetzt ziemlich ernsthaft. „Was ist, Junge, spann mich nicht auf die lange Folter", bat sie.

„Mom, es ist nicht nur eines, es sind sechs Babys", gab er kichernd zu.

Sie kreischte am anderen Ende der Leitung total unkontrolliert auf und schnauzte Patrick an: „Willst du, dass ich einen Herzinfarkt bekomme. Damit macht man keine Witze."

„Es ist kein Witz", versicherte er ihr langsam.

Dann war die Leitung unterbrochen.

„Lassen wir ihr ein wenig Zeit, sie meldet sich bestimmt gleich wieder", erwiderte mein Mann ziemlich zuversichtlich.

Und er hatte recht. Ich war immer noch mit meinem Eisbecher beschäftigt, da klingelte sein Handy.

„Gib mir Anna", verlangte Mom ziemlich barsch. Er schob das Telefon zu mir herüber und grinste über das ganze Gesicht. „Hi Mom", sagte ich ganz artig.

„Stimmt das, was Patrick eben gesagt hat?" Nach ihrem Tonfall zu schließen, hoffte sie auf ein Nein.

„Ja, wir haben sogar ein Beweisfoto, das bringen wir morgen mit", versuchte ich sie zu überzeugen.

Ihr Ton wurde jetzt liebevoll, als sie sagte: „Anna, Liebling, geht es dir wirklich gut?"

„Ja. Patrick und ich sitzen gerade in einem Café und ich verdrücke einen riesigen Eisbecher. Mom, glaub mir, es wird alles gut." „Wir schaffen das und wir hoffen auf eure Unterstützung als Oma und Opa", gab ich ebenfalls liebevoll zurück.

Ich hörte sie weinen, dann meinte sie schniefend: „Pass auf dich auf. Wir freuen uns auf das Foto."

„Danke Mom und tschüss, bis morgen", murmelte ich nun selbst den Tränen nahe.

Patrick guckte mich ein wenig besorgt an und ich wiegelte schnell ab: „Hormone. Du weißt schon."

Als wir händchenhaltend das Café verließen, erwischten uns noch einige Paparazzi. Wir liefen eilig zum Wagen und fuhren nach Hause. Vom Auto aus rief ich Piet an und bat ihn zu kommen. Besser, ich hatte gleich alle auf einem Haufen, dann mussten wir nicht so oft etwas sagen. Außerdem war ich schon wieder ziemlich müde. Morgen war ein langer Tag für uns. Ich nahm mir fest vor, kürzer zu treten, damit ich meine Babys nicht verlor. Das sagte ich auch meinen Mann. Dieser nickte zufrieden.

Im Prinzip gab es bei uns zu Hause die gleiche Reaktion, wie bei Patricks Eltern.

Schock, Angst und schließlich vorsichtige Freude.

Wir zeigten auch hier unser Beweisfoto. Staunen, dann doch Freude und Zuversicht.

Aber ein Problem hatten wir. Der Umbau nutze gar nichts. Der Platz würde nicht reichen.

Frank versicherte uns, dass er eine Lösung finden würde, egal wie. Wir sollten uns keine Sorgen machen.

Ich machte dann noch die Unterlagen für Roger fertig, dann verabschiedeten wir uns.

Morgen früh würden wir noch mit Frank, Kelly und Ruth frühstücken, dann würde es für uns an die Arbeit gehen: Interview mit Lisa und Rückflug nach L. A.

Wir mussten noch packen. Ich war so kaputt, dass Patrick das allein machen musste. Ich schlief sofort ein.

Am nächsten Morgen fühlte ich mich frisch und munter. Patrick war schon wach und beobachtete mein Aufwachen. Er küsste mich und murmelte: „Guten Morgen, meine wunderschöne Frau." Dann legte er seinen Kopf auf meinen Bauch, küsste auch ihn und flüsterte wieder: „Guten Morgen, meine Süßen."

Er schaute mich mit einem glühenden Blick von unten aus an und raunte: „Ich könnte kurz mal nachschen, ob sie schon wach sind. Was meinst du?" Für eine Sekunde wusste ich nicht, was er meinte. Dann meine freudige Erkenntnis. Natürlich war ich einverstanden. Sogar sehr.

Unglaublich zärtlich und vorsichtig liebten wir uns, bis es höchste Zeit war, sich dem Tag zu stellen.

Patrick hatte einen Kofferservice beauftragt, der unser Gepäck am Flughafen schon einchecken ließ, damit wir in aller Ruhe das Interview noch geben konnten.

Aber vorher frühstückten wir noch bei Frank. Dabei erzählte mir Patrick, dass er gestern noch mit Erik und unseren neuen Geschäftspartnern telefoniert hätte, um ihnen die Neuigkeit mitzuteilen. Er fand, sie sollten es nicht aus dem Fernsehen erfahren.

Außerdem wollte er unsere Produzenten beruhigen, dass alles trotzdem wie besprochen ablaufen würde. Er schloss mit den Worten: „Ich hoffe, das war auch in deinem Sinne?"

„Das hast du gut gemacht, mein Mann." „Sicherlich müssen wir uns ein wenig neu sortieren und organisieren, ich meine, in größeren Dimensionen planen, auf unsere Weise", antwortete ich nachdenklich.

Patrick grinste beim Wort „Dimension". Beim letzten Mal hatte er das Wort benutzt, als wir noch nicht wussten, dass wir uns liebten.

Als mir das wieder einfiel, grinste ich ebenfalls. Es sah wohl danach aus, dass das unser Familienmotto werden würde. Damit konnte ich leben.

Dann hieß es für einige Zeit Abschied nehmen und wir fuhren zum Sender.

Patrick und ich waren leger angezogen mit Jeans und Sweatshirt und ich mit dem üblichen Zopf. Bevor die Aufzeichnung des Interviews begann, mussten wir in die Maske. Dort bat Patrick mich, dass er die Neuigkeit verkünden möchte. Als er das sagte, sah er stolz wie ein Spanier aus. Daher konnte ich nur lächelnd nicken.

Lisa Jones begrüßte uns, holte uns ins Sendezimmer und wir nahmen Platz.

Schon bei der Begrüßung bat sie Patrick, sie mit ihrem Vornamen anzusprechen. Patrick grinste schief und erwiderte: „So viel Ehre habe ich gar nicht verdient."

Lisa lachte und konterte: „Das war wohl fällig, denke ich. Wenn das mein Mann hört, wird er platzen vor Neid. Nicht einmal ihm habe ich das bisher gestattet." Sie lachte am lautesten über ihren Witz.

Im Interview stellte Lisa Fragen über den Film, den Patrick drehte, und wie er mit seiner neuen Filmpartnerin auskomme, dann sprachen wir über unser Album, die Singles und die dazugehörigen Videos. Dann wollte sie unsere weiteren Pläne bezüglich der Musik wissen, ob weitere Projekte geplant seien, und dann natürlich wollte sie noch nachfragen, warum wir uns mit den drei einflussreichsten Regisseuren getroffen hätten.

Die Antworten gab vorrangig Patrick – wahrheitsgemäß. Bei der letzten Frage sagte er grinsend: „Lisa, leider immer noch kein Kommentar. Sie sind die Erste, die es erfahren wird. Versprochen. Aber nicht heute."

Lisa reagierte ein wenig eingeschnappt, als sie erwiderte: „Ich dachte, das wäre die besondere Ankündigung, die Anna mir versprochen hat."

Patrick erwiderte grinsend und geheimnisvoll: „Nein. Aber eine Ankündigung haben wir wirklich."

Lisa fragte daraufhin vor Neugier platzend: „Welche?"

Patrick antwortete betont langsam und fröhlich sprechend: „Anna und ich werden Eltern."

Lisa schnappte nach Luft und rief begeistert: „Herzlichen Glückwunsch. Das ging ja schnell. Ich freue mich für Sie." Artig dankend und ein wenig verlegen lächelnd nahmen wir die Glückwünsche an.

Lisa war jetzt voll in ihrem Element: „Wann ist es denn soweit?"

Patrick gab sich betont nachdenklich: „So genau wissen wir das nicht."

Lisa fragte etwas verwirrt nach: „Das verstehe ich jetzt nicht. Was sagt denn der Arzt?"

Patrick reagierte sehr ernst: „Dr. Greenbaum weiß es auch nicht so genau. Wir waren gestern bei ihr."

Lisa wirkte verwirrt und leicht angesäuert: „Wollen Sie mich auf den Arm nehmen?"

Patrick war jetzt mühsam beherrscht, sein Lachen zu verkneifen: „Lisa, eine normale Schwangerschaft geht 40 Wochen, bei Mehrlingsschwangerschaften eben nicht. Anna ist im dritten Monat."

Lisa fragte plötzlich sehr erregt: „Sie bekommen Zwillinge? Das freut mich für Sie. Daher Ihr geheimnisvolles Lächeln. Wie süß, Zwillinge."

Patrick wurde jetzt sehr ernst: „Lisa, bitte, Sie sind zu bescheiden. Keine Zwillinge."

Lisa erwiderte nach Luft schnappend völlig perplex: „Drei?"

Patrick lachte und schüttelte seinen Kopf, sah mich an und sagte: „Sechs. Eineiige."

Ein Kreischen riss uns aus unserer Versunkenheit, der wir uns ansehend kurz hingegeben hatten.

„Was? Sie wollen mich wohl verarschen? Das glaubt kein Mensch. So etwas gibt es einfach nicht. Mich aus meiner professionellen Ruhe zu bekommen, dazu gehört schon einiges." „Sie beide sind einzeln schon gefährliche Interviewpartner, aber zusammen gemeingefährlich", kreischte die gute Lisa in völliger Empörung. Wir ließen ihr noch ein wenig Zeit, sich zu beruhigen. Dann sprach ich: „Es stimmt wirklich. Es ist kein Witz. Hier habe ich ein Beweisfoto." Ich schob es ihr hinüber, achtete aber darauf, dass die Kamera es nicht aufnehmen konnte.

Sie studierte unser Foto ganz genau und gab es uns mit den Worten zurück: „Einfach nicht zu fassen. Aber wahr. Ich möchte mich für meinen emotionalen Ausbruch entschuldigen. Bitte."

Patrick antwortete ganz gelassen: „Angenommen. Sie haben genau wie alle anderen reagiert, denen wir es gestern erzählt haben. Daher war das für uns nichts Neues."

Lisa hakte gleich nach mit der Frage: „Und wie haben Sie reagiert?"

Patrick sagte ziemlich ernst: „Mit Schock, Tränen, Angst, einhundertprozentiger Zuversicht und einem gewissen Galgenhumor, dass Anna und ich das zusammen schaffen." Er nahm meine Hand und küsste sie. Ich lächelte ihn glücklich an.

Lisa erwiderte zu dieser Aussage sehr trocken: „Galgenhumor. Natürlich."

Patrick grinste ziemlich frech, als er sagte: „Wollen Sie wissen, wie Anna mich genannt hat, als sie wieder sprechen konnte?"

Lisa sofort neugierig: „Ja."

Patrick kicherte: „Sie sagte ziemlich böse zu mir, ich wäre Dschingis Khan. Aber ich nahm es einfach als Kompliment."

Lisa lachte. Der Kameramann hatte Mühe, die Kamera ruhig zu halten. Und ich wusste, was jetzt kam: Die Revanche für neulich. Aber ich war vorbereitet.

Dann sprach Patrick fröhlich weiter: „Natürlich habe ich mich für diese freche Bemerkung ein wenig gerächt und zu Anna gesagt, dass ich jetzt ein Problem hätte."

Er erzählte doch tatsächlich den Spruch mit Schneewittchen. Bevor er das Wort „Zwergen" aussprechen konnte, warf ich ihm schnell einen Apfel zu, den ich vorsorglich in meiner Handtasche hatte, und sagte mit hochgezogenen Augenbrauen spöttisch: „Einen Apfel gefällig, Schneewittchen?"

Verblüfft fing er ihn auf und fing schallend an zu lachen. Lisa und ich grinsten ebenfalls.

Als sich Patrick beruhigt hatte – er schmunzelte immer noch –, sprach er weiter: „Dr. Greenbaum hat mich gestern auch noch gewarnt, als Anna nicht im Zimmer war. Sie meinte, dass mir als werdender Vater sicherlich schwere Zeiten bevorstünden."

Hier gab er eine perfekte Vorstellung seiner schauspielerischen Leistung wieder, indem er das Gespräch in verschiedenen Stimmlagen wiederholte und sogar an den passenden Stellen seine Augen verdrehte.

„Schatz, ich bin fett … nein, wirklich, du bist nicht fett … du guckst mich schon gar nicht mehr an … ich bin fett … na gut, aber bloß ein bisschen … siehst du, jetzt hast du selbst gesagt, dass ich fett bin …" Patrick grinste mich schamlos an.

Ich konterte gehässig: „Planst du jetzt eine Karriere als Bauchredner? Dann sollten wir an deiner hohen Stimmlage arbeiten. Ich wüsste auch schon wie. Deshalb habt ihr gelacht, als ich wieder ins Zimmer kam."

Er machte mit seinen Händen eine Abwehrhaltung und kicherte: „Nein, bloß nicht." Dann wurde er wieder ernst und sah mich liebevoll und mit seinem unglaublichen, unwiderstehlichen Lächeln an, sodass ich sofort dahinschmolz, und erwiderte: „Sie sagte auch noch, dass es keinen Mann auf der Welt gäbe, der seine Frau zu keiner Zeit erotischer finden würde, als in der Schwangerschaft. Das soll auch bei nur einem Baby so sein. Bei mir ist es das Sechsfache."

Ich blinzelte verlegen, dann küsste ich ihn und murmelte später: „Schmeichler."

Lisa hatte uns fasziniert beobachtet und konnte sich nicht verkneifen zu sagen: „Sie sollten beide ins Comedy-Fach wechseln. Ich habe mich selten so amüsiert."

Patrick schüttelte seinen Kopf: „Keine Chance, Lisa. Meistens hat Anna das letzte Wort. Ich komme nicht oft gegen ihren bissigen Charme an. Aber das liebe ich an ihr."

Dann wurde er wieder ernst und fuhr fort: „Ich möchte dieses Interview auch noch nutzen, um unseren Fans, Kollegen, Geschäftspartnern und den Medien Folgendes zu sagen: Anna und ich haben in den nächsten Monaten eine aufregende, emotionale und risikoreiche Zeit vor uns. Ich bitte um ihr Verständnis, dass wir uns in den nächsten Monaten aus der Öffentlichkeit zurückziehen möchten, zumindest persönlich. Ich habe nicht vor, Anna in Watte zu packen oder sie in einen goldenen Käfig zu sperren – nebenbei bemerkt, das würde sie auch gar nicht zulassen –, aber sie hat mir versprochen, sich zu schonen und jeglichen Stress aus dem Wege zu gehen. Wir brauchen unsere Kraft für uns und unsere Babys. Ich habe mit Anna zwar noch nicht darüber gesprochen, doch ich denke, es ist in ihrem Sinne. Sie können, wenn sie wollen, meine Internetseite nutzen, um Fragen zu stellen, um Neuigkeiten zu erfahren oder vielleicht auch einmal ein Bild von uns sehen. Anna wird sie selbst regelmäßig

aktualisieren und für uns entscheiden, was wir preis geben wollen oder nicht. Ich vertraue ihr da voll und ganz. Danke für ihr Verständnis."
Natürlich war ich seiner Meinung. Ich lächelte ihn an und küsste ihn ganz einfach noch einmal.
Lisa bedankte sich bei uns mit den üblichen Abschiedsfloskeln und das Interview war beendet. Wir fragten noch kurz nach, wann die Ausstrahlung heute erfolgen würde, vereinbarten noch zu telefonieren und fuhren dann zum Flughafen.

In den nächsten Wochen und Monaten war die Zeit der größten Veränderungen in unserem Eheleben.
Wir waren vollständig auf die Schwangerschaft konzentriert und es grenzte fast schon an ein Wunder, dass Patrick nebenbei seinen Film zu Ende drehen konnte.
Unser Sexleben änderte sich mit der Zunahme meines Bauchumfangs. Das war aber nichts, was uns störte. Es war nur anders, aber nicht weniger intensiv und jedes Mal wunderschön.
Die Momente, die wir staunend erlebten, als ich die Kinder das erste Mal spüren konnte, brachte uns beide zum Weinen. Wir waren unglaublich glücklich und planten im Geiste unser Familienleben. Einig waren wir uns bei der Frage der Erziehung. Mich grauste vor der Vorstellung von verwöhnten Promikindern. Das wollte ich auf keinen Fall, obwohl ich mich mit dem Gedanken anfreunden musste, dass sie auch mit einem goldenen Löffel geboren werden würden. Aber unsere Kinder würden in den Kindergarten und auf eine normale öffentliche Grundschule gehen. Glücklicherweise war beides in unserem Viertel vorhanden. Sie sollten mit den anderen Kindern normal aufwachsen.
Etwas schwieriger war die Namensfindung. Wir hatten auch ein wenig Angst davor, unsere Kinder nicht auseinanderhalten zu können. Sie waren ja identisch im Aussehen.
Dr. Greenbaum half uns, indem sie vorschlug, für jedes Kind eine Farbe zu bestimmen, und zu den Farben den dazugehörenden Namen. Sie meinte auch, wir würden nach einiger Zeit über diese Hilfsmittel lachen. Die Kinder sind zwar identisch, aber nur

zu 99%. Wir würden das eine sie unterscheidende Prozent bald herausfinden, denn Eltern würden immer ihre Kinder erkennen, nach einer gewissen Zeit.

Aber wir griffen erst einmal auf dieses Hilfsmittel für uns zurück. Der Namensfindung gingen im Vorfeld erbitterte lustvolle Verhandlungen voraus.

Schließlich konnten wir uns darauf einigen, dass ich die Namen der Jungs bestimmen konnte und Patrick die Mädchennamen. Ein jeweiliges Vetorecht bei besonders blöden Vorschlägen war inbegriffen.

Bei den Untersuchungen stellte sich heraus, dass es fast unmöglich war, das Geschlecht zu erkennen. Wir waren also völlig ahnungslos bis zum Schluss.

Kurz vor Weihnachten war der Dreh beendet.

Das Fest verbrachten wir noch in L. A. mit der Familie, dann flogen wir nach Hause.

Die Pressekonferenz mit den Produzenten, dem Regisseur Simon Bittner, Roger, Patrick und mir zu unserem gemeinsamen Filmprojekt sowie zum neuen Projekt „Wasser für alle" unserer Organisation gaben wir in der ersten Januarwoche. Ich hatte darauf bestanden, daran teilzunehmen, obwohl es sehr anstrengend war – körperlich gesehen.

Zu diesem Zeitpunkt konnte ich schon meinen Teller auf meinem Bauch abstellen, ohne dass er herunterfiel.

Unsere Mitteilungen schlugen in der Filmbranche und in der Wirtschaft ein wie eine Bombe.

Wir hatten wieder einmal einen Hype losgebrochen, aber waren froh, dass Patricks Bitte von damals größtenteils eingehalten wurde. Man ließ uns in Ruhe.

Ausbaden mussten das die anderen und John Caventar verdiente sich eine goldene Nase. Wir hatten kein schlechtes Gewissen. Das waren sie schließlich gewohnt.

Das Platzproblem hatte Frank für uns lösen können. Zwar nicht auf eine Art, wie wir ursprünglich geplant hatten, sondern ganz anders, aus einer neuen Perspektive heraus. Patrick war begeistert.

Wir wohnten immer noch in unserem ursprünglichen Ein-Zimmer-Apartment.

Wenn unsere Babys da sind, würden wir gemeinsam in ein eigenes Haus ziehen, das sehr viel Platz haben würde, auch für Personal. Widerwillig hatte ich mich zunächst darauf eingelassen. Aber mit der Zeit begriff ich, dass es notwendig war, wenn ich weiterhin arbeiten wollte. Unser Haus war eine ehemalige Fabrikmanufaktur am Ende unserer Straße. Was Patrick an diesem Grundstück begeisterte, war die Aussicht, einen Garten mit einem Spielplatz zu haben. Das Gebäude war halb verfallen, als Patrick es kaufte.

Der Aus- und Umbau ging schon los, als wir noch in Mexiko waren und lief auch über die Jahreswende auf Hochtouren. Alles sollte pünktlich bereit sein, wenn die Familie Tayler mit ihrem Nachwuchs nach Hause kam.

Unser Apartment behielten wir zusätzlich und es würde künftig mein Büro und nach einem kleinen Umbau Patricks Musikstudio sein. Das war perfekt. Wir würden nicht zu Hause arbeiten, sondern nur wenige Meter weiter, nahe an unseren Babys und weit genug entfernt, um ein wenig Ruhe zu haben.

Es war jetzt Mitte Februar und der Countdown lief.

Die 30. Schwangerschaftswoche.

Mir fiel es jetzt sehr schwer, Treppen zu steigen. Ich war so rund, dass ich meine Füße nicht mehr sehen konnte. Außerdem strengte mich jede Kleinigkeit sehr an. Ich war kurzatmig, weil meine Lunge vom Bauch zusammengedrückt wurde, und ich konnte kaum noch etwas essen – jedenfalls nicht viel, wenn überhaupt, nur kleine Mengen. Und ich musste ständig auf die Toilette. Aber den Babys ging es gut. Sie waren zwar klein, aber völlig normal entwickelt. Dr. Greenbaum war sehr zufrieden mit uns. Allerdings bestand sie darauf, dass ich ab nächster Woche, wenn bis dahin alles so bleibt, im Krankenhaus bleiben müsste. Sie würde dann konsequente Bettruhe verordnen, bis zur Geburt. Schweren Herzens sah ich das ein. Das hieße eine räumliche Trennung von Patrick und darüber weinte ich ein bisschen.

Mein Patrick, der sich so liebevoll die ganzen Wochen um uns gekümmert hatte und meine Stimmungsschwankungen mit einem Lächeln wegsteckte, war auch ein wenig geknickt über diese Tatsache. Aber die Sicherheit der Kinder ging vor.

Die 31. Schwangerschaftswoche und Bettruhe im Krankenhaus. Ich lag in einem hübschen Einzelzimmer – natürlich als Privatpatientin. Dadurch hatte ich jeden erdenklichen Luxus: Fernseher, Internetzugang, eigene Besuchszeiten, ständige Kontrolle am Wehenschreiber und Überwachung der Herztöne unserer Babys, nette Schwestern … Am Abend schob eine hochrote Lehrschwester ein weiteres Bett in mein Zimmer. Gesellschaft, wie schön, freute ich mich. Dann sah ich meinen Mitbewohner mit einem Koffer in der Tür stehen. Er sagte: „Ich kann ohne dich auch nicht schlafen. Also habe ich meine Beziehungen spielen lassen. Du hast in der nächsten Zeit einen Mitbewohner und darüber verhandle ich nicht." Er musste schon zu mir ans Bett kommen, damit ich ihn vor Freude küssen konnte.

Die 32. Schwangerschaftswoche.
Dr. Greenbaum machte sich ein wenig Sorgen um mich. Die Atmung und mein Blutdruck waren nicht so, wie es sein sollte. Sie machte uns vorsichtig darauf aufmerksam, dass wir nicht mehr auf eigene Wehen warten könnten. Es war an der Zeit, einen Termin für den Kaiserschnitt zu machen. Jetzt wurde es allmählich riskant für mich. Patrick war vor Sorge außer sich. Mir gelang es, die beiden zu überzeugen, dass wir noch drei Tage warten sollten. Jeder Tag zählte für die Babys.
Der Termin für den Kaiserschnitt würde der 27. Februar um 09.00 Uhr sein, wenn vorher nicht schon etwas passieren würde. Unsere Ärztin klärte uns über den geplanten Eingriff auf und sagte: „Anna, wir müssen einen größeren Schnitt machen als sonst. Wir müssen die Babys so schnell wie möglich herausholen, damit die Narkose nicht über Ihren Blutkreislauf in den der Kinder gelangt. Es kann schlimm werden für Sie danach und es könnte eine sehr hässliche, lange Narbe entstehen. Wir haben

keine Zeit, übertrieben vorsichtig zu sein." Sie sah uns eindringlich an und ich antwortete: „Das ist mir egal, Hauptsache, den Babys passiert nichts." Ich schaute zu Patrick und er nickte zustimmend. Dann sagte er ernst: „Darum können wir uns später kümmern, wenn es notwendig ist. Für mich bist du trotzdem meine schöne, mutige Frau. Ich liebe dich mit oder ohne Narben, das weißt du doch, oder?" Ich nickte tapfer.

Als Dr. Greenbaum uns wieder allein gelassen hatte, wollte ich die Zeit nutzen, um Patrick um etwas zu bitten, das mir sehr, sehr wichtig war. Ich nahm seine Hand und sah ihn flehentlich an: „Patrick, ich möchte dich um einen Gefallen bitten."

„Alles, was du willst", versprach er sofort. „Es ist vielleicht ein wenig eigenartig, worum ich dich jetzt bitten muss. Eigentlich dachte ich, ich könnte es vielleicht doch allein machen. Aber nachdem was Dr. Greenbaum uns gesagt hat, muss ich meine ganze Hoffnung auf dich setzen. Patrick, ich hatte mir vorgestellt, wenn unsere Babys geboren werden, dass sie mir sofort auf die Brust und in meine Arme gelegt werden. Sie sollen vom ersten Atemzug an merken, dass sie geliebt werden, dass sie es warm und geborgen haben.

Ich bitte dich, dass du mit in den OP kommst und diese Aufgabe für mich, für unsere Babys übernimmst. Wenn schon ihre Mutter außer Gefecht gesetzt ist, gibt es ja immerhin noch den Vater, von dem ich weiß, dass er sie genauso liebt, wie ich. Bitte."

Seine Reaktion auf meine Bitte war unglaublich emotional, als er unter unterdrückten Tränen sagte: „Natürlich. Das würde mich sehr, sehr glücklich machen. Ich bleibe bei dir und passe in der Zeit, während du schläfst, für uns zusammen auf unsere Kinder auf. Versprochen. Ich lasse sie keinen Moment aus meinen Augen."

Ich küsste ihm die Tränen fort und hauchte: „Danke."

Wie er es schließlich schaffte, mit in den OP zu dürfen, wusste ich nicht. Sicher ging das nur über Bestechungsgelder oder eine Spende für das Krankenhaus. Aber das war mir egal.

Jedenfalls als sich das auf der Station herumgesprochen hatte, schmachteten die Schwestern ihn noch mehr an und verdrehten verträumt ihre Augen, wenn sie ihn sahen. Patrick sah das gar nicht. Er hatte nur Augen für mich und das gab mir die Kraft und die Zuversicht, dass alles gut werden würde.

27. Februar. Das Finale.
Um 06.00 Uhr kam eine Schwester, um mich zur Operation vorzubereiten.
Patrick bekam die liebevolle Order zu frühstücken, man könne sich schließlich nicht im OP um ihn kümmern, falls er umfallen würde. Danach musste er sich steril waschen wie die Ärzte und bekam sogar deren Berufskleidung. Sie stand ihm sehr gut, das sagte ich ihm auch. Unsere Versuche, unbekümmert zu erscheinen, hielten immer nur einige Momente an. Wir waren beide aufgeregt und nervös.
Um 08.30 Uhr wurde ich in den Vorbereitungsraum geschoben und an viele Instrumente angeschlossen. Es wurde mir ein Venenzugang gelegt und ich erhielt noch eine Sauerstoffmaske. Von Weitem sah ich einen Inkubator, der vorsorglich in der Nähe stand, um die Babys darin zu versorgen.
Patrick hielt während der ganzen Zeit meine Hand. Dann war es Zeit für uns, dass wir uns verabschiedeten. Wir küssten uns. Dann flüsterte ich ihm ins Ohr. „Ich beeile mich mit dem Aufwachen. Versprochen. Ich liebe dich."
Er hielt in der einen Hand unsere zwölf farbigen Namensbändchen, zeigte sie mir noch einmal und sagte voller Zuversicht: „Ich verlasse mich darauf. Ich passe auf. Versprochen, und übrigens, ich liebe dich auch."
Dann noch einmal ein kurzer Kuss.
Mich schob man Richtung OP-Tisch und Patrick bekam eine Liege hinter einem Paravent im nichtsterilen Bereich des OPs, wo er die Operation nicht sehen konnte.
Mir wurde das Narkosemittel gespritzt und Sekunden später schlief ich.

Ich merkte, wie ich langsam aufwachte. Aber es fühlte sich alles seltsam an. Mein Bewusstsein war noch immer ein wenig schläfrig. Ich versuchte, meine Augen zu öffnen. Mit Mühe gelang es mir.

Meine Umgebung kannte ich nicht. Wo war ich?

Meine Babys! Meine Hände griffen nach meinem Bauch. Er war flach und leer.

Ich drehte meinen Kopf und sah meinen Mann, wie er neben meinem Bett auf einen Stuhl saß und seinen Kopf auf meinem Bett abgelegt hatte. Er schlief.

Ich bewegte mich. Schmerzen verspürte ich keine. Schmerzmittel. Natürlich.

Patricks Kopf schoss in die Höhe, als er die Bewegung spürte und sah mich unglaublich liebevoll an.

Ich flüsterte kaum hörbar: „Ist alles in Ordnung?"

Er küsste mich ganz zärtlich und sagte voller Ergriffenheit: „Ja. Alles in Ordnung, Mom. Wir haben sechs wunderschöne Töchter, obwohl sie ‚m i r' sehr ähnlich sehen."

Dann nahm seine Stimme einen anderen Klang an. Er wirkte ernst, fast ungläubig, als er sagte: „Anna, sie atmen alle allein. Keine Probleme. Obwohl sie nur 820 Gramm wiegen, sind sie unglaublich stark und kräftig. Sie haben sich sofort schreiend ins Leben gekämpft. Die Ärzte sind sehr zufrieden. Es war für mich ein wundervolles Gefühl, sie in meinen Armen zu halten. Ich habe ihnen unser Lied vorgesungen. Sie liegen jetzt auf der Frühchenstation und schlafen. Schlaf noch ein bisschen und ruh dich aus. Wenn du das nächste Mal aufwachst, dann bring ich dich zu ihnen und wir legen ihnen gemeinsam die Bändchen um. Bitte."

Ich merkte noch, dass er mich zart küsste, dann schlief ich wieder ein.

Als ich das nächste Mal langsam wach wurde, hörte ich Gemurmel. Ich wandte mich dem Geräusch zu und erkannte meinen Mann, wie er mit Dr. Greenbaum sprach. Mein Hals war trocken. Ich hatte Durst und räusperte mich. Die Ärztin hielt mir gleich eine Tasse mit Tee hin und sagte: „Bitte nur kleine Schlucke. Ab morgen können Sie wieder etwas Leichtes essen und trinken. Herzlichen Glückwunsch, Anna, zu Ihren zauberhaften Töchtern und diesem einfühlsamen Ehemann. Sie haben das zusammen richtig klasse hinbekommen, obwohl ich am Anfang so meine Zweifel hatte. Ab morgen stehen Sie bitte wieder auf, eine Schwester wird Ihnen dabei helfen. Gehen Sie ein paar Schritte, dann setzen Sie sich wieder und dann gehen Sie wieder. Wir wollen doch eine Embolie vermeiden und sehen, dass Sie schnell wieder zu Kräften kommen. Jetzt befreie ich Sie erst einmal von den Schläuchen, dann machen Sie sich ein wenig hübsch. Ihr Mann fährt Sie dann in einem Rollstuhl zu Ihren Kindern. Aber bitte nicht übertreiben, für heute höchstens eine halbe Stunde. Wenn es gut geht, können Sie heute am späten Abend noch einmal zu Ihren Babys."

Ich war aufgeregt und wäre am liebsten gelaufen, aber als ich langsam aufstand, merkte ich, wie schwach ich noch war, möglicherweise waren es auch die Nachwirkungen der Narkose. Jedenfalls fühlte ich mich wie eine neunzigjährige Großmutter. Als ich das Patrick sagte, amüsierte er sich darüber und sagte: „Dann haben Sie sich wirklich gut gehalten, Großmutter. So und jetzt immer schön langsam. Jeden Tag ein bisschen mehr."

Als sie mich frisch und gekämmt in meinem eigenen Nachthemd in den Rollstuhl setzten, trieb ich Patrick zur Eile an. Er sollte endlich losfahren.

Ich sah meine Kinder nicht sofort. In dem Krankenzimmer dominierten Geräte, Monitore, Schläuche und Instrumente.

Eine ältere vollschlanke Frau kam auf uns zu und stellte sich vor: „Guten Tag, Mrs. Tayler, mein Name ist Dr. Cassedy. Ich bin die Chefärztin der Frühchenstation. Herzlichen Glückwunsch zu ihren zauberhaften Töchtern." Sie sah in Patricks Richtung und nickte ihm zu: „Mr. Tayler."

Patrick schob mich unter Aufsicht der Ärztin zu einem großen Brutkasten.

Da lagen sie, dicht nebeneinander gekuschelt: meine Mädchen. Ich weinte vor Glück.

Dr. Cassedy nahm meine Arme und zog sie zu einer Öffnung im Kasten, damit ich meine Babys berühren konnte. Sie waren so klein, so zart und Patrick hatte recht, sie waren wunderschön und sahen ihm total ähnlich. Sie hatten einen zarten dunklen Haarflaum. Die Haarfarbe hatten sie dann doch von mir. Sie schliefen so friedlich. Dann sah ich die Schläuche an ihren Füßen und erschrak ein wenig.

Dr. Cassedy erklärte: „Mrs. Tayler, bitte nicht erschrecken. Hiermit überwachen wir die Sauerstoffsättigung. Das ist eine reine Vorsichtsmaßnahme. Sie atmen vollständig allein und sind kräftig. Wir wollten den Babys gleich einmal die Flasche anbieten. Da passt es ganz gut, dass Sie da sind."

Dann zeigte sie auf einen bequem aussehenden Liegesessel. Patrick half mir hinein und nahm neben mir auf einem Stuhl Platz. Er flüsterte mir noch erklärend zu: „Sie haben den Kindern erst einmal Nummern gegeben, nach der Reihenfolge, wie sie geboren wurden. Ich habe die Bändchen dabei."

Dann wurden mir meine Babys auf die Brust gelegt. Sie waren so winzig, dass der Platz ausreichte. Liebevoll legte ich meine Arme um sie herum und vergrub mein Gesicht in ihren kleinen Körpern. Sie rochen so himmlisch. Ich liebte sie, meine sechs Sternchen, und ich liebte meinen Mann, der seine Frauen liebevoll und glücklich anlächelte und wusste mit einhundertprozentiger Sicherheit, dass das, was wir zusammen hatten, richtig war. Wir gehörten für immer zusammen.

Gemeinsam mit Dr. Cassedy legten wir unseren Töchtern ihre farbigen Namensbändchen um. Sie bekamen die Namen Charlotte, Johanna, Luisa, Lena, Catharina und Claudia Tayler.

HERZ FÜR AUTOREN A HEART FOR AUTHORS À L'ÉCOUTE DES AUTEURS MIA KAPΔIA ΓIA ΣYΓΓPA
FÖR FÖRFATTARE UN CORAZÓN POR LOS AUTORES YAZARLARIMIZA GÖNÜL VERELIM SZÍV
PER AUTORI ET HJERTE FOR FORFATTERE EEN HART VOOR SCHRIJVERS TEMOS OS AUTOR
ZÖINKÉRT SERCE DLA AUTORÓW EIN HERZ FÜR AUTOREN A HEART FOR AUTHORS À L'ÉCOUTI
ÇÃO BCEЙ ДУШОЙ К АВТОРАМ ETT HJÄRTA FÖR FÖRFATTARE À LA ESCUCHA DE LOS AUTORI
UNS MIA KAPΔIA ΓIA ΣYΓΓPAΦEIΣ UN CUORE PER AUTORI ET HJERTE FOR FORFATTERE EEN H
ANIM ÖINKÉRT SERCE DLA AUTORÓW EIN HERZ FÜR
SCHR ÃO BCEЙ ДУШОЙ К АВТОРАМ ETT HJÄRTA FÖR

Die Autorin

Conni Stein wurde 1959 in Salzwedel, Land Sach-
sen-Anhalt, geboren. Nach einer erfolgreichen
Schulausbildung und mehreren abgeschlossenen
Ausbildungen arbeitete sie bis 2010 in unterschiedlichen Bereichen.
Seit 2011 ist sie Hausfrau und geht ihrer Passion,
dem Schreiben, nach.
Mit der Unterstützung ihres Mannes und ihrer Kinder hat sie es endlich gewagt, genau das zu tun,
was sie schon immer tun wollte: Schreiben und
ein Werk veröffentlichen. Entstanden ist dabei ein
wirklich außergewöhnlicher Liebesroman.

Der Verlag

> *Wer aufhört*
> *besser zu werden,*
> *hat aufgehört*
> *gut zu sein!*

Basierend auf diesem Motto ist es dem novum Verlag
ein Anliegen, neue Manuskripte aufzuspüren, zu veröffentlichen und deren Autoren langfristig zu fördern.
Mittlerweile gilt der 1997 gegründete und mehrfach
prämierte Verlag als Spezialist für Neuautoren in
Deutschland, Österreich und der Schweiz.

**Für jedes neue Manuskript wird innerhalb we-
niger Wochen eine kostenfreie, unverbindliche
Lektorats-Prüfung erstellt.**

Weitere Informationen zum Verlag und
seinen Büchern finden Sie im Internet unter:

w w w . n o v u m v e r l a g . c o m